貓貓 抿緊了嘴。

男子拿曲刀抵著貓貓的脖子。

日向夏 Natsu Hyuuga

illustration しのとうこ

藥師少女的獨語

12

「非我不可嗎？」
相較於飛龍講話語帶歉疚，
陸孫笑容可掬，
看起來像是等著看壬氏作何反應。

雀
在禮拜堂的正中央席地而坐，
口中開始唸唸有詞。

馬良不知道。
只是，他無能為力。
他碰了碰那隻左手，指尖很冰。
「……嗯。」

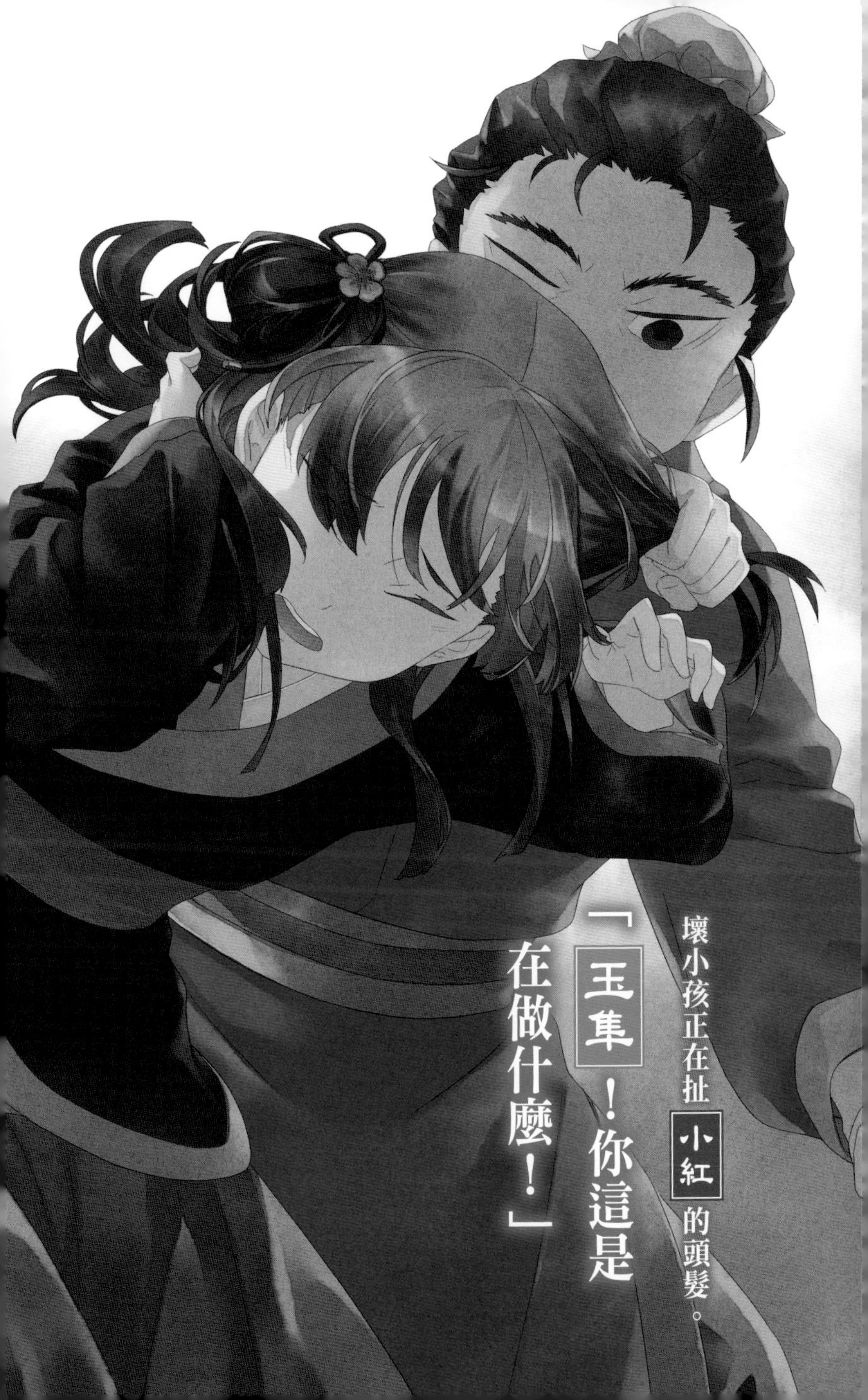
壞小孩正在扯小紅的頭髮。
「玉隼！你這是
在做什麼！」

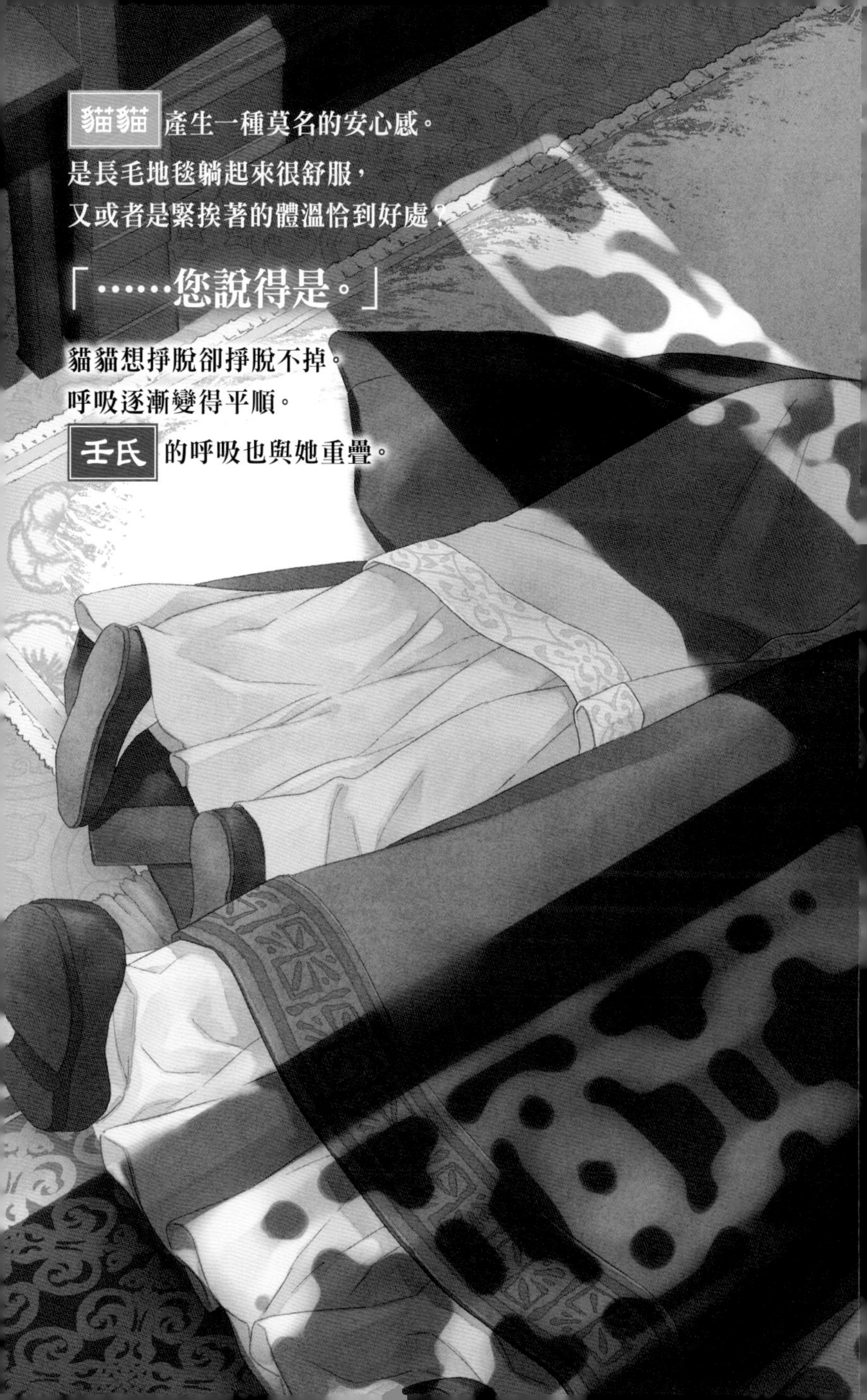
貓貓產生一種莫名的安心感。
是長毛地毯躺起來很舒服，
又或者是緊挨著的體溫恰到好處？
「……您說得是。」
貓貓想掙脫卻掙脫不掉。
呼吸逐漸變得平順。
壬氏的呼吸也與她重疊。

藥師少女的獨語

INTRODUCTION

雀的真實身分

貓貓等人在局勢所逼之下被捲入了西都的家族內爭。
不但有人請求壬氏將玉鶯的三個兒子培植成繼承人，
鴟梟的兒子玉隼又把來自中央的貓貓等人
視為眼中釘，動輒尋事生非。
誰才是西都的正統傳人……在眾人各懷鬼胎的狀況下，
事件落到了貓貓的頭上。
玉鶯孫兒的不和、
釀酒作坊發生的食物中毒、
患了不明疾病求醫的異國姑娘，
以及行為比平素更加神祕難解的雀。
她的真正目的究竟是什麼？
雀的真面目終於即將揭曉。但是……
貓貓究竟能否平安返回中央？
而她和壬氏的關係是否又有撥雲見日的一天？

藥師少女的獨語 12

日向夏

Kadokawa Fantastic Novels

目錄

藥師少女的獨語

目錄

12

彩頁、內文插畫／しのとうこ

人物介紹

貓貓……原為煙花巷的藥師，在後宮及宮廷當過差，現於西都擔任醫官的貼身女官。愛藥愛毒愛酒，但來到西都之後都沒什麼機會攝取。隨波逐流的同時也開始思考自己的立場。二十歲。

壬氏……皇弟，容貌美若天女的青年。玉鶯之死導致各種麻煩事接踵而至，尤其是陸孫最常把公務推到他頭上，此仇不報非君子。自我評價偏低，但其實本身資質足以在太平盛世成為出色的為政者。本名華瑞月。二十一歲。

馬閃……壬氏的貼身侍衛，高順之子。天生痛覺比他人遲鈍，因而能夠發揮超乎常人極限的力量。自從來到西都之後經常與父親高順共事，但由於不常看到雙親同時在場，偶爾看到爹娘同進同出就會沒來由地緊張起來。家鴨舒鳧的保護人。二十一歲。

雀……高順的兒子馬良之妻，性情我行我素又愛開玩笑，是個神祕莫測的丑角。雖為壬氏的侍女，但似乎另有侍奉的主子。

李白……武官，作為貓貓的護衛隨同她來到西都。雖是個大狗般容易親近的男子，但該動手的時候不會怕弄髒雙手。

羅半他哥……羅漢的養子羅半之兄。其實能力相當優秀，但因為本人缺乏自覺，天生就是容易吃虧。本名似乎就快要揭曉了。

庸醫……宦官。原為後宮醫官但醫術不精，大多是靠運氣撐到今天。擅長替身邊的人降火氣。是對抗「羅字一族」的最終武器。

高順……馬良與馬閃之父，容貌魁偉的武人，壬氏的前監察官。壬氏的西都之行確定後，以侍衛身分與他同行。由於妻子桃美也貼身侍奉壬氏，夫妻倆經常同進同出，偶爾弄得兩個兒子尷尬不已。

羅漢……貓貓的親爹，羅門的姪子，戴著單片眼鏡的怪人。把貓貓當成心頭肉，但做什麼都適得其反。體現了不是零就是一百的極端個性，運用方式不當會引發無法預料的後果。

陸孫……曾為羅漢副手，現於西都任職，具有對人的長相過目不忘的異才。真實身分是過去遭滅族的「戌字一族」之遺孤，已暗中為家族報仇雪恨。可能是因為達成人生目標讓緊繃的心情鬆懈了，目前的興趣是作弄皇弟。

玉袁……玉葉后的父親。原先治理西都，後因女兒成為皇后而來到了京城。將西都領主一職交由玉鶯代理，又將身為中央官員的陸孫送往西都擔任佐政。

玉鶯……玉袁的長男，玉葉后的異母哥哥。曾代父治理西都，在西都廣受民眾愛戴，但事事不把壬氏放在眼裡。由於混淆了自己對異國人的私怨與政事的界線而遇刺身亡。

水蓮……壬氏的侍女兼前奶娘。年事已高，卻仍為了壬氏而一同來到西都。

馬良……高順之子，馬閃之兄。不善應付人際關係，動輒犯胃病。跟家鴨相處融洽。

魯侍郎……禮部副官，與壬氏一同來到西都。貓貓的同僚姚兒的叔父。

舒鳧……喙上有黑點的白色家鴨。雖是里樹把牠從蛋裡孵出來的，但第一眼看到的是馬閃，就這麼黏著他一路跟到了西都。善於處世之道，總是神出鬼沒到處討東西吃。

玉葉后……皇帝的正妃，紅髮碧眼的胡姬。雖是西都出身，但對異母哥哥懷著複雜的心情。二十二歲。

大海……玉袁的三男。掌理西都的海運。

鴟梟……玉鶯的長男。二十五歲。

銀星……玉鶯的長女。二十四歲。

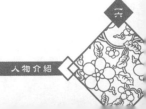

飛龍……玉鶯的次男，文官型的男子。二十三歲。

虎狼……玉鶯的三男，態度謙卑的男子。十八歲。

小紅……玉鶯之孫，銀星之女。曾經有過吃頭髮的惡習，因而引發了腸阻塞，不過已由天祐與貓貓執行外科手術摘除。

玉隼……玉鶯之孫，鴟梟之子。壞小孩。

序話

她想成為某種有價值的存在。

如同母親與自己對父親而言曾經是最珍貴的寶物，她很想成為對某個人來說無可取代的特別存在。

母親消失了。她以為自己是被疼愛的女兒，但那其實都是幻想。事實上，她不過是母親獲得一時安寧所用的手段罷了。

母親曾經是父親與她心中最珍貴的家人。可是對母親而言，他們就只是可以替換的工具罷了。

父親因為盲目地相信母親而離家，從此一去不返。恐怕是死在了哪個她目不可及的地方吧。

把自己捧為掌上明珠的父親一走，她就真的變得毫無價值了。

她該怎麼辦？

沒有價值，就派不上任何用場。也不知道該做什麼才好。

所以，她踏上了尋母之旅。
我一定可以派上用場，我一定會做到。
她懷著這種想法一路追尋——
期望能找到一個居處，容得下毫無價值的自己。

一話　本宅的任性小少爺

玉鶯死後，過了十天。

大人物一死就有很多事情要忙。不過，貓貓的差事還是不變。就只是繼續調藥，診治傷患或病人，然後給他們開藥方。

（專業官吏要做的事情永遠不變，就某種意味來說樂得輕鬆。）

差事量會增加，但差事的種類不會改變。

只是，主管官吏就沒這麼輕鬆了。他們必須從更高的觀點盯緊屬吏當差，遇到問題又得當機立斷，但也不能隨口回應。

所以，個性忠厚老實的主管官吏就會搞垮身體，罹患心病。

也就因為如此，壬氏目前又是過度操勞到都身心衰弱了，還在處理公務。

（還以為他已經學會一點偷閒的方法了。）

連到了平素看診的時辰，竟然還有文官拿著文書待在房間門口。貓貓不禁傻眼。

「今天到此為止。」

高順一臉疲倦，總算是回絕了文官拿來的文書。他跟偕同庸醫一道來診察的貓貓目光對上後，面無表情地低頭致意。乍看之下應對態度嚴肅，但家鴨舒鳧就在高順旁邊，拽著他的衣服像是在討東西吃。

（他在後宮也餵過貓。）

到了西都似乎開始餵家鴨了。

「不知道月君要不要緊？」

庸醫一邊目送文官離去一邊說了。可能是彼此自後宮時期就認識的緣故，庸醫面對高順時態度比較鬆懈。

「我看是累壞了，但想必立刻就能恢復元氣。」

高順盯著貓貓瞧，請兩人進屋。

程序就像平常那樣，做過徒具形式的問診之後就把庸醫打發走，只有貓貓留下。

「那麼，小姑娘，之後就拜託妳嘍。」

庸醫回去了，換成貓貓走進壬氏的寢室。

（嗚哇——）

壬氏在床上躺成了大字型。看來是應付庸醫把他今天僅剩的笑臉用完了。除了一種什麼都不想幹的氛圍之外，還能感覺出某種憎恨之情。

「陸孫，孤絕不會放過你……」

壬氏口中唸唸有詞。也許是那個逍遙自在的仁兄，又把差事推到壬氏身上了。

「辛苦您了。」

「孤是很辛苦。」

「那麼我很快就弄好，請讓我看傷口。」

「……」

壬氏露出小孩子嘔氣的表情坐起來，脫掉上衣解開纏住腹部的白布條。

（其實沒必要纏什麼布條的。）

留下微黃焦痕碳化的傷處已經長出了新皮，呈現豔紅的花朵形狀。如果這不是人皮，貓貓或許會覺得很美，無奈它就是長在貴人的側腹上，讓人沒那心情欣賞。現在纏白布條已經不是療傷所需，是為了隱藏燙傷疤痕。

（還有，萬一腹部被砍傷時，也可以預防肚破腸流的狀況。）

貓貓覺得軟膏其實也不需要了，但還是幫他塗上預防乾燥，然後再次纏上白布條。她跟壬氏說了好幾次叫他自己纏，但還是每次都這樣讓她來。

「好，結束了。」

「這布條是不是有點纏歪了？」

「沒有歪。」

「不，孤看還是重纏一遍吧？」

壬氏對貓貓纏白布條的方式挑毛病。他這樣做的時候通常都是還有一些話要跟貓貓講。

貓貓雖然嫌麻煩，但就順著他的意吧。如果就這樣離開房間，高順會給她一張苦瓜臉看。

「怎麼了嗎？」

「……是這樣的。」

看來壬氏會講得有點久。貓貓覺得他應該早點睡覺恢復體力，但現在最讓他難受的似乎是精神疲勞。

有各種人會來找壬氏。他在處理那些什麼文書的同時，還得特地抽空應付那些訪客。

特別是這幾日，有個來自京城的大官，以及玉鶯的異母兄弟們頻繁造訪。

關於那位稱作魯侍郎的大官，貓貓只知道一點皮毛。記得聽說過是禮部的官員。令她驚訝的是，此人似乎是如今身在京城，跟貓貓同為女官的姚兒的叔父。這是有一次無意間雀告訴她的。

（他就是以前提過的那位叔父……）

就是那個千方百計想把姚兒嫁出去的叔父。貓貓有一次跟他擦身而過，總覺得好像被他盯著看。也許是因為貓貓跟姚兒是同僚，引起了他的不快吧。

「也就是那位魯侍郎來跟您囉嗦了。」

貓貓得到壬氏的准許在椅子上坐下，小口啜飲葡萄酒。反正已經幫壬氏看好傷了，收這點好處當作聽他抱怨的報酬應該說得過去吧。

「是啊，他跑來叫孤早日回京。」

「不如現在就回去吧。」

貓貓誠實地說了。壬氏本來就沒有必要留在西都。

「能說走就走嗎？」

但是壬氏這人就是不會在這種時候拂袖而去，至少要他直接撒手不管是不可能的。他做事總是負責到底，這種個性實在吃虧。就是這樣才會被陸孫推卸責任。

（責任感越強的人，越容易得心病。）

貓貓很清楚。一個人不是只要好心，就一定有好報。

「但我覺得西都應該有很多人士能取代玉鶯老爺才是吧，況且玉袁國丈也還在世啊。關於兒子的這件事，他沒跟您說些什麼嗎？」

老實說，如果兒子在自己離鄉時死亡，應該都會驚慌失措才是。然而玉袁似乎以年紀老邁為由，沒有打算返回西都。

（也是啦，回來的話大概又是另一番風波了。）

假如玉袁返回西都，這次可能會換成中央騷動不安。玉葉后雖然成為了正宮娘娘，但也有很多人厭惡她的血統。新立為東宮的玉葉后長子有著遺傳自皇后的紅髮碧眼。貓貓在東宮還是嬰兒、色素較淡的時候見過他，但可以想見這些特徵會隨著年齡變得更明顯。貓貓了解有些人會對不像茘人的頭髮與眼睛顏色略有微詞。

此外，也有一些人把戌西州揶揄為窮鄉僻壤。

而且梨花妃也在幾個月之後生下男兒，可以想見一定有很多小人想伺機換掉東宮。

（嗯，為政就是麻煩。）

貓貓拿沙其馬當下酒菜。這是一種麵粉做的糕點，鬆軟的口感令人難忘。雖然當成壬氏的下酒小菜似乎略嫌樸素，不過目前糧食供應仍有疑慮，能吃到這個已經夠奢侈了。

「玉袁閣下似乎希望由玉鶯閣下的直系親屬來治理西都。信上是這麼寫的。直接給個名字不是更好嗎？」

這就是玉鶯的異母兄弟們從未主動提出願意治理西都的原因。兄弟們大概已經為了此事拜訪過壬氏了。

「我想想，玉袁國丈的次男與三男常來對吧？不能請這兩位大人處理嗎？我還以為總管和他們談的就是這件事。」

她沒聽過次男叫什麼，不過聽人家叫過三男大海。
大海是個三十五歲上下的健壯男子，據說經管戍西州的港口事業。
今天來到別院的其中一名訪客就是大海。
「大海閣下過來，是有事找孤幫忙。」
「是麻煩事嗎？」
看壬氏在這裡鬧情緒，怎麼想都不會是好事。
「大海閣下是來問孤願不願意遷移居所。」
「居所？」
怎麼回事？貓貓偏頭不解。
「哎，也沒什麼。好像就是建議孤從別院遷往本宅。」
「原來是這樣啊。」
「沒什麼大不了，對吧？」
「壬總管您方才不是自己說了沒什麼嗎？」
別院鄰近本宅，哼著歌就能走到。
「如果遷去本宅，官府就在隔壁呢。會不會是覺得這樣更容易多找事情給您做？」
「孤想也是。」

「還有我在想，也許是忽然把您帶去官府會讓您有所提防，所以想讓您一步步慢慢適應。」
「妳當孤是撿來的貓嗎？」
壬氏也完全鬆懈了。不，似乎是因為太累而放棄顧及顏面了。
「孤要是說遷就遷，回中央的日子恐怕又要遙遙無期啦。」
分明自己才剛說過不回去，現在又說會延誤回去的日期。
一方是想把壬氏送回中央，一方是希望他留在西都。被夾在中間必定不好受。
「那就說不搬就是了。」
「孤是很想回絕。但是——妳知道現在西都人是怎麼說皇弟的嗎？」
「……有些人興奮鼓譟地描述您的美貌，但也有人繪聲繪影地指控您暗殺了玉鶯老爺。」
貓貓誠實地回答。
「是了。」
「真是您下的手？」
「孤才沒幹那事！」
（我想也是——）

壬氏看起來很不擅長暗殺之類的陰謀詭計。如果是男歡女愛方面的事情，宦官時期的他看似不擇手段，可是最近好像又退化到了幼兒水準。

「所以了，有人說孤來此就是存心要侵占西都。」

「與其跑來這種乾旱的土地，還不如待在中央慢慢經營更有利可圖吧。例如收購囤積穀物，然後高價賣出以牟利什麼的。」

「講這話也太歹毒了。」

「這是雀姊跟我說的。」

雀是個很愛聊天的侍女，常常跑來找貓貓摸魚。

「總之您如果去了本宅，難道不會有更多人說您存心侵占嗎？」

「本宅那邊玉鶯閣下的兄弟子女都在。就警備需求來想，他認為與其分配人力到別院，不如讓孤在本宅待著更安全。」

「會不會有人說您是殺兄或殺父仇人一刀刺過來？」

「……但願不會。應該說他們能那麼衝動行事的話，早該派個刺客什麼的過來了。」

考慮到今後與官府之間的往返，從本宅直接過去是會輕鬆許多。貓貓他們是否也會跟壬氏一起過去？

（但我真不想去。）

感覺會有個怪老頭在貓貓身邊亂晃，想了就害怕。記得怪人軍師應該就是暫時在那裡住下。因此，貓貓尋求的是維持現況。

「我覺得這麼做對您來說似乎沒什麼好處，就直接回絕掉了也不會怎樣吧？但聽您的口氣好像心有迷惘？」

「孤明白妳的意思，問題是孤若不主動示好，事情就只能原地踏步了。」

（就是這種性情不好。）

壬氏為人太耿直，容易被利用、吃虧。貓貓很欣賞他的性情，但同時也替他抱不平。

（我就把話說清楚，叫他堅持拒絕。）

正待開口時，壬氏說了：

「啊——還有，本宅有那個。」

「那個？」

那個是哪個？貓貓偏頭不解。

「溫室。妳上次過來沒看到嗎？」

「溫、溫室！」

貓貓不由得兩眼發亮。去年她暫居本宅時有看到園子裡種了仙人掌，怎麼不記得有看到溫室？

「人家跟孤說如果過去，可以用那塊地栽培生藥……」

壬氏偷看貓貓一眼，破顏而笑。

「但貓貓妳想留在別院也行，如何？」

「壬、壬總管說這什麼話？請放心，我當然會跟隨您了。」

貓貓用力拍了一下自己的胸脯，力道過猛害自己嗆到了。

遷移到本宅的事情一件件都辦得妥當。其實庸醫在不在都沒差，但也會一起搬過去。只是也有人留在別院。

「溫室嗎？那個我不在行。反正也不遠，我就留在別院吧。」

羅半他哥說出令人意外的話來。他的頭上頂著家鴨，身旁還有山羊。

「還以為照您的個性，會說農作物的話就交給你這位內行呢。」

「妳說誰內行了！好吧，其實也不是不會，但我只願意做我負得了責任的事情啦。我能做的，也就只是照著學過的知識去做罷了。」

貓貓覺得他能坦承自己不會什麼，感覺更像行家，但就不說出口了。這樣的人比不懂裝懂的人可靠多了。

「真要說的話，我在行的是穀物啦。像生藥什麼的，妳這小妮子應該比我懂才對。」

「這倒也是。」

（他承認自己在行了。）

貓貓很好心，會裝作沒聽見羅半他哥說什麼。

「哎，反正地方很近，有事再找我過去吧。」

「是，到時再麻煩您了。」

貓貓對羅半他哥低頭致謝。就算他沒這麼說，可能也會常常有事要找他吧。

本宅比別院大上了一圈，對方領著貓貓等人前往的藥房也很寬敞。

（記得李醫官就是被安排負責這兒。）

從京城派遣來此的醫官當中，他算是較為認真且脾氣拗的一個。上回碰到的時候，在這些印象當中又多加了一筆「勞碌命」上去。

（他好像還在城裡的病坊。）

雖然藥品幾乎都被搬去病坊了，但櫃子很齊全，便於他們使用。床鋪與椅子也擺放得整整齊齊。再加上貓貓等人帶來的用具也不多，應該很快就收拾好了。

「要不要我順便把小姑娘的房間也收拾一下？」

庸醫不知為何兩眼發亮地這麼說，手裡拿著繡花帷幔。

「不了，我自個兒的事自己來就好，醫官大人還是去整理自己的房間吧。」

貓貓說什麼都不要再在那種簾幕飄搖的庸俗房間借宿了。她心想下次要是白布條不夠了，就把那塊帷幔撕成布條來用。

「喂，小姑娘。」

高壯結實的武官來到她面前。

「怎麼了，李白大人？」

「我想暫時離開去解個手，不妨事吧？」

「應該不會有事吧？」

李白做事比外表看起來勤勉多了。新藥房的門口還有另一名護衛守著，不覺得會出亂子。

「抱歉，沒趁休息時去小解。」

「不會，請別介意。」

武官雖然中間會休息，但一站有時就是半天。有些文官會酸溜溜地說羨慕他們這麼清閒，但這也不是什麼輕鬆的差事。

李白跟另一名護衛交接後，就去找茅廁了。他跟這地方不熟，一時半刻可能回不來。

貓貓姑且先忙著搬運各種用具，把帶來的最後一批物品收好。

「好——都整理完了。」

正當她大大地伸個懶腰時，事情發生了。

「好痛！」

藥房外頭傳來了庸醫的叫聲。

貓貓出去看看是怎麼了。只見庸醫在藥房前跌了跤摩娑著小腿，還有個小孩手裡拿著練武用的木劍。

護衛似乎只顧著留意藥房裡的貓貓，眼睛沒盯緊庸醫。

「知道厲害了吧，礙眼的蟲子！」

小孩是個差不多八、九歲的男孩。穿著漂亮的衣裳，頭髮也挽得仔細整齊。看似是個好人家的小少爺，但那不重要。

貓貓蹲下看看庸醫的小腿。就算是小孩子的力氣，被人用木劍用力毆打還是會瘀血。

貓貓瞪著那個小孩。

「你做什麼！」

貓貓一大聲斥罵，男孩便嚇得抖了一下，但又上前逞強道：

「不過是懲罰罪人罷了。」

（你說誰是罪人了？）

貓貓準備走過去，要賞那男孩頭頂一拳。
「少爺，不可以！」
一名女傭急忙過來抓住男孩。
「大人恕罪，大人恕罪。」
傭人把男孩抱進懷裡，然後不住地哈腰賠罪。
貓貓握緊了拳頭，瞪著這個驕頑無禮的小孩。
「喂，放開我！我要殺光他們！」
「少爺，不可以在這裡鬧，不可以。大人恕罪。」
傭人就這樣低著頭，把男孩帶走。
貓貓只能鬆開握住的拳頭。
幸好傭人立刻就離開了。即使對方是小孩，貓貓剛才是真的準備一拳打下去。
不知輕重的小孩，下手不會客氣。
「大人恕罪。」
護衛鐵青著臉。既然李白已經請他代班，庸醫受傷就是這位護衛失職。
「快別道歉了，請把醫官大人扶進去吧。」
「好、好痛啊……」

貓貓一摸小腿，庸醫立刻做出過剩的反應。雖然沒骨折，但數日內可能無法走動。

（從那身穿著與傭人的態度來看……）

必定是玉袁的家眷無誤。

才剛來沒多久，就有種麻煩即將降臨的預感。

貓貓替庸醫的腳貼上藥布。被那個沒教養的小孩打到的小腿，翌日便腫了起來。

「得靜養個兩、三天了。」

貓貓覺得庸醫可以躺在自己房間的床上休息，不用來當差沒關係。可是，既然本人都說要做事了，也不好把他趕出藥房。

（我是覺得他在不在都沒影響啦。）

貓貓對庸醫沒冷淡到會把這話說出口。

「嗚嗚，疼啊。」

「真是對不住，老叔。」

李白低頭道歉。那男孩是趁著李白短暫離開的時候跑來的。

護衛也就只有那麼一瞬間疏於注意。

對方是小孩想必也是原因之一。即使如此，小孩能躲過護衛的眼光對庸醫行使暴力不是沒有理由的。

（是因為只顧著保護我吧？）

表面上保護的是醫官。所以本來他們的職責，要保護的應該是庸醫才對。留下的護衛卻跟著貓貓。

他們不會在貓貓面前公然給她特別待遇。這八成是壬氏或誰的用心安排，而護衛只是不明講，其實也已經知道貓貓是什麼人了。

（真不想被當成那個怪人的女兒。）

因此，只要對方不提及此事，貓貓也會表現得像是一介醫佐。只能如此了。

可是如果因為這樣導致庸醫遭遇危險，她會很困擾。

昨天那位護衛，似乎是還不太熟悉要人警衛職務的武官。李白之所以去解個手就顯得那麼內疚，好像也是因為這個原因。

藥房的警衛職務固定由李白負責，其他護衛則是輪班，只是最近常看到生面孔。

「叩叩叩──失禮了──」

有人假裝敲敲藥房的房門走進來，是雀。

「庸醫叔啊──我來給你探病嘍。」

雀帶著水果。就是西都日常可見的葡萄。

「雀姊啊，讓妳費心了。」

（欸，不是吧？）

難道沒聽到雀直接叫他「庸醫」嗎？

「貓貓姑娘，想不想知道昨天攻擊庸醫叔的惡童是誰呀？」

「是誰？既然出現在這幢宅第，想必是玉袁國丈的孫子或曾孫吧。」

「猜對了，是玉鶯老爺長男的兒子。」

（果然。）

之前就聽說過玉鶯與玉葉后的年紀相差到如同父女，即使有個那麼大的孫子也不奇怪。

「名字好像叫做玉隼唷。」

雀用手指寫字。就像玉鶯也是，這家族習慣給孩子取鳥類的名字嗎？

「然後呢，這個玉隼說是想來道歉，現在跟他娘親就在藥房門口，妳覺得呢？」

「這種事要早講啊。」

貓貓看看庸醫。庸醫沒說「好」，而是微微一笑。

「畢竟還是個孩子嘛。既然覺得自己做錯事了要道歉，就讓他進來吧。」

（真是個老好人。）

貓貓雖這麼想，但受害人是庸醫，他怎麼說就怎麼做。

「請進。」

貓貓擺著臭臉，打開藥房的門。

一看，同樣擺著臭臉、叫什麼玉隼的小鬼頭，跟一位神情弱怯怯的女子站在門外。

「我家犬子上回冒犯了。」

女子深深低頭致歉。她按住驕頑小鬼的腦袋，想逼他道歉。

「我、我才不要道歉！」

「跟人家道歉！」

「不要，我不要。」

玉隼耍起性子來。

做母親的變得一臉煩躁，高高舉起了手。只聽見響亮的「啪」一聲，玉隼整個人摔倒在地上。

打巴掌不會留下傷痕，但聲音很響。應該沒有受傷，只是小孩子體格還小，大概是承受不住衝擊力道吧。

「跟人家道歉！」

看母親的表情已經快哭出來了。可能是對孩子的養育方式感到不安，也許心裡累積了不少情緒。

玉隼吸吸鼻子，嘴巴緊緊抿起。表情一看就是在強忍不哭。

「真、真的很對不起。」

擺明了只是嘴上道歉。

看他這副樣子，感覺八成還會再犯，庸醫卻坐立不安地看著母親。

「好了好了，我沒放在心上。沒事，把頭抬起來吧。」

「真的很對不起。」

母親好像怕做得不夠，又再度低頭賠罪。玉隼抬起頭來，忿忿地瞪著庸醫。

（毫無悔意。）

母子回去後，貓貓頓時覺得好累。

「不曉得要不要緊？巴掌打得那麼重。」

庸醫為毫無悔意的小孩擔心。

「老叔，就是小孩挨爹娘的揍嘛，哪有什麼？哪個男人沒練劍練到昏倒過？」

「就是啊，那很正常吧～？沒挨棍子就不錯啦。」

「呼巴掌還好啦。只是，如果在隔著衣服看不到的部位有傷痕就不對勁了。像是心窩就很怕挨揍，但是從外面看不見。」

李白、雀與貓貓闡述意見。

「你們大家到底都是在什麼家庭長大的？」
庸醫有點被嚇到。他雖是宦官但本身家教很好，大概沒挨過爹娘的拳頭吧。
只是，貓貓好像能理解庸醫的擔心。
「總覺得那個做母親的好像慌張過頭了。雖然說讓皇弟的貼身醫官受傷確實是闖了大禍。」
是闖了大禍沒錯。只是她覺得那位母親的焦慮並不只是如此。
「這方面的問題，就由雀姊來為妳解惑吧？」
雀食指朝著天花板擺出姿勢。
「這當中有什麼原因嗎？」
庸醫立刻追問，李白看起來也興味盎然。貓貓也很好奇，但似乎維持在「我只是跟大家一起聽妳的看法」的立場。
「玉鶯老爺過世了，如今眾人為了應該由誰來治理西都鬧得是天翻地覆。有人推舉玉袁國丈的其他公子，或是來自中央的陸孫大哥，甚至還有人薦舉月君呢。」
「是，我有聽說。」
主要是愛抱怨的壬氏跟她說的。
「但你們可知道，本來應該處於最重要立場的人選卻沒被列舉出來？」

「……一般來說應該會想到讓玉鶯老爺的兒子來繼承吧。皇族不也是這樣嗎？」

李白說得對。然而——

「是了，但是他的公子以為不用操之過急，因此從來沒接觸過政事。聽到的解釋，是說他們對政事實在是一無所知，所以被剔除在外。關於這點，你們不覺得很奇怪嗎？」

「是啊。我也以為照理來說應該多少會教一點才是。」

庸醫說道。

「講了這麼多，貓貓姑娘你們想必已經猜到幾分了。其實是因為玉鶯老爺的長男實在是個無藥可救的敗家子！」

雀用雙手撒出輕飄飄的彩色紙屑。

「原本是有讓他接受正統的繼承人教育，但他後來學壞了。」

「學壞？」

「就是遲來的叛逆期。當時他已經跟爹娘挑選的未婚妻成婚，孩子都生了。又不是未加元服的小毛孩子，竟然還搞什麼偷來的馬騎了就跑那一套。」

貓貓想起方才那個不知道在提心吊膽什麼的母親。

「親戚都沒把他當繼承人，甚至還想找毫無血緣關係的人來帶領大家，可見此人是真的放蕩成性了？」

李白雙臂抱胸。

「正是這樣～長男年庚二十五，幾年前就拋下妻兒離家出走，哇——那可是到處惹是生非啊。」

（難怪那位母親會沒來由地那麼卑微。）

貓貓恍然大悟。親戚一定常常講她「都怪妳沒把夫君盯好」。

「他都惹了些什麼是非？」

「玉袁國丈生的倒數第二個孩子，也就是七男跟他同樣是二十五歲，但兩人水火不容，見面就要動手。有一次還用上真刀真劍吵著要決鬥。偏偏兩人都一身好功夫，搞得沒人能勸架，鬧得可嚴重了。」

（原來如此。）

「然後，他還釀過私酒，從別人的酒坊拿瓶子裝了劣酒脫售，害得瓶子遭竊的酒坊信用掃地。順便提一下，就是玉袁國丈的三女經營的酒坊。」

（嗯嗯？）

「還有，以前我和貓貓姑娘一同前往農村時，不是被土匪襲擊過嗎？那事看來也跟他有一些關聯。」

（嗯嗯嗯？）

貓貓舉手制止雀，要她等一下。

「怎麼了嗎，貓貓姑娘？」

「這樣玉鶯老爺都還不跟他斷絕父子關係啊？」

「大概也因為是長男吧。玉鶯老爺似乎有奇妙的堅持，對次男與三男都沒有施行政事教育。何況長男在學壞前其實很成材，或許他以為浪子遲早會回頭吧。這個長男武藝高強又很能指導部屬，據說以前有個在戌西州橫行霸道的土匪頭子想動他，卻反遭擊退了。」

雀不知從哪裡拿出了麻花啃得起勁，庸醫與李白也要了一點來吃。

（擊退來襲的土匪啊。）

貓貓覺得簡直就是玉鶯最喜愛的武生（英雄）典範。

「玉鶯老爺的弟弟們則是說他們事業都忙不過來了，很難再來治理西都。但也不能因為這樣，就把政務交給玉鶯老爺的長男。所以嘍，大概是為了拖延時日才會搬出陸孫大哥或月君的名字吧。次男與三男都很優秀，可以趁這段時日教他們政事。而他們好像也在計畫先行將長男廢嫡。因為如今玉鶯老爺已逝，長男就等於沒有後盾了。」

「雀姊妳知道好多啊。」

庸醫大感佩服。但這些恐怕本來是不該知道的消息。

不愧是玉袁的孩子們，各個都是公認的狠角色。竟敢拿皇弟來拖延時日。

「難怪方才那位母親會那麼焦急。」

即使嫁給了長男，要是丈夫被廢嫡就沒意義了。而且兒子還讓皇弟的貼身醫官受傷，一定把她嚇破了膽。

「雀姊看啊，短期間內次男或三男應該會有一個跟在月君身邊，另一個則是跟著陸孫大哥。只要其中一個能早點學成，我們也就比較容易回中央了。好啦，雀姊也該回去當差嘍。」

雀站起來，就像在說點心吃完了該走了。

貓貓舉手道：

「雀姊，一事相問。」

「何事，貓貓姑娘？」

貓貓想起他們現在人就在本宅。

「這個無藥可救的敗家子，會來到本宅嗎？」

「好像是很少回家，但偶爾會回來看看家人。很有可能會正好撞上他喔。」

雀輕快地對她閉起一隻眼睛。

（別烏鴉嘴啦。）

貓貓險些想像起前途多舛的未來，硬是搖搖頭把它忘掉。

二話　溫室與禮拜堂

貓貓把新房間大致整理好之後，前往之前聽說的溫室。

「呼——啊啊啊啊啊啊……」

貓貓兩眼發亮，觀察溫室。這是一棟用磚塊與木頭蓋成的房舍，天花板與牆壁有一部分是透明的玻璃，好讓日光照進來。室內栽培了珍奇的異國多肉植物與胡瓜等。

講到胡瓜，大家會在夏季到田裡拔了就吃，是一種能輕鬆補水的蔬菜，意外的是在西都卻被視為珍品。

「胡瓜在西域很難栽種，被視為財富的象徵。因此每當有來自西方的客人，府裡經常會用新鮮胡瓜入菜款待。而且玉袁老爺愛吃胡瓜，以前常常用薄片麵包夾著享用。」

負責照料溫室的園丁老叔如此解釋。還周到地準備了試吃用的麵包與酥（奶油）。

看樣子是要把鮮採的胡瓜當場做成美饌。但是——

「貓貓姑娘，妳開始手舞足蹈了喔。」

「小姑娘，在外人面前克制點吧。」

雀與李白用微溫的苦笑眼神看著她。

「我知道！」

貓貓精神抖擻地從懷中掏出了剪刀。

「黃瓜～黃瓜葉～黃瓜藤～」

就在貓貓邊唱歌邊伸手握住胡瓜藤的那一瞬間……

「姑娘這是做什麼？」

太陽穴青筋暴突的園丁老叔抓住了貓貓的肩膀。

「我看這季節已經用不到胡瓜了。」

天氣只會越來越冷。就算是溫室栽培，胡瓜也不太可能再繼續生長了吧。

「還可以採收。」

園丁加重了手掌的力道。

「它的葉子與莖都是生藥，當然果實也是。等到枯萎了就不能用了，現在不取更待何時？」

貓貓也不讓步，視線定住不動。雙方就這樣互瞪僵持。

「**這個**是要拿來吃的。」

園丁眼中滿是血絲。

「如今西都正面臨史無前例的危機，難道不該幫忙解決生藥不足的問題嗎？」

現在很多藥品都得找東西代用，應該沒有多餘精神培育奢侈品才是。

「我想妳或許是獲准使用溫室了，但有人跟妳說可以擅自採摘原本就種在這兒的植物嗎？」

「胡瓜就快過季了，而且果實幾乎沒有營養。既然如此，作為生藥藥材使用才符合農作物真正的心願吧？」

貓貓與園丁繼續大眼瞪小眼。

經過短暫的膠著狀態之後，雀把園丁的頂頭上司帶來了。上司跟園丁解釋了很多，但園丁無法接受。

「總覺得跟月君的說法很有出入耶。」

「就是上司為了跟其他部門的高官陪笑臉，不敢跟實際辦差的人員講難聽話的那種狀況吧。」

腦袋意外地靈活的李白，精準地描述了實際當差的情況。

而他說得沒錯，可憐的是園丁。可以想像他為了自豪的溫室，還特意準備了試吃用的麵包。

雖然心裡有些過意不去，但貓貓之前聽說的也不是這樣。

（你們以為我來到本宅是為了什麼？）

結果，貓貓只獲准使用溫室三分之一的空間。

即將過季的胡瓜被下令撤除，園丁心有不甘地瞪著貓貓。他哭喪著臉去做禁止進入的立牌，以免別人來碰他的多肉植物。

「這個能做什麼藥？」

李白一邊採摘胡瓜的果實、葉片或莖，一邊問貓貓。

「主要是用來清熱等，再來就是解食物中毒，也具有利尿功效。還可以當成催吐藥的材料喔。」

「什麼時候會用到催吐藥啊？」

「吞了超過致命藥量的毒物之類的時候。」

「誰沒事去服毒啊？」

李白吐槽都是面帶笑容，但還滿辛辣的。大概是因為他人品好聽了才不生氣，硬要挑毛病的話，若是能有羅半他哥那麼犀利就更好了。

貓貓等人把果實、葉片、莖與藤蔓都採摘得一乾二淨。變得光禿禿的胡瓜被連根拔起，把土地空出來。園丁老叔看著貓貓的眼神就像看到弒親仇人一樣，但她不放在心上。

不知不覺間家鴨也跑來了，啄食從翻過土的地面鑽出的蟲子。這隻家鴨真是無所不在。

「把這兒弄成空地了，要種什麼？」

「這個嘛，總之我想把手邊的種子每種都種種看。我不知道哪些生藥在溫室種得起來，打算之後看哪些植物長得好再慢慢選定。」

「每種都種？地方夠大嗎？」

「……如果把那邊的胡瓜田也空出來，就有多餘的地了。」

貓貓再次跟園丁老叔針鋒相對。雙方各有無法退讓的問題，和解之路漫無盡頭。

「貓貓姑娘，貓貓姑娘。」

「怎麼了，雀姊？」

雀好像發現了什麼，貼在玻璃牆上往外看。

「那邊有禮拜堂，可以讓雀姊去看看嗎？」

「禮拜堂？」

貓貓望向雀手指著的方向。

那裡有一間西式的特殊房舍。在西都常常可以看到這種屋舍，大多是用來敬拜神明的。

（跟之前進去過的那間不太一樣。）

去年貓貓甫來到西都時進去過類似禮拜堂的屋子，但眼前的這間跟那間不同。

貓貓也好奇起來，跟著雀過去。聽說禮拜堂很類似於廟宇。

（氣氛的確很莊嚴。）

禮拜堂就只是一個六角形的房間，室內陳設簡樸。但是以彩色玻璃拼成的繪畫透過日光照射，在素色地板上形成蕩漾的美麗彩光，讓她產生一種難以言喻的奇妙心情。

雀在禮拜堂的正中央席地而坐，口中開始唸唸有詞。

貓貓一頭霧水地也在雀身邊席地而坐，靜待雀默念結束。李白看禮拜堂裡頭狹小，在外面等著。

「呼。」

過了一會兒之後，雀抬起頭來。她的這些舉動讓貓貓大感意外。

「雀姊，妳方才念的是什麼？」

貓貓單純地問。

「是異國的古老語言，意思是：『神啊，祢是否正看著我們？』」

「……我不懂，這是何意？」

「是異教經書中的一段文字。在西都有很多人虔信此教，所以在對話中適度穿插經書內容對於談生意很有幫助唷。」

雀從懷中拿出紙筆，流利地寫下了幾個字。

「來，貓貓姑娘，這給妳。在西都可能還要再住一陣子，難得有這機會，妳就學起來吧。」

她把剛才那段神祕語句寫了下來，還加上注音假名幫助貓貓發音。

「我就不用了。」

貓貓對這毫無興趣，一點也不想學。

「不，妳就該學～數到三，開始！」

雀不肯退讓，摟著貓貓的雙肩盯著她瞧。等於是趕鴨子上架。

『神啊，祢是否正看著我們？』

『嫌呀，祢四否正按著我們？』

分明是照著雀寫的字念，但發音好像不對。

「嗯——聽起來像是小娃兒在嘰哩呱啦耶。再一遍。」

「不用了啦。」

「不，難得有這機會，妳就學起來吧。」

很難得看到雀這麼堅持己見。

就在反覆練習了好幾遍讓發音比較像樣了點之後，雀才終於放過她。雀還順便教她怎麼擺祈禱姿勢，但不知道哪天才能派上用場。

貓貓她們走出禮拜堂時，李白可能是太閒了，正在打呵欠。

「好啦，下次我會給妳隨堂考喔。」

「好好好。」

貓貓心想：下次我就不跟來了。

「總之雀姊，我們先回去用飯吧。」

貓貓提起用膳的話題，試著引開貪吃鬼雀的注意力。雀因為怕被婆婆虐待，經常跑去貓貓那兒用膳，一聽到這話就準備動身。

「說得也是，況且庸醫叔應該也餓了。話又說回來，庸醫叔要解手的時候都怎麼辦？」

雀提出單純的疑問。

「我在的時候就由我帶去茅廁，不在就不知。」

庸醫要去哪兒都是李白抱著他去。

「總之我有留個夜壺，不會有事的。那是女用的，我想他大概能用。」

貓貓隨口回答。庸醫是宦官，沒有男性象徵。

「我開始同情起老叔來了，還是快點回去吧。」

李白加快腳步，神情不知為何充滿同情。

三話　玉鶯的子女

貓貓等人回到藥房，聽見裡面有人在交談。

（有患者來了嗎？）

是庸醫在看診嗎？那得快點換人才行。貓貓打開房門。

「我回來了。」

「哎喲，小姑娘你們回來啦。」

庸醫在跟一個陌生青年說話。

（誰啊？）

還很年輕，年紀可能比貓貓還小，是個眼神溫柔的小個頭青年。相貌五官還算得上端正，但以壯漢居多的西都來說顯得比較瘦弱。

「是患者嗎？」

「不是，人家是客人，是來和我們致意的。」

庸醫回答，受傷的那隻腳繼續擱在椅子上。

「叨擾了。」
小個頭的青年面露無憂無慮的笑容。
「抱歉遲遲沒來致意。晚生名叫楊虎狼，即日起將在月君底下效力。」
「啊，您好，我叫貓貓。」
見對方彬彬有禮地低頭，貓貓也不禁跟著深深鞠躬。
（呃，他說他姓楊？）
最近常聽到這個姓。
「這位小哥啊，最近要開始在月君底下做事了。喏，聽說是玉鶯老爺的公子呢。」
「是。晚生年輕無知，還請各位多多指教。」
（玉鶯的公子？）
貓貓大惑不解。這人跟父親在氣質上截然不同，長得也不太像。
雀似乎已經見過他了，簡單點個頭打招呼。
「您是玉鶯老爺的公子？」
「是，我是最小的三男。沒想到竟能伺候月君，真是榮幸之至。」
虎狼雙眼閃閃發亮。
之前已經聽說玉鶯的次男與三男會分別跟著壬氏與陸孫，但來者的性情跟想像中有些不同，讓貓貓微微吃了一驚。

（還以為會來個更傲慢的呢。）

不像玉鶯之前想拿壬氏當棋子，做兒子的乍看之下態度謙卑。又是跟身為宦官的庸醫一起喝茶，又是對貓貓客氣低頭，與她的想像有很大出入。跟虎狼這個凶猛剽悍的名字也有著巨大落差。

「我二哥會去伺候陸孫大人，請各位對我們兄弟多多指教。」

次男跟著陸孫，三男則跟著壬氏，想必是考慮到年齡問題吧。

（次男也許年紀比壬氏大？）

要挑選部下的話，年紀比自己輕的應該比年長的好相處一些。

「我今日是來致意兼賠罪的。」

「賠罪？」

「舍姪害醫官大人受傷，真是萬分抱歉。他年紀還小，又是家父的第一個孫兒，所以有些寵過頭，失了管教。我願意代受責罵，還請各位對舍姪高抬貴手。」

（這人是從哪家跑來的？）

怎麼想都不像是玉鶯的兒子。

態度謙卑到簡直像是夾在上司與部下之間，幾十年磨練出來的功夫。

「虎狼小哥給我們帶了點心跟酒來呢。現在要找到點心可不容易喔，真是感激不盡。」

庸醫把蒸籠包子端起來給他們看。旁邊放著兩瓶酒。

（哦哦——！）

「此乃西都特產的葡萄酒，不知合不合各位的胃口。總之烈的跟不烈的先各帶了一瓶來。」

這伴手禮太有格調了。貓貓要求自己克制住，沒撲向酒瓶。

「那麼，我這就回去辦差了。」

「哎喲，再多待一會兒嘛，虎狼小哥。你還年輕，應該多休息才是。」

庸醫和他講話已經完全不拘禮節了。

「不了，家叔跟家姑母都要我在月君底下認真學習。我會發憤努力以迎頭趕上各位，今後還請各位不吝賜教。」

虎狼再次深深低頭致意，然後離開了藥房。

「……真不知哪裡是狼了？」

虎狼，顧名思義就是虎與狼，具有貪婪殘酷的意涵。就算聽起來再怎麼強悍，也不是什麼好名字。

「與其說是狼，說成忠犬還差不多。」

對於李白的喃喃自語，貓貓完全同意他的看法。

虎狼回去後，庸醫把玉鶯的子女跟貓貓介紹了一遍。

「聽說玉鶯老爺有四個孩子，虎狼小哥是么子。」

貓貓等人已經拿起伴手禮的包子當點心了。

（裡面沒放怪東西。）

貓貓習慣成自然地試了毒。裡面是肉餡，她直接拿來當午飯。可惜現在還在當差，實在不適合飲酒。

「長子二十五歲，下面兩個孩子各差一歲，只有小弟虎狼差得多一點，說是現年十八。對吧，雀姊？」

庸醫一邊把茶咕嘟咕嘟地倒進茶杯裡，一邊跟雀做確認。

「是呀。玉鶯老爺的兒女前面幾個是長男、長女與次男，只有三男的年紀小得比較多，是十八歲沒錯。」

雀把熱過的湯端到桌上。貓貓接過湯碗，端給坐得離庸醫稍遠的李白。庸醫坐著倒茶，李白絕不疏於戒備。大家已經一起相處了半年多，都習慣了自己扮演的角色。

「順序好像怪怪的。莫非是不同母親所生？」

貓貓坐到椅子上，一面把包子掰成剛好兩半一面說道。裡面露出絞肉、香菇與竹筍內餡。

「不是，玉鶯老爺不像他令尊玉袁國丈，只有一位夫人。」

「哦，原來沒跟玉袁國丈一樣啊。」

庸醫大感意外地說了。荔國的男人三妻四妾是常態，但像玉袁這樣老婆多達十一人就不免被人笑話了。就連皇帝真正寵幸的對象也用一隻手就能數完。雖說後宮妃嬪加上宮女共有兩千佳麗，但是考慮到家世與資質等，並非每個女子都能輕易納為妻妾。

「啊，我也好像聽過傳聞。就是關於玉鶯老爺的夫人。」

李白開口了。他只有耳朵與嘴巴參加對話，視線仍對著藥房外頭。

「是什麼樣的傳聞？」

貓貓檢查完包子就直接往嘴裡塞。佐料是中央口味，吃起來莫名勾起了她一些思鄉情。

「聽聞玉鶯老爺的夫人原本善於經商，總是不辭辛勞賣力幹活。可是，據說生了次男之後為了做生意而搭上異國的商船，竟然就這樣遇上了船難。倒楣的是，那時國內的局勢又正好不穩。結果似乎害得她在異國一待就是數年。」

「真是不得了。但若是有這般能耐的人，怎麼沒有更常出來管事呢？」

貓貓到現在都還沒見過玉鶯的夫人，因此她本以為一定是個從旁支持丈夫的賢淑妻子。

然而就連丈夫死後都完全沒露面，這一直讓貓貓覺得奇怪。

「過了幾年夫人回國之後，好像就完全變了一個人，變得只是默默支持丈夫而不再引人注目了～哎，我想大概是在異國發生了很多事吧。」

雀代替李白回答。仔細一瞧，只有她的盤子多分到一個包子，不知道該不該提醒一聲？

「玉鶯老爺之所以排斥外邦，是否也跟夫人有關？」

「誰曉得呢？這就難說嘍。事到如今真相永遠不明了。」

雀似乎不太感興趣，津津有味地吃著包子。

李白咬著包子，似乎對那夫人也就只知道這些。貓貓也覺得沒什麼好追問的。

「說到這個，上回診治的孩子就是玉鶯老爺的孫女呢。」

「是，她是長女的女兒。」

就是那個吃頭髮導致腸阻塞的女童。手術由天祐操刀，但術後恢復狀況是由貓貓追蹤。

現在女童已經康復，也拆線了。

「把肚子切開一定很痛吧。傷口什麼的都痊癒了嗎？」

庸醫擔心地垂著眉毛。

（傷口幾乎都快看不見了。）

不得不承認天祐的手術本領了得。要不是性情那麼古怪，一定能當個神醫，看來人無十全十美是真的。

「是，現在我只會偶爾去看看傷疤。正好明天就會去。」

女童恢復狀況良好。真想請某位烤肚子肉的龍孫帝子也跟人家學學。

「是嗎？那就可以放心了。」

庸醫鬆了一口氣，但貓貓覺得他還不如擔心自己的腿比較要緊。

四話　深閨夫人

翌日，貓貓就像告訴過庸醫的那樣，去替玉鶯的孫女看診。

（她叫什麼名字來著？）

貓貓這人就是不會記專有名詞。不過反正也沒出過問題，應該無所謂吧。

她就像平常那樣和李白與雀一同前往。另外——

「啊，請別顧慮我。」

不知為何玉鶯的三男虎狼也跟來了。

「只是偶爾也想探望一下家姊與舍甥女，便跟來了。」

「您不用去當差嗎？」

（你不是自己說過很榮幸能伺候月君嗎？）

貓貓沒把心思寫在臉上，如此問道。

「請放心，我同時也是來辦差的。我想去問問家父以往處理的事務細項。」

「找令姊商量？」

貓貓偏頭不解，她看那位長女不像是有在做事。

「不，是找家母。家母嫌本宅騷動不安，現在跟家姊一起住。」

原來是傳聞中的母親。

（也就是說雖然已經不再公開露面，但繼續在背後幫玉鶯的忙。）

若是如此，向母親請教政務細項就不奇怪了。

在大門口，可以看到動過手術的女童與她的母親，還有一位四十多歲的女子。

（那就是虎狼的母親嗎？）

貓貓來訪過數次，但還是第一次見到她。母親也許是在等虎狼，而不是貓貓等人。

（姑且先叫她虎娘親吧。）

貓貓不知道人家會不會做介紹，總之也不可能常常見面，她懶得去記名字。依此類推，姊姊就叫虎姊吧。不愧是母女，虎姊長得跟虎娘親很像，不過虎娘親比較屬於讓人想呵護的美女。可以想像年輕時一定命帶桃花。

「母親、姊姊，一陣子未見了。」

虎狼深深低頭致意。

「一陣子沒看到你了。」

虎娘親回答虎狼之後看看貓貓等人，慢慢低頭致意。她和虎姊是母女所以相貌神似，但氣質溫婉，眼神嫻靜。跟女兒不同，略微低垂的眼角散發出獨特的嫵媚韻味。

「虎狼，有客人在，寒暄意思到了就好。真是抱歉，我這犬子就是不夠機靈。」

看來虎狼的謙卑態度是承襲自母親。穩重的嗓音傳進耳裡。

「沒有的事，請別介意。不說這些了，可否讓我看看患者的傷痕？」

貓貓望向孫女。

「好，小紅就拜託您了。」

孫女小紅點頭行禮。小紅應該是小名，但貓貓不記得她的全名。不像之前染成黑色，如今髮色明亮多了，長度也剪齊了。髮根是接近金色的茶色，髮梢則是黑的，看起來就像沾了墨汁的筆尖。

「那麼稍後再會。」

虎狼與虎娘親一起去處理其他事情了。

貓貓等人走進平時看診的房間。說是看診，其實也沒要做什麼。就是觀察傷疤，最後再塗上軟膏盡可能消除疤痕。

房間裡沒有傭人。雖然傷疤不顯眼，但大概還是不想把腹部動手術的事張揚出去吧。只要在長大成人之前傷疤能消失得差不多，就算萬幸了。

「看診就到今天為止。需要軟膏的話可以來找我拿，或者用市面上的成藥也行。」

「謝謝醫佐。」

虎姊深深低頭致謝。

沒其他事好做了，不過茶几上準備了茶水與點心。雀眼睛一亮，說：「咱們吃了再走吧。」

「反正虎狼小哥也還沒來，就再待一下吧？」

「我覺得沒必要跟虎狼少爺一起回去吧。」

沒必要像一些麻煩囉嗦的年輕姑娘那樣，去哪都要成群結隊的。況且有李白保護她們，不需要再多個男人。

「貓貓姑娘是存心不讓挨餓的雀姊吃這些令人垂涎的點心了？」

「妳就吃吧，雀姊。」

「好耶——真不愧是貓貓姑娘，好想親妳一下。」

貓貓推開嘴巴噘得像章魚的雀。

「妳好壞喔～」

「是是是。」

貓貓把奶茶端到雀的面前。

雀馬上把蜂蜜加進奶茶裡攪拌，烘焙點心塞得滿嘴。曲奇餅裡揉入了葡萄乾以及核桃，有股濃郁的酥香。裡頭可能含有胚芽讓顏色不太好看，但營養豐富。現在正缺食材，能有這樣的點心已經夠奢侈了。

貓貓也淺嚐一點。

李白則是由於正在擔任護衛，只能盯著令人食指大動的點心。雖說是任務在身，但還是讓貓貓有些同情。

「抱歉，請問一下。」

貓貓向虎姊說道。

「醫佐請說。」

「能否讓我帶幾塊烘焙點心回去跟大家分享？」

她想帶一點給庸醫吃。

貓貓覺得這樣要求有些厚臉皮，但虎姊淺淺一笑後點頭了。不像初次遇見時給人易怒易懼的印象，現在變得溫和穩重多了。

「好，我這就去準備。」

虎姊正要離開房間時，小紅拉拉她的衣袖。

「我去拿。」

小紅有些喜孜孜地離開房間。她也一樣，似乎比以前開朗多了。

「……」

雀一邊大嚼點心，一邊笑咪咪地看著母女的互動，或許是心裡希望她們多給些糕點當伴手禮吧。

「對了，聽說夫人目前是住在這兒。」

貓貓沒話題不會找話講，但這次正好有話可以聊，就試著提了一下。為了謝謝人家贈送點心，她想盡量表現得友善一些。

「是。家母嫌本宅太多是非，就到這兒來住了。不過也是因為她擔心小紅。」

虎姊說到親娘來到家裡，神情竟顯得有點憂鬱。

（母女處得不好嗎？）

貓貓正作如此想時，聽見外頭傳來「呀！」一聲。

虎姊急忙跑出房間。

貓貓等人也隨後追上。

聲音是小紅發出的，她在宅第的園子裡被人扯著頭髮。至於說到是誰——

（是那個驕頑的小鬼嗎？）

叫玉什麼的壞小孩正在扯小紅的頭髮。壞小孩的褓姆也在場，但沒上前阻止，只是緊張擔心地在一旁看著。

「玉隼！你這是在做什麼！」

虎姊急忙岔入小紅與壞小孩玉隼之間，瞪著姪子不讓他傷害女兒。

玉隼只顧著弄掉纏在手指上的小紅頭髮。

「做什麼？我只是想幫她那頭髒兮兮的頭髮想想辦法而已。」

玉隼大模大樣地講得毫不心虛，左手拿著泥團。小紅的頭髮也沾滿了泥巴。

「我才不髒。」

小紅淚汪汪地輕聲說了。

虎姊雖然出面保護女兒，但神情略顯尷尬。

「小紅沒有哪裡髒，她是你的表妹。」

「表妹？可是，這傢伙的頭髮跟異國人一樣。」

「這只是湊巧。西都不是也有很多人髮色明亮嗎？」

虎姊對不滿十歲的姪子講話很客氣，但看得出來她在按捺脾氣。

「可是，以前姑母看到異國人不是也會丟石頭嗎？我聽父親說過。」

玉隼一臉嫌惡。

小紅盯著母親的臉看。虎姊的神情變得更加尷尬。

（啊——）

貓貓看出來了，她這是心虛。玉隼現在的這些行為，虎姊以前都做過。

（過去的事改變不了，所以才會覺得更內疚。）

「賞妳的！」

玉隼趁機高舉手裡的泥團想丟過去。

「好了好了，別再搗蛋了～」

泥團沒有離開玉隼的手，而是連同拳頭一起收進了雀的手掌心。

（什麼時候……？）

雀一瞬間就移動到了玉隼的背後。

「喂！妳幹什麼！」

「你要知道，水在西都是很珍貴的～用這種東西弄得髒兮兮的，洗起來多辛苦呀？」

雀面帶笑容，把泥團連同玉隼的手掌一起捏扁。玉隼可能是被捏痛了，雀一鬆手就齜牙咧嘴地摩娑左手。

「喂，妳幹什麼！妳知不知道我是誰啊？」

玉隼眼裡閃著淚光，對雀興師問罪。

「知道，你是玉袁國丈的曾孫、玉鶯老爺的孫子、鴟梟少爺的長子玉隼少爺。」

「既然知道——」
「但是——！」
雀打斷玉隼的聲音，開始說道。
「常言道，頭髮可是女人的生命。好吧，其實雀姊也不知這話是真是假，但你這麼做是肯定沒有姑娘喜歡的。」
雀看看被扯頭髮的小紅。小紅眼裡堆滿了淚水，躲在母親背後吸鼻子。
李白作為護衛不會離開貓貓她們身邊，但似乎也無意插手，只是遠遠旁觀。大概這對李白來說只是小孩子打鬧吧。
貓貓也是，既然雀已經要管這閒事，她就不想再仗勢欺人逼問小孩。只是這事讓她更確定玉隼是個不懂得反省的死小孩。
「嗄？我才懶得管這傢伙的頭髮怎樣。更何況這傢伙不久之前還在染頭髮耶，她一定是異國人，一定是異國人的調換兒要來害我們家族。」
「調換兒？」
貓貓偏頭不解。她本來不想插嘴，但沒聽過這個詞彙，不假思索就問出口了。
「所謂的調換兒啊，就是一些妖孽跟我們掉包生下的小孩，被換過來的孩子就叫做調換兒嘍。」

雀跟她仔細說明。

「你們看不出來嗎？這傢伙的爹娘都是黑髮，只有這傢伙是這種顏色太奇怪了吧？說她是我表妹絕對是騙人的！」

（就類似所謂的鬼子嗎？）

人們會將生來外貌與爹娘相異的孩子稱為鬼子。一如其名是不祥的象徵。

但是貓貓必須糾正這個錯誤觀念。

「即使爹娘都是黑髮也有可能生下不同髮色的孩子。就拿小貓來說，兄弟有時也會有黑白或條紋的毛色之分，不是嗎？」

貓貓自認為已經講得讓小孩好懂了，但名叫玉隼的壞小孩聽不進去。她瞪著褓姆，暗示對方想辦法管管這傢伙，但褓姆只是目光閃爍。

（從打傷庸醫的時候就不懂得反省。）

貓貓考慮是否該直接賞他一拳比較省事，正在觀察旁人的反應時——

「玉隼少爺，你很了不起嗎？」

雀對玉隼露出一如平素的狡猾笑臉問道。她拍拍滿是泥土的手，甩掉粉屑。

「當然了不起了！我可是玉隼耶！」

「是，雀姊知道。那麼你為什麼了不起呢？」

「我是這個家族的長男的長子，總有一天會治理西都啊。」
「也就是說，因為你是鴟梟少爺的兒子，所以了不起？」
「沒錯！」
玉隼昂首挺胸。
（靠親爹狐假虎威啥的。）
虎姊必定就是因為這一點才不敢對玉隼大聲。
貓貓看看緊緊抱住虎姊的小紅頭頂。她們似乎聽從貓貓的忠告不再染髮了，髮色明亮的部分長出了許多。然而可能是被太用力拉扯，髮根有些瘀血。貓貓感覺到自己的內心倏然變得冰冷。
「那麼，鴟梟少爺為什麼了不起呢？」
貓貓代替雀提問。雀退後一步，將對話讓給貓貓。
「因為他是爺爺的兒子……」
「喔，這樣啊。」
貓貓歪唇說了。
「可是玉鶯老爺已經不在了喔。」
貓貓臉上浮現邪惡的笑意。

對小孩子這樣講話太壞心眼了，感覺就像用尖銳的詞鋒挖開皮肉。

玉隼頓時失去了表情。

無論中央的觀點如何，在這種場合提及在西都廣受愛戴的人物之死恐怕並不恰當。

貓貓自認這種行為很下作，但不會反省。

虎姊身為小紅的母親沒說什麼，因為她不便開口。

「你想說還有鴟梟少爺在嗎？可是鴟梟少爺似乎活得縱情放任，會來治理西都嗎？還是說，你認為你有那天資來治理西都？」

對一個不到十歲的小孩這樣講或許太嚴厲，但他應該要懂。

「你自己有很了不起嗎？」

像這種驕頑成性的小鬼如果從小就沒教好，大了也不可能成為多像樣的為政者。

倘若無才無學，以為只靠血統就能享有跟父母相同的地位，遲早有一天會一敗塗地。

玉隼的臉色越變越糟。也許年紀再小還是理解了這個道理。

他是西都權勢最大之人的兒子與孫子。可是，就連如此強大的庇護者也是說死就死。而失去了庇護者的孩子，好一點也就是傀儡，更淒慘的話則是被放逐。

「父、父親大人才不會死！」

「人生無常，生死難料。還有，我可以去替小紅小姐治療頭皮了嗎？」

貓貓拉著小紅的手，想回去原本那個房間——

「請等一下。」

就聽見一個嘹亮的聲音。轉頭一看，一位中年女性站在那裡。是虎娘親。

「奶奶！」

玉隼跑去抱住作祖母的虎娘親。虎狼也跟在她背後。

「那傢伙……她們講話好惡毒！」

玉隼用滿是泥巴的手抱住祖母。與剛才那種驕頑的態度正好相反，強調自己作為可愛乖孫的一面。

虎狼對姪子的行為面露苦笑，雙手合十向貓貓她們賠不是。

虎娘親低頭看著玉隼，視線接著轉向貓貓、虎姊與小紅，最後停在雀的臉上。

「才在奇怪怎麼這麼吵，究竟是發生了什麼事？」

安撫孫兒的溫柔聲音傳進耳裡。

「她們說父親大人會死！」

真不愧是小孩，講話會曲解各種事實，聲稱自己沒做錯事。

然而，虎娘親臉色一沉，瞥了一眼虎狼的表情。虎狼沒說什麼，只是看那表情就知道他無意站在姪子那邊。

「玉隼，這是真的嗎？」
「是，當然。」
「真的？」
「是、是真的。」
「我可是全都看見了唷？」
祖母的一句話讓玉隼霎時又變了臉色。他不由得望向叔父虎狼，但虎狼沒有要出手相助的樣子。
（表情還真豐富。）
看來不同於祖父，這個孫子完全不會隱藏心思。
「你對小紅做了什麼？怎麼會弄得滿手泥？」
「呃，這是誤會……」
玉隼開始語無倫次地找藉口，但從頭到尾早都被人看見了，再辯解也沒用。可是同時，貓貓也開始冷汗直冒。
幾秒後，虎娘親無奈地嘆一口氣。
「玉隼，你回房間去吧。帶他回去。」
虎娘親對褓姆說了。玉隼被褓姆帶走，一邊走還一邊在她背後吐舌頭。

「抱歉在客人面前失禮了。」

虎娘親分別對貓貓與李白低頭致歉，看來她也知道這個孫子很不像話。貓貓本以為她會責怪自己拿玉鶯的死來教訓小孩，結果她什麼也沒說。

接著，虎娘親轉向虎姊與小紅。

「小紅，妳過來。」

躲在虎姊背後的小紅走向祖母。虎娘親用手梳了梳小紅的頭髮。

「看起來沒有大礙。晚點我會好好講講玉隼的。」

「母親大人！」

虎姊看著母親，像是嚥不下這口氣。

「怎麼了？」

「就這樣？玉隼都是怎麼欺凌小紅的，您也不是不知道吧？既然知道，為何還要把他帶來我家？」

（是帶來的啊。）

玉隼本來應該住在本宅才是。站在虎姊的立場，一定不樂見有人把欺負女兒的姪子帶進家門吧。

「玉隼在本宅也不好過，請妳諒解。」

「可是！」

「靠那孩子的母親保護不了他，我也是不得已的。」

（母親？保護不了？）

她說的母親，是否就是日前為了打傷庸醫一事來賠罪的那名女子？她當時強迫玉隼低頭認錯，自己也在掉淚。貓貓只經常聽說玉鶯的長男不成材，倒沒聽說過他的妻子怎麼樣。

「別說這些了。不可以讓客人久等。」

（別說這些了？）

貓貓明白她的意思，但有時講話語氣不對會激怒對方。虎姊咬緊嘴唇，瞪著虎娘親。

虎娘親若無其事地離去。虎狼也一邊連連低頭賠不是一邊跟去。

虎姊似乎還有多餘心情對貓貓等人虛張聲勢，露出僵硬的笑容。

「讓各位見笑了。我們回去吧？」

看得出來虎姊在極力硬撐。

「那、那個……」

小紅一面吸鼻子，一面拉拉貓貓的裙裳。

「不要說爺爺的壞話。」

玉鶯不只是玉隼的祖父，也是小紅的祖父。

「……對不起。」

關於這件事，貓貓倒是誠心道歉了。

五話　三男次男長男

虎狼經常在貓貓等人的身邊做事。

「不好意思，我想請人安排馬車。」

在本宅的迴廊，虎狼彬彬有禮地對傭人說道。傭人看起來很習慣虎狼的謙卑態度，可見虎狼並不是只在壬氏面前裝乖。

「他真的是玉鶯老爺的兒子嗎？」

李白瞇起眼睛，看著走在迴廊上的虎狼。這位高大武官手裡拿著鋤頭，在那裡耕田。由於繼別院之後，上頭現在連本宅的園子也下准許使用了，羅半他哥便開始勤快地耕種作物。李白說光只是站著當護衛會讓身手變鈍，所以也來幫忙下田鍛鍊身體。

至於本宅的園丁，就只能淚汪汪地看著遭人開墾的田地了。負責管理溫室的園丁拍拍他肩膀安慰著他。園丁們的敵人可不只有貓貓一人。

「不相像的親子不稀奇啦。」

貓貓正在用陽光曬乾胡瓜薄片。溫室園丁死瞪著她，但就假裝沒發現吧。

玉鶯過世後，西都的政治形態產生了巨大改變。自從壬氏開始出面管事，原先積極整軍經武的政策漸趨緩和，如何安定供應糧食成了眼下的最大課題。

那些可恨的飛蝗，這數個月來襲擊了西都多次。但是，人是會習慣的。反反覆覆來了幾次之後，就學會了如何與飛蝗和平共處。

（我看是麻木了吧。）

即使如此，民眾似乎還是一看到飛蝗就盡量撲滅，飛蝗可能產卵的地方也都把土地翻耕一遍。也有人提過可以趁飛蝗剛孵化還不能飛時在草原實施燒荒，然而不同於中央，在這乾燥少雨的地帶不知火勢會如何擴大，聽說就因此作罷了。

地方官府腳踏實地進行人海戰術，持續墾田兼做秋耕。這數個月來，很多人因為做不了買賣而失業，這些人都得到優先雇用。

（就看冬天之前能收割多少作物了。）

這將是最緊要的一件事。

貓貓摸摸日曬的胡瓜薄片做確認，把曬乾了的收集起來時，看到一個人影從府邸迴廊小跑步趕過來。

「貓貓小姐！」

是虎狼。被人以敬稱相稱讓貓貓覺得相當不自在。

「李白大人也是，失禮了。」
「呃，您是虎狼少爺對吧？我只是一介護衛，叫我大人會讓我怪尷尬的。」
李白把貓貓想說的話全幫忙說出來了。
「不，我對政事一竅不通，現在做的差事也只是跑腿，就只是個涉世未深的小伙子罷了。聽說貓貓小姐身為女子，卻已經懸壺濟世多年。而李白大人此番則是由月君指名隨同來到西都。我不能對諸位可敬的人士有失禮數，更何況我還沒有個一官半職，身分低微。這麼做是為了自我約束，請二位諒解。」
虎狼鼻子哼地噴了口氣。眼睛散發的燦爛光彩一點不假，不像是在說謊。
（糾正起來可能會很麻煩。）
因此，貓貓決定就隨便他叫了。
「那麼，虎狼少爺，您找我們有事嗎？」
「是，月君差我送文書來。之後楊醫官與李醫官也會拿到同樣的一份。月君表示想聽聽醫家的見解，可以請您過目一下嗎？」
貓貓打開虎狼給她的羊皮紙。文字以西洋筆具寫成，不是壬氏的筆跡。筆法看起來很熟練，像是西域人寫的，也許就是出於虎狼之手。
（身體水腫、出血、貧血、腹瀉、嘔吐……）

紙上寫著身體不適的症狀。
「在一些沒有醫師或藥師的地區發現的症狀都列在紙上了。月君表示即使不能治本，若有法子可以預防或治標也請詳細寫下。」
很多鄉下地方沒有醫師或藥師。生病用民俗療法醫治，更糟的狀況請咒術師祈禱一場便結束了，根本不會做什麼像樣的治療。
「指示內容越具體越好。此外，由於物資有限，若能勞煩寫下幾個代替療法的話就感激不盡了。畢竟現今的戌西州基本上就是『什麼都缺』。」
說得有理，貓貓點點頭。只是要寫的內容太多，沒辦法當場寫下來給他。
「那麼，小女子會轉交給醫官大人，可否請您稍等？我想傍晚就會寫好了。交給月君就行了嗎？」
貓貓收下羊皮紙，但沒忘記假裝寫的人是庸醫。
「不，我傍晚再來收。」
「這就有點……」
於是貓貓提議請雀或誰順路經過時代為轉交。
「不，我想親自做確認。」
虎狼堅持拒絕。

「其實這事是我提議的，所以想親自做過確認。」

「原來是這樣啊。」

（所以他辦事還滿機靈的了。）

貓貓感到很佩服。的確，既然是由眾人口中精明能幹的夫人養大，經過栽培自然會成為優秀的侍從官。但是，再優秀也只是侍從官。

「還有，順便問一下，在沒有醫者的地區可有哪些需要留意之處？」

「這就問倒我了。」

貓貓雙臂抱胸思忖片刻。

「在一些沒有醫師的地方，民眾有時會比較迷信。聽說若是有咒術師在，還會嫌醫師礙事而把他們趕跑。」

這是克用的親身經歷。貓貓想起那個半張臉留下痘瘡疤痕的男子。

「再者，群眾身體一虛弱就會開始流行時疫。為了避免在不知不覺中傳播疫病，建議巡視各地的人員應當格外注意身體健康。」

「我明白了。」

雖然其他還想到了很多事項，不過一些細節就之後再歸納條列吧。

「那就有勞您了，還請多多幫忙。」

虎狼點頭行禮，就離開了。

「真的，一點都不像耶。」

「不像呢。」

貓貓與李白深有感觸地作如此想。

玉鶯的三男虎狼，跟玉鶯一點也不像。那麼說到次男又是如何，結果這二公子也還是不像親爹。

次男飛龍衣著整齊筆挺，一看就是十足的文官風範。不像虎狼，這人給人一種莫名的壓迫感。真要說的話，跟玉鶯的長女在氣質上比較相近。

本宅與官府相鄰，有一條直通兩處的通道。這位仁兄主要都待在官府，貓貓偶爾會看到他。

飛龍雖是跟著陸孫，但時常送文書去給壬氏。不曉得是不是陸孫刻意安排，想讓他與皇族趁現在多見幾次面。也有可能只是想把公務塞給壬氏，這就不得而知了。

「屬下送文書來了。」

飛龍在診察的時候到來。

貓貓把庸醫往後拉開，以免妨礙到人家。飛龍彬彬有禮地向壬氏致意，同時把文書交給副手馬閃。交給他的文書用夾子分成了三類。

「紅色夾子是新的文書，藍色夾子代表值得再做考量，黃色夾子是之前遭駁回的奏諫經過修改再上書。」

（哦哦。）

飛龍也有他優秀的能力。只是，這人文質彬彬但態度冷淡，這點也跟玉鶯不像。玉鶯之所以堅持由長男繼承家業，也許就是因為下面兩個兒子都跟自己不像。

（與其說是長相，主要還是氣質有差。）

飛龍與虎狼都很優秀，然而看起來比較偏文官性情。他們現在正以副手的身分學習政務所以還沒問題，但今後若要在西都領導群眾就讓人存疑了。

（壬氏似乎是打算一教完政事就要回京。可是……）

貓貓覺得照這樣看來，怕是要花上數年了。

再來說到長男，貓貓意外地很快就遇到了他。

「父親，父親，父親！」

聽到玉隼欣喜的聲音，貓貓探頭往窗外看。

只見一對父子在中庭相見。不過中庭已經有一半變成了田地，或許該稱為曾經的中庭才正確。

那個死小鬼……更正，玉隼居然會這麼黏一個男人。男子一頭獅子般的亂髮，強壯的手腳被太陽曬黑，腰上裹著看來是狩獵獵得的鹿皮。

（啊——像到不行——）

假如讓玉鶯恢復青春，大概就會是男子的這副風貌。跟隨玉隼的褓姆一副提心吊膽的表情。母親不在場。這對夫妻似乎是政治聯姻，也許夫妻感情並不是很好。

（別扯上關係比較好。）

貓貓雖然作如此想，但還是有點好奇，讓她想從窗戶不動聲色地偷看。庸醫與李白也是一樣。

「好——有沒有當乖孩子啊？好好好，我給你帶了好東西喔。」

長男把一只大布袋拿給玉隼。玉隼表情興奮期待地打開一看，當場哭了起來。

（裡面裝了什麼？）

從袋子裡滾出了一顆鹿頭。以帶給小孩子的禮物來說太嚇人了。

「哈哈哈，這就是今天的配飯菜啦。」

「要、要吃這種東西？」

玉隼淚汪汪地流著鼻涕。本來還看他在忍耐，想不到立刻就哭出來了。

「是我不好，是我不好，別哭了，別哭。不過，我不在家的期間似乎發生了很多事啊，怎麼了？」

「……」

玉隼鬼鬼祟祟地跟父親嚼耳根子，指了指藥房這邊。褓姆頓時臉色發青。

（有種不～好的預感。）

貓貓的預感成真了，長男走進了藥房裡來。

「有何貴幹？」

李白當即上前擋住長男的路。他平時是個爽快的好漢，這時卻很有武官架勢，目光變得銳利。

「我聽我兒子說，來自中央的客人似乎沒把別人放在眼裡，所以來打聲招呼罷了。」

玉隼躲在父親的背後吐舌頭。

（那個死小鬼。）

貓貓瞇起眼睛，心想：他果然沒在反省。庸醫嚇壞了，於是貓貓將他推去房間角落躲著。

「抱歉讓您覺得我們目中無人。但是，現在西都被蝗災弄得滿目瘡痍，我們這兒只是在摸索著尋找解決之道。還是說，您希望客人只要成天發呆吃閒飯就行了？」

李白身高六尺三寸（一百九十公分）……不，也許有四寸。相較之下，長男比他矮了二寸（六公分），但也算得上人高馬大。庸醫個頭矮小又是宦官，會害怕也是情有可原。

貓貓一邊思考有沒有機會可以教訓教訓這個死小鬼，一邊環顧屋內。

（萬一他在這裡動手，僅有的藥還有用具就要被砸毀了。）

她對李白投以視線，不斷暗示他要打鬥的話就到外頭去打。

「哈哈，中央的官老爺可真是了不起啊。沒錯，我沒資格對血統高貴的天家人說長道短。但是，如果連他的手下都這樣擺大架子，我們這邊也會失了面子，這道理你懂吧？」

「大人說笑了。在下就如同您看到的，不過是個職位低微的武官罷了，只會服從上頭給在下的命令。這兒有醫官大人在，不如咱們到外頭談話吧？」

（很好，這就對了。）

貓貓唯一想避免的就是藥房被砸。李白理解了她的意思，走到外頭去。就算長男真的動手，以李白的功夫應該能撐上一段時間。她可以趁機去找人來。

（雖然要是能不打架最好。）

但氣氛已經一觸即發。

（李白明瞭他的立場。）

李白的職務是護衛重要官員。由於是護衛，因此如果長男動手，他就得設法保護貓貓等人。但是反過來說，他也不能主動出手。

至於造成吵架原因的死小鬼在做什麼……

（在那裡發抖。）

玉隼緊緊抓住褓姆不放。

很遺憾，這次他不能像上回那樣對庸醫動手動腳了。除了李白之外，這兒還有兩位護衛在場。

（倘若有個萬一，就讓另外兩位護衛一起上前圍毆……）

正在思忖之際，便看到一個人影朝他們快步跑來。

「鴟梟大哥！」

虎狼來了。

原來長男名叫鴟梟。鴟梟是梟（貓頭鷹）的別稱，但這詞彙跟虎狼一樣，都沒有什麼好的意涵。

（不用玉字嗎？）

貓貓不經意地作如此想。

「大哥這是做什麼？」

「還能做什麼？就如同你看到的。我聽說客人在家裡胡作非為，把家人當成傭人使喚什麼的。」

（傭人啊。）

的確，次男與三男現在當了副手，換個角度來看就像是打雜的下人。看來不只是壞小孩玉隼，還有其他傭人看京城人不順眼跟他告狀。

「大哥，請你也多聽聽別人的說法。你是不是只聽了玉隼的說法就信以為真了？」

「沒有，我這就是來問個清楚的，結果他跟我說出去解決。」

（不不不。）

照剛才那種對話，怎麼看都是他上門找碴。李白聽了也很困惑。

「我與飛龍二哥是在向月君求教。」

「是嗎？」

「還有，是隼冒犯了客人才對。」

「哦。」

鴟梟睨視著兒子。玉隼退縮了，淚水在眼眶裡打轉。

「他把這位醫官大人打傷了，害得醫官大人數日無法步行。」

貓貓即刻上前說話。

「玉隼，這是真的嗎？」

鴟梟瞪著玉隼。

「……我、我只是……」

「不准找藉口。」

野獸低吼般的聲音響起。庸醫躲在房間後頭渾身發抖。

玉隼點了個頭。

鴟梟一副無奈的態度抓抓後頸，然後把原本要給兒子的布袋拿了過來。

「拿去。」

裝了鹿頭的袋子被丟在李白腳邊，裡頭的鹿摔了出來。混濁的眼睛凝視著天空。

「我為我兒子的失禮賠罪，就用這個一筆勾銷吧。」

說完，鴟梟便離去了。

（傳聞果然不假。）

貓貓的腦中浮現無賴漢這個名詞。

「抱歉，家兄似乎給各位添麻煩了。」

「沒有的事。謝少爺相助。」

貓貓向虎狼道謝。

庸醫從房間後頭怯怯地走來，用眼睛窺探四下是否安全。

「既然連親爹都不站在自己那邊，我想玉隼應該會變乖一點。」

「但願如此。」

那孩子完全沒在反省。貓貓總覺得他還會再搗蛋。

「話說回來，請問這個要怎麼吃？」

貓貓一邊向虎狼問道，一邊看看布袋裡的腥臭物體。收到東西是很好，但她不常吃這類食材。

「嗯——有人會拿來熬高湯煮成羹，或是把腦子燙熟了吃。一些好事家也會把毛皮漂亮地剝下來做成擺飾。」

很不巧，這兒沒地方擺鹿頭做裝飾。

「腦子啊，這我倒是想嚐嚐。」

未知的食材，一定要一嚐為快。

「吃腦子嗎！」

庸醫的眼神像是看到了不可置信的東西。

「難得有這機會，就心懷感激地吃了吧。」

「我看我還是……」

庸醫顯得敬謝不敏。

「我試試味道就好。」

看來李白也不怎麼感興趣。

貓貓看著目光混濁的鹿，嘆一口氣心想：既然要給，要是連鹿角也給我就更好了。鹿茸入藥有滋補強身之效。

六話　葡萄酒作坊

遷移至本宅後過了十天，雀來藥房找貓貓了。

「貓貓姑娘，貓貓姑娘。」

「雀姊，雀姊，有什麼事？妳今天看起來好像特別開心呢。」

貓貓邊用剪刀剪開一大塊布邊問。她正在把舊褥子裁開，好當成包紮用的布條。

「是呀。是這樣的，上頭可能要下外出許可了。」

「那真是太好了。」

「問題來了。妳猜上頭是為了什麼理由准許外出的？」

貓貓放下剪刀，一面捲起剪開的布一面思考。

「是跟行醫有關嗎？比方說城裡的病坊缺人手要找人幫忙，或者是要改善施膳的營養狀況，還是說想改善飲水的水質？」

會找上貓貓的事，也就是幫人調養身體之類的了。

「猜錯嘍。雀姊是不太清楚，但月君的說法是『睽違已久的事件』。」

「……啊——是是是。」

壬氏的確很久沒為了什麼案子找上她了。不像後宮時期一有案子就來找她，真令人懷念。

「是什麼樣的案子？我去月君的房間見他就行了嗎？」

「關於這點嘛，很快就會有人來給妳帶路嘍。」

雀望向外頭。

虎狼急步趕了過來。

「貓貓小姐，叨擾了。」

「好，怎麼了嗎，虎狼小兄弟？」

雀站到貓貓面前代替她問話。

「月君有事找您。原來雀姊已經來傳話了啊。」

「是啊，我來了。還請不要搶走我的活兒～」

（意思是不要搶走她偷懶不幹活的場所？）

雀說的話會經過自動翻譯再傳進貓貓耳裡。

「不不，豈敢。您跟她解釋到哪兒了？」

「還沒進入正題～」

「那麼事情緊急，不妨讓我在路上告訴您吧？馬車已經備好了。」
這種談話的起頭方式不是很好。如果出了門再講，即使聽了想拒絕也會推拒不了。
「虎狼小兄弟，可以請你別搶雀姊的差事嗎～」
（話雖如此……）
如果是壬氏交辦的差，反正到頭來還是得接，就認命吧。
「我明白了。」
李白似乎也聽到雀說的話了，開始準備外出。
「請把醫療器械等用具也帶上，跟我來。」
「慢走啊，路上小心喔。」
庸醫沒打算跟來，於是跟其他護衛一起守著藥房。有兩位護衛跟著，想必不會出事。
「好好好，我去去就回。」
貓貓拿著塞滿用具的佩囊離開了藥房。

一行人坐著馬車，來到了位於西都東北處的一棟房舍。貓貓在馬車上聽了事情大概，說是那裡有多名病患需要診治。但沒想到——
「這裡是……」

貓貓兩眼發亮。

「方才不是還一副幹勁缺缺的表情……」

虎狼不解地看著她。

「小姑娘嗜酒啦。」

李白傻眼地看著。

「呵呵呵，地方不錯吧？」

雀不知為何得意地昂首挺胸。

光只是靠近，葡萄與酒精的氣味就已經迎面撲來，充滿鼻腔。除了夢中仙境之外，還有什麼詞彙能形容此處？

房舍原來是釀葡萄酒的作坊。貓貓已喝過幾次西都的上好葡萄酒，日前虎狼拿來的葡萄酒是否也是出自此處？

「小姑娘，妳流口水了。」

被李白用手肘頂頂，貓貓急忙擦嘴。

「貓貓姑娘，咱們回去時拿幾瓶當伴手禮吧。」

「雀姊這話說得好。」

「我也覺得不錯。但我們這幾個裡面少了個能喊停的人耶。」

李白傻眼地說。少了吐槽人的時候還是要有羅半他哥在才行。
「這酒坊是家姑母的，要拿幾瓶應該不成問題。」
虎狼說出了讓人開心的話。
「您說姑母？」
「是，她是家父的妹妹。」
「就是玉袁國丈的三女。」
雀補充說明。
「呃，就是被玉鶯老爺那位長男惹了大禍的……？」
貓貓想起之前聽到的一點點傳聞。
「是的……不過請放心。姑母對鴟梟大哥很嚴厲，但對我算是比較寬容。」
虎狼面露苦笑。
聽說之前由於鴟梟那個敗家子脫售私酒的緣故，導致這家酒坊連帶受累。
「那人就是家姑母。」
順著虎狼的視線望去，便看到一位讓人聯想到猛禽的美女。看起來還很年輕，像是不到三十歲。但既然是玉袁的三女，年紀可能比這再大一些。
氣質與桃美相似，但這名女子的化妝與服飾比她更花俏了點。

「別看家姑母那樣，她已經三十好幾了，請各位在言行上多加注意。」

「明白了。」

虎狼細心地叮嚀了貓貓在意的事。

「妳就是人家派來的藥師是吧？」

三女用品頭論足的目光打量貓貓。

「是，小女子名叫貓貓。」

「聽說醫官大人受傷無法前來，所以由妳代勞。妳行嗎？」

庸醫目前仍在療養腿傷。雖然已經好了大半，但看來這個方便的藉口還能再用上一陣子。更何況他本人也不怎麼想外出，所以莫可奈何。

「小女子雖不及醫官大人，但會盡力醫治。聽說這兒有許多人患病，我想立刻為他們診治病情，可以嗎？」

「好，跟我來吧。」

貓貓默默地跟著三女走。

對方帶他們來到的屋舍似乎是個休憩處。屋裡有幾張床，看來還兼作假寐房之用。有五人躺在床上，每個人都臉色鐵青且面頰凹陷，抱著桶子吐個不停。

「早上分明還好好的，上午就變成這樣了。我想到說不定是疫病，便先做了隔離。」

「這是明智的選擇。」

貓貓立即穿起圍裙，用手巾包住嘴巴。

「有什麼事是我能做的嗎——？」

雀詢問道。

「首先由我來診視屋裡的人。目前得先讓大家補充水分，可以請妳去拿飲水、鹽與砂糖嗎？若是有困難，調淡的羹湯等也行。」

「明白了——」

雀踩著小碎步離去。

「我也跟雀姊一起去。」

虎狼也隨後追上雀。

「我在房門口等妳指示。」

「好的，李白大人，有事我立刻請您幫忙。」

如果是疫病，就不能隨便讓太多人進屋。李白了解這個道理。

「抱歉了，我也要在這裡等著。」

三女遠遠旁觀。

（雖然顯得冷淡，但這是正確的判斷。）

聽說此人是玉鶯的妹妹，但個性完全不同。看來楊家成員的個性相當豐富多變。

貓貓進入休憩處，從病情較糟的患者開始診治。五人當中年紀最長的白髮老人看起來最難受。

（症狀有嘔吐、全身發熱。而且似乎犯頭痛——）

貓貓察看老人的眼睛、舌頭以及脈搏。老人仍然癱在床上口齒不清，於是貓貓向病況相對較輕微的患者問話。

「有哪裡不舒服？」

「……是……整個人都很不舒服。頭也在嗡嗡響，站起來就頭暈，只是噁心感好了大半。」

「只覺得反胃嗎？有沒有腹痛或腹瀉？」

「……這……倒是沒有。但是覺得反胃。」

（那不就是……）

貓貓凝神環顧四周，其他人也幾乎都是同樣的症狀。偶爾有人嘔吐，但沒人跑茅廁。

「我再問一個問題。」

貓貓跟其他患者也問了相同的問題。將證詞統整起來，最後就抓出原因了。

（這還真是……）

貓貓大嘆一口氣，走出了房間。

「怎麼樣了？」

怕染病而站得遠遠的三女問道。

「沒有疫病之虞。」

「是嗎……那原因是什麼？」

「聽說他們出於工作需求而試喝了酒。最年長的那位，還比其他人喝了更多的酒。」

「難道說，酒裡有毒！」

「不。」

貓貓搖搖頭。

「就只是宿醉罷了。不過因為沒隔夜，所以應該說成醉過頭才是。」

貓貓取下嘴上的手巾與圍裙。

「醉過頭？怎麼可能！造酒工匠哪裡會因為試喝幾杯就喝醉！那得要大灌蒸餾酒才有可能吧。」

「您這兒還有釀造蒸餾酒？」

貓貓兩眼發亮。

「有，不過現在還在熟成階段。對吧，姑母？」

虎狼岔入三女與貓貓之間，手裡拿著個大鍋。

「貓貓姑娘——我們先把昨天剩下的湯跟果子露拿來了。」

雀手裡拿著裝了果子露的陶瓷器。

「謝謝。」

貓貓掀開虎狼端著的鍋子，拿起湯勺攪拌湯料。

「這是……」

這湯看起來正適合用來補充鹽分與水分。裡面放了蔬菜、蕈菇與肉類。

「既然說是昨天剩下的，那麼患者們是否也喝了？」

「……我想應該喝了。可是，其他人喝了都沒事，所以原因不會出在這裡。更何況我也喝了呀。」

貓貓聽了這話，還是繼續盯著這鍋湯。她用湯勺撈起材料，拿筷子夾起來細看。

「昨天沒有人身體不適嗎？」

「我想沒有。」

「那麼，可以請您把昨天喝了此湯的那些人叫來嗎？」

「妳且稍等。」

三女叫住傭人。有幾人來到了貓貓面前。

「想請問各位，可否將這數日來吃過喝過的東西一一說與我聽？」

過來的工人都一頭霧水地把吃喝過的東西告訴她。其中有一個人臉色很糟，於是貓貓進一步細問，才知道此人似乎身體不適卻瞞著不說。三女露出無言以對的表情。

「這有什麼好隱瞞的？」

「……對不起。」

似乎是以為告假會被扣薪餉。

「沒事別這樣欺三瞞四的！有事隱瞞不報不會有好結果，這你們應該明白吧！」

三女斥罵工人時，貓貓在一旁檢驗飲食內容。

「果然。」

「果然是什麼意思？」

三女露出不解的神情。

「既非疫病也非中毒，各位真的只是宿醉。」

「妳怎麼這麼確定？」

「這湯是在這兒煮的吧？」

「是呀～」

雀回答道。
「現在身體不舒服的那幾位，都喝過這湯對吧？」
「是呀，我不是說了？造酒工匠必須盯著酒，所以會在這裡輪班過夜！這湯就是給輪班工人供的飯。可是妳也看到了，也有人喝了沒事。像我也有喝呀。」
貓貓撈起湯料給她看。
「這裡頭加了乾蕈菇作為湯料。我想應該是用來熬湯的吧。」
「蕈菇？這兒很少用到這種材料呢。」
三女顯得不解。戌西州應該比較習慣使用家畜的肉或骨頭熬湯，靠海的話則經常用魚類熬湯。
「我也並非對蕈菇的所有種類無所不知。但我認為就是此種蕈菇導致患者嘔吐。」
「什麼意思？我也有吃到，但沒有不舒服呀。」
「我想這種蕈菇很可能含有讓人酒量變差的成分。」
貓貓想起聽聞過幾次的某種事例。
「讓人酒量變差的蕈菇？有這種東西嗎？」
虎狼一臉不可思議地向她問道。
「有啊。據說這種蕈菇，會妨礙人體消化酒精的能力。」

蕈菇這東西有很多神奇之處。它有著各種不同的毒素，而且幾乎所有蕈菇生食都有毒。此外，每種蕈菇毒素發作的時間從幾個時辰到幾天後不等，因此也有一些蕈菇長期為人食用卻不知其有毒。

「據說食用這種蕈菇的人數日之內若是飲酒，無論原本酒量多好都會頭痛噁心。」

貓貓純粹只是聽說，所以講得含混不清。但貓貓不願不負責任地講自己不能確定的事情。

「總之呢，我也沒吃過這種蕈菇，純粹只是曾有耳聞，並不知道是否真有這種蕈菇。所以就馬上來試試吧。」

貓貓用湯勺舀起蕈菇，一口吃下去然後喝了湯。

「請問有酒嗎？」

「酒？」

「是，可以的話請給我不甜的。」

「……」

三女看貓貓的眼神似乎變得很冷，但她不在意。三女命令傭人去拿瓶酒來。

「那麼，我開動了。嗯——嗯。」

貓貓吐出舌頭舔舔嘴。

「口感很圓潤。雖然還留有一點水果甜味，但純粹只是添點愉悅爽口的風味……」
貓貓再吃一口湯料，當作下酒菜。
然後一杯接一杯，不停地伸手倒酒。
「那個──我看她根本只是在喝酒吧？」
虎狼這樣問李白。
「我不否認小姑娘嗜酒，但她對毒物也是一樣喜愛。她可是很能喝的，連我都沒她那麼海量──」
李白答非所問。
（我都聽見了。）
說歸說，酒還是好喝到讓她停不下來。身體漸漸發熱，感覺飄飄然的。
（啊，糟糕了。）
貓貓看見自己的手變得紅通通的。身體籠罩著一股暖意，隨著暖意開始變成燠熱，身體突然劇烈地搖晃了一下。
不只如此，飄飄然的感覺也過去了。她頓覺頭昏眼花。
「喂，小姑娘！」
李白扶住了她，聲音聽起來很遠。

「貓貓姑娘，冒犯嘍。」

只見雀的手在空氣中抓了幾下，然後塞進貓貓的嘴裡。

「嗚嘔噁！」

「嗚哇……」有人厭惡地叫了起來。

果子露沖淡了貓貓嘴裡的酸味。方才恍惚搖晃的身體變得比較穩定了。

貓貓整個人站不穩又發暈，抬起了臉來。

「小女子平素酒量不錯，但如今就像您看到的。」

三女與虎狼臉孔抽搐，看著吐了一身的貓貓。

「再過一會兒，我想他們幾位的頭痛噁心就會好轉了。」

貓貓東倒西歪地擦擦滿是嘔吐物的嘴角。

「我、我明白了。不過可以請教一個問題嗎？」

「什麼問題？」

不知為何三女講話變得客氣多了。與其說是表示敬意，語氣聽起來比較像是避之唯恐不及。

「有什麼原因非得由妳親自試吃證實嗎？」

「……有，非得如此。」

「什麼原因？」

「小女子也說不上來。」

（總不能說想抓準機會喝酒吧。）

因為不能坦白，貓貓只能笑吟吟地打馬虎眼了。

七話　遺產問題

貓貓抱著陣陣抽痛的腦袋。

（這、這就是……！）

這就是所謂的宿醉嗎？貓貓產生了強烈的感受。正確來說還沒到第二天，酒醒了卻覺得頭痛，不正是宿醉的症狀嗎？

坐顛簸的馬車害她更不舒服。雖然很不舒服——

「啊——真是新鮮。」

前所未有的體驗讓貓貓大受感動。感覺有點類似被毒性較強的毒蛇咬到。嚼食哪種毒草時有這樣嚴重反胃過？她回憶起過去的種種，越想越覺得好玩。

「貓貓姑娘，妳酒還沒醒啊？妳是不是喝醉了就會變得有點愛笑？」

「還有一些沒吐乾淨的留在體內。竟然說我愛笑，呵呵呵呵。啊，蕈菇如果有剩請留給我，我還想再玩一下。」

「就連雀姊我也要覺得傻眼了啦。我幫妳問問蕈菇還有沒有剩就是嘍。」

不知道會讓人醉後不適的那種蕈菇有多大功效，但她聽說過吃了此種蕈菇後隔了一天再喝酒都還有效。雖不至於一輩子不能沾酒，但短期間內也許還是克制一下比較好。難得拿到了葡萄酒當禮物，真是可惜了。

「嗯——如果要再幫妳催吐，就連雀姊也是會心痛的。我看只能吐出胃液了吧？」

「我沒事，我好多了，請妳手別在那裡抓啊抓的想往我嘴巴裡塞。別說這個了，有沒有紙筆？」

雀拿出筆墨與羊皮紙給她。不是毛筆而是西洋筆具，很不好寫。貓貓不慎滴出了幾滴墨水。而且隨著馬車搖晃，文字與腹中的胃液也跟著起起伏伏。

「妳在寫什麼呀？」

雀探頭過來看。

「是，包括攝取的湯裡可能含有的蕈菇，以及喝下的酒量。然後是攝取之後大約過了多久才開始生效。之後的症狀發展我打算每兩刻鐘（半小時）記錄一次，所以請把剩下的蕈菇給我。」

這很重要，所以她一再強調。

「貓貓姑娘，妳都面如白蠟了還能開心成這樣呀。」

「總覺得跟羅半閣下好像啊。」

李白拿奇怪的名字出來比，使得貓貓的臉從白蠟變成鐵青。酒都醒了一點。

「請不要拿那個怪名字跟我比。話說回來，李白大人您認識他嗎？」

貓貓回想了一下。就算認識她也沒興趣，所以不會記得。

「我雖然不是那老傢伙的直屬，但也算是他的下屬，偶爾會去書房什麼的。去的時候就在那裡碰到過閣下幾回，他那人又很特立獨行，所以忘不掉。」

「是喔？」

貓貓一副發自內心不感興趣的表情收拾紙筆。

「還有，我來西都之前他送過我點心，請我照顧他妹妹。」

「我跟他毫無瓜葛。」

「啊——知道啦，毫無瓜葛。」

李白從來不會多問，所以很好相處。

「回到蕈菇的話題，剛才講到酒坊怎麼會有加重酒醉症狀的蕈菇，對吧？」

「倒也不光是蕈菇，好像還有其他很多食材，都跟配給品一起送了過來。」

貓貓這麼說，但同時也覺得不解。

「真要說起來，西都有生長蕈菇嗎？」

菌菇都喜愛溼氣薰蒸之處。在天乾物燥的西都感覺不會長得多好。

「我想是不至於長不出來，但數量一定不多吧～」

貓貓也有同感，想起加在湯裡的蕈菇。貓貓知道的那種會讓人酒後不適的蕈菇，據說大多生長在松林。她不覺得在盡是草原的戌西州土地能長得起來。

「那麼，也許是跟著中央的賑災物資一起來的了？」

「嗯──或許是吧？」

貓貓低聲沉吟。以機率來說也未免太巧了。坦白講，她怎麼想都覺得是有人蓄意夾帶讓人酒後不適的蕈菇進入酒坊。但這麼做的理由就不得而知了。

（不知道的事情想也沒用。）

還是先把其他事情做完吧。心情調適得快應該算得上是貓貓的一項美德。

馬車抵達本宅時，貓貓也已經清醒多了。

（得去向壬氏通報一聲才行。）

就跟平時一樣，貓貓打算據實以報。反正壬氏一定會問她的看法，但她可沒厲害到會知道是誰下的手。

貓貓等人前往壬氏的書房，然而書房裡只有水蓮一人。

「壬總管不在嗎？」

在場只有水蓮、貓貓還有雀與李白。她一不小心又叫成「壬總管」了。

「這時候也該回來了。他被請去商議玉鶯老爺的遺產一事。」

「……這事與壬總管不是不相干嗎？」

「好像是希望有個局外人參與議論。當初聽到他們想請羅漢大人到場，不得已就毛遂自薦了。」

水蓮長嘆一口氣。

「誰不好選偏偏選他，這也太沒道理了吧？陸孫大人都還比較合適。」

貓貓只覺得傻眼。

「這我就不清楚了，不過他們似乎是不希望久居西都的人插手此事呢。哎呀？好像回來了。」

水蓮對走廊傳來的腳步聲起了反應。

「貓貓，妳來啦？」

壬氏進入房間，看著貓貓。背後跟著高順與馬閃父子。

「小女子來向月君報告酒坊一事。」

貓貓低頭說道。

「知道了，妳就說吧。」

壬氏稍稍拉開衣襟，在臥榻上坐下。水蓮立刻備好茶。

貓貓說出在酒坊發生的事。

「也就是說，有人蓄意夾帶毒菇？」

「很有這個可能。關鍵之處在於此菇不飲酒就不會變成毒物。西都這數個月來幾乎沒有哪個地方能供人飲酒，而此人刻意將特殊蕈菇送進酒坊，可說居心不良。」

「居心不良？不是要害人性命？」

「很遺憾，此菇只會讓人酒後不適，毒性沒有強到能致人於死。」

壬氏喝了茶。

水蓮也有端茶給貓貓，但貓貓感覺氣氛似乎不適合坐下，就一直站著。雀還有李白都是站著，所以只要壬氏沒叫她拿椅子坐下她就不會坐。坦白講她還有點頭暈，真希望能早點獲准坐下。

「會是有人惡作劇混入嗎？」

「做出這種像野狐作弄人的行為，會給人造成困擾的。」

「明白了。總之我會讓人跟分配賑災糧食的人員做確認。」

「勞煩月君了。」

壬氏終於比手勢要貓貓「坐」，她這才終於坐下。事情報告完了，但接著似乎換壬氏有事找貓貓。平常這時候會由貓貓為壬氏看傷口，可是今天似乎沒有這個打算。

貓貓不經意地看看四周，李白可能覺得事情一時半刻談不完，到隔壁房間候命去了。雀或許是被交代去做雜務了，不見人影。

「我是被叫去商議跟玉鶯閣下有關的事。」

「談得似乎比原先預計的更久呢。」

「是啊。玉鶯閣下的兒女們呢，看看他的孫兒們就知道，顯然是故意教育得讓各人之間有所差異。」

看看死小鬼玉隼與小紅的關係就明白了。

「那麼，他們是不是希望您能多分些遺產給次男與三男？」

「不，非也。他們是拜託我說服長男收下遺產。」

貓貓歪歪腦袋，整顆頭往旁倒下。可能是酒意還沒散，動作變得太大讓她很困擾。

「小女子還不太能理解。也就是說，長男說他不要遺產嗎？」

她想起那個帶來鹿頭，名叫鴟梟的男子。附帶一提，鹿腦已經汆燙沾醋滑嫩嫩地吃下肚了。她不討厭那個味道。

「他說要全數放棄，分文不取。」

「說到玉鶯老爺的遺產，雖說玉袁國丈尚且健在，但應該仍是一筆大數目吧？」

「但他說他不拿。儘管聽說過此人是個狂夫……」

狂夫這詞對貓貓來說有些陌生，記得應該就是指那種瘋瘋傻傻的人。

「能拿的好處白白不拿？」

「大概他不覺得是好處吧。」

壬氏講話語氣帶點莫名的體悟。

（啊——）

貓貓想起這裡也有一個思維異於常人的仁兄。壬氏才是真正想拋開許多桎梏的人。

「長男不想拿遺產。長女想拿，但伴隨繼承權而來的職責她扛不起。次男希望按照玉鶯生前所說讓長男繼承；三男則說讓次男繼承就什麼事都圓滿解決了。」

眾人的意見如此分歧，自然不可能談出結論。

「您說伴隨繼承權而來的職責，是指繼承人必須繼位成為西都之長嗎？」

「可以這麼說。附帶一提，親戚都不喜歡這個長男。即使有大海閣下幫忙緩頰，議論還是毫無進展。」

大海，記得是玉袁的三男。

「真是複雜。」

貓貓講得像是在慰勞壬氏，心裡卻希望別把她牽連進去。在遺產繼承問題上就隨聲應和幾句，找個適當時機告退吧。

「喂，我怎麼覺得妳在隨聲應和敷衍我？」
「沒有沒有，豈敢。」
壬氏越來越會解讀貓貓的細微表情了。
「還有，妳今天怎麼好像面色特別紅潤？」
「有嗎——」
能吐的酒都吐出來了，但心情還有一點點亢奮。她沒能瞞過壬氏的法眼。
貓貓感覺得出來，壬氏會拿她又亂做實驗的事叨念她一頓。
「話說回來，玉鶯老爺的夫人不加入討論嗎？」
貓貓決定換個話題。
「聽說夫人也輔佐過玉鶯老爺不是？」
就算說女子再怎麼無權，老爺的遺孀總該有點權利吧。
「玉鶯閣下的夫人不喜歡出面。她什麼意見也沒提，就只是坐著。」
（果然是這樣啊。）
跟雀告訴她的情況毫無二致。茘國普遍偏好性情雍容文雅的女子，但這樣就沒人能統合眾人意見了。
「夫人似乎是因為一件事而變得不喜歡出面。」

「小女子聽雀姊說了。」
據說她在異國待過幾年。
「是嗎？聽說她連見親戚都不願意，關於遺產已經決定完全不插嘴了。」
「連親戚都不想見？」
貓貓偏頭不解，覺得她看起來並沒有那麼不愛交際啊。
「夫人原是中央富賈之女，嫁到西都來之後就幫助丈夫做貿易，這妳聽說過吧？」
「略有耳聞。」
貓貓現在才知道她是中央出身，不過長相的確比較像是中央人氏。
「她搭船遭逢海難下落不明，幾年後才千辛萬苦返回西都。雖說是情有可原，但好些年不在家難免引來一些人的閒言閒語，這就是原因了。」
「啊——原來是這麼回事啊。」
的確，假若一名女子而且還是美人被丟在異國，可以理解有些人會下流地打探她在異地求生存的手段。
夫人的半生隨便都能寫成一本書了。
「想必是有過很多遭遇吧。據說從此以後，她便極力減少出面作主的次數了。玉鶯閣下之所以那般排胡，說不準也是受了夫人的影響。」

貓貓不住點頭稱是的同時，心裡只想早早告辭。酒吐完了，胃裡也跟著空了。她很想趕快去祭祭五臟廟。

「那麼小女子該告退了。」

貓貓從椅子上站起來準備走出房間，兩腳卻打結了。

「喂。」

壬氏抓住貓貓的手腕讓她站穩。

「怎麼了？看妳好像急著想走？」

「有嗎——」

貓貓的聲音不由自主地拉長。

「本來想讓妳順便幫我看看傷處，怎麼看妳有點不對勁？」

壬氏對她投以懷疑的目光。

「總管多心了——再說那個燙傷，已經用不著我來診治了。」

「請妳要做就負責到底。今後也許傷口會化膿也不一定。」

「不可能的啦——再說，就連比壬總管小了那麼多的小女娃肚子上的傷，都已經不用回診了耶——」

「那跟這是兩碼子事吧。」

「……」

貓貓忍不住半睜著眼瞪他，沒想到壬氏的神情卻像是「啊——這就對了」不知道在開心什麼。

「那麼小女子告辭。」

她正準備擺脫壬氏的瞬間，肚子蠢笨地叫了一聲。

胃裡的東西，已經跟酒一起全吐了個精光，現在正空著。

就像存心逗弄貓貓飢餓的肚腸似的，一股香味飄了過來。

「想知道我晚膳吃什麼嗎？」

壬氏賊笑著觀察貓貓的表情。

「也不是不會好奇啦——」

「是嗎？水蓮，今天的配菜是什麼？」

壬氏高聲問道。在隔壁房間都聽得見。

像壬氏這種身分地位，膳食向來應該是品目豐富，而且分量多到幾乎吃不完。既然會問配菜是什麼，可見如今即使是皇弟也只能吃分量剛好的飯菜。

（吃得比較儉素了。）

水蓮笑容可掬地把碗盤端來。

「是蒸雞涼菜與東坡肉。」

（不，離儉素還差得遠了咧。）

貓貓咕嘟一聲吞下口水。

「想吃嗎？」

「……總管願意賞賜的話——」

貓貓雖覺得對在藥房等她的庸醫過意不去，卻敵不過肉的誘惑。儘管也怕桃美或誰會咂舌嫌她不配與壬氏一同用膳，但她也是不得已的。水蓮已經用刈包夾著豬肉拿過來了，所以是不得已的。

「我和月君吃一樣的膳食，不會有問題嗎？」

貓貓還是做個確認。

「嗯，能有什麼問題呢？妳若是擔心，不妨試一下毒如何？」

獲得水蓮的許可了。而且為了讓貓貓用膳，座位已經準備好了。

貓貓握拳叫好，但隨即發現端上桌的東西跟平日有所不同。

「請問一下——」

「什麼事呀？」

貓貓怯怯地向水蓮詢問。

「平時不是都會有餐前酒嗎？」

這次為何沒有？貓貓拐彎抹角地催促。

「貓貓姑娘，不可以唷。是誰剛才還噁個不停把酒都給吐出來的？」

雀多嘴長舌地說。

「酒？什麼意思？」

「啊——就是貓貓姑娘的壞毛病啦。」

貓貓沒具體說明的事，被雀一五一十地告訴壬氏。

壬氏聽雀講到後來，眼神變得越來越嚴峻。

「事情就是這樣嘍。」

「原來如此……」

壬氏把整件事聽完後，瞪著貓貓威嚇她。

（雀姊真過分！）

當然，沒有酒給她喝。

八話　俊杰

在西都住了半年，派給貓貓他們的傭人大致固定下來了。

「貓貓小姐，我把您要的材料拿來了。」

一個還沒加元服的少年來到了藥房。以男孩來說太大，稱為男人又太小了。聽說他年方十三，身高比貓貓還矮了一個拳頭。雖然個頭小，但性情內斂又認真。他待在貓貓等人身邊，主要做些侍童的差事。

少年性情內斂，做事又很聽貓貓等人的話，是不可多得的人才。

「謝謝你。」

貓貓把侍童拿給她的材料分門別類，本來想拿點果乾給他代替腳錢——

「不了，我有領取薪餉，所以不能收。」

（哇，真是可靠。）

貓貓一面感到佩服，一面想起了待在京城綠青館的毛孩子。

侍童的年紀跟趙迂差不多。貓貓真希望那小鬼也能變得再懂事些，但江山易改，本性難移。

（一段時日沒寫信了，來寫點好了。）

正在思忖時，藥房門口傳來了人聲。

「喂——有人在嗎？」

「來了。」

貓貓看看外頭是誰來了，原來是羅半他哥。羅半他哥放下揹著的籠子。

「哎呀，您回來了。」

貓貓走到羅半他哥身邊。

羅半他哥很忙，成天前往西都周邊的各地，耕了田之後再回來。本人嘴上說做這些非他所情願，第一個開始耕地的人卻總是羅半他哥。

貓貓看看籠子裡的東西，是一些瘦巴巴的甘藷。

「與其說是甘藷，更像是樹根對吧？」

羅半他哥一臉的失望。

「還是可以吃啦，可以的。」

蒸熟了連皮吃的話應該也不錯。長得細，也就更容易熟。

「然後呢，這個的收穫量還算可以。」

羅半他哥丟了顆馬鈴薯過來。

「也許是馬鈴薯比較適合這兒的氣候？」

「我看也是。要是沒有飛蝗，收穫會更豐碩，不過這樣也過得去啦。」

如意算盤還是別打得太早為妙。羅半他哥可能是對現況比較不樂觀，眉頭緊鎖。

「好像有什麼事情讓您不痛快？」

羅半他哥握著馬鈴薯，臉色嚴峻地看著它。

「妳看，長得很小顆吧。我看是栽種的時候，沒做足剪枝與追肥吧。」

剪枝這個詞彙貓貓不熟，但她猜大概就跟間苗差不多吧。

「即使收穫量夠多，薯塊長得太小就不妙了。」

「……噢，原來是這個意思啊。」

貓貓明白羅半他哥想說什麼了。

「不好意思，請問薯塊長得小顆會有什麼問題呢？只要數量夠的話，大小不是都沒差別嗎？」

侍童一臉不解地提問了。看來他不只是做事認真，還求學若渴。

羅半他哥把手中的馬鈴薯拿給侍童看。

「你看這顆馬鈴薯，是不是有點綠綠的？」

「對耶，是帶點綠色。」
「這個綠色的部分有毒。」
「有毒？」
侍童眨了好幾下眼睛。
「這、這個是可以吃的吧？種它不就是要當成糧食嗎？」
「可以吃，只要削掉厚厚一層皮就完全不用擔心。還有不只是皮，芽的部分也有毒，所以在烹調之際一定要去除乾淨。小顆的馬鈴薯常常尚未成熟，具有綠色的外皮。」
「誤食的話，舌頭會苦苦麻麻的喔。」
貓貓補充了一句，羅半他哥立刻無言地看著貓貓，手刀落在她的額頭上，看來是想罵她不該亂吃。羅半他哥在介紹馬鈴薯的烹調法時，已經三番兩次叮嚀過要小心食物中毒了。
「你放心，只要留意煮法就不會吃到肚子痛了。只是，如果一吃覺得舌頭怪怪的，就千萬不要再吃了。」
「我明白了。」
羅半他哥教導侍童吃馬鈴薯有哪些注意事項時，貓貓看著細瘦的甘藷。
「要不要立刻把甘藷蒸來吃？」
差不多到了庸醫開始討點心的時刻了。

「嗯——甘藷再擺一陣子吧。剛收穫的不好吃，靜置半個月左右才會變得更甜。」
「都像樹根了還要擺？」
「能讓它盡量好吃一點當然更好啊。」
羅半他哥說得對極了。
「啊，那個，說到這個……」
侍童怯怯地走上前來。
「怎麼啦？」
「是這樣的，雖然現在才說這個有點晚了，但能否讓我向您做個自我介紹呢？」
這個態度謙卑的侍童一定是想好好跟他們致意吧。
「自我介紹啊？嗯，你真有心。」
羅半他哥兩眼誇張地發亮，表情簡直像是獲得了千載難逢的機會。難道羅半他哥的名字，就要在此時此刻正式發表了嗎？
「多謝大人。小人名叫俊杰。大家都說這個名字很常見，我想應該很容易記得。」
貓貓之前就聽過了。但她總是忘記，就趁今天這個機會記住吧。
「……你、你叫俊杰？」
羅半他哥臉孔抽搐。是怎麼了？侍童的名字有什麼問題嗎？

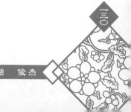

「我忘了，你說你姓什麼？」

貓貓用一種好像名字可沒忘的語氣向侍童……更正，是俊杰問道。

「回小姐，小人姓『漢』。這也是很常見的姓，聽說如今暫居府上的軍師大人也是同姓。」

侍童……更正，俊杰的舉動不知為何顯得怯生生的。

羅半他哥像是被雷打到似的，渾身劇烈顫抖。

「姓『漢』啊。的確，來到這邊的軍師大人也是同姓，一點也不稀奇。雖然我也沒資格說別人就是。」

李白不知什麼時候也來了，加入大家的談話。看他搬著裝了馬鈴薯的籠子，應該是在幫羅半他哥的忙。

「就是啊，的確是隨處可見的名字。光我認識的就有三個了。」

庸醫也跟著跑來了。他看著籠子裡的馬鈴薯，似乎在考慮能不能做成點心。

「正是如此。只是有一件事讓小人擔心，不知這裡有無哪位大人與小人同名同姓？小人之前在另外一個地方做事時，曾因為與別人同名惹惱了對方而被欺侮，所以有點擔心。」

羅半他哥渾身再度劇烈地抖動了一下，臉色鐵青得簡直像是染上了風寒。

「哦，世上還真的有這種小肚雞腸的人咧。那你那時候是怎麼應付的？」

李白放下裝馬鈴薯的籃子。

「回大人，小人是家中長男，所以就請人家喚我伯雲。」

「連表字也取得這麼無可非議啊。」

「正是如此。真的就是隨處可見的名字，所以才想向大人做個確認，免得搞混了。」

「……」

羅半他哥的神情變得嚴峻到非筆墨或言詞所能形容。臉色也很糟，滿頭油汗。莫不是生病了吧？

「啊，若是有哪位大人與小人名字重複，就忘了小人的名字沒關係。另外給小人隨意起個綽號便是了。」

俊杰笑臉迎人地說，但聽得出來他吃過很多苦。

「……」

只見羅半他哥攢眉蹙鼻，像是有話要說。他從剛才到現在都只有無聲的反應。

「小人能在這裡謀到一份差事，就已經心滿意足了。各位都待小人很親切，況且現在時局艱難，沒有幾個雇主能像這兒一樣按時支付薪餉。換個名字只是小事罷了，各位想怎麼叫小人都行。」

俊杰昂首挺胸。感覺得出來他人小志氣高，身為長男只要能夠養家活口什麼都願意做。

「也真是苦了你啊。放心，我們這兒沒有人那麼壞，會叫你改名的。來，要不要吃些點心？」

庸醫拿草餅給他。為了增加分量，草餅裡揉入了很多艾草。

「不了，小人不能收……」

「不妨事，吃吧，多吃點才能長大。」

俊杰回絕了，但庸醫散發出一種讓人難以拒絕的氛圍。結果是俊杰讓步了。

「多謝大人。那、那個，小人現在肚子不餓，可以讓小人帶回去給弟弟他們吃嗎？」

「哎喲，你還有兄弟啊？那就多帶點回去吧。」

（庸醫，糧食可不是源源不絕的。）

話雖如此，在這種氣氛下也不好阻止，就隨他去了。

羅半他哥不再擺出各種怪表情，低垂著頭。

「羅半他哥，您是怎麼了？患風寒了？」

自從來到西都之後，他可說是最賣力的一個。要是操勞過度搞到病倒就得不償失了。

「啊，真是抱歉，我只顧著講自己的事。請、請問大人的名字是？」

俊杰詢問羅半他哥叫什麼名字。這對羅半他哥而言，應該是這半年來苦等已久的一句話才對。

眾人無不萬分關切，心想終於要聽到羅半他哥的本名了。

「……羅半他哥。」

羅半他哥的嘴裡似乎迸出了某些聲音。

「呃，您怎麼了？」

羅半他哥的口頭禪不就是「我不叫羅半他哥！」嗎？

「我的名字，叫羅半他哥啦！」

羅半他哥如此說完，就轉身離去了。

「所以是……羅半他哥大人嗎？」

俊杰也被搞糊塗了，但既然羅半他哥都這麼說就沒辦法了。

羅半他哥的背影散發出認識以來最深沉的哀愁。

九話　異國姑娘

結果關於玉鶯的遺產問題，眾人依然沒有交集。

當然，貓貓沒有理由介入別人家的繼承問題，所以就只是事不關己地做她的差事。

「有位患者希望能請女醫者為她看診。」

虎狼又來找貓貓了。

（簡直活像後宮時期的壬氏。）

虎狼經常做一些近似於跑腿的差事，但本人似乎毫不介懷。

「患者是女子嗎？」

「是的，是一位良家千金。真是抱歉，只因西都極端缺乏女醫師，或是行業相近的人士。」

（跟小紅的狀況差不多。）

貓貓看著這個家世顯赫卻態度謙卑的青年。的確一名女子若要從醫，恐怕頂多只能當個藥師或是接生婆吧。貓貓自己就連在中央都沒看過女子行醫。

「有些什麼樣的症狀？」

「說是頭痛久久未癒。尋常的治療法全都試過了一遍，但還是不見起色。所以才說要請真正的大夫來看看。」

貓貓想像了一下狀況。有很多原因能造成頭痛。真正的病因要實際診視過才知道，有時候就算診視了也抓不出原因。

「那麼，我去出診就行了嗎？」

「是，太謝謝您了。月君那兒我會去通傳。」

虎狼一副就等這句話的表情，瞇起眼睛偷瞧了一下貓貓。

「這不是月君的命令？」

貓貓偏頭不解。她還以為是壬氏下的命令。

「不，是我想請您幫忙。有個熟人來找我商量，想問問哪兒能找到女子為人治病。」

「我只要月君允許就去。反過來說，若是月君不允我就去不了。」

「我明白了。」

貓貓看著虎狼走出藥房。

「怎麼了，小姑娘？」

李白也同樣地看著他，跟貓貓說話。

「沒什麼，您覺得玉鶯老爺的三公子是個什麼樣的人？」

「嗯──這話什麼意思？」

「也沒什麼，只是總覺得有哪裡不對勁。」

好像心下有個疙瘩。她沒辦法具體說出哪裡不對，只是依稀感到有點奇怪。

「小姑娘覺得不對勁啊？會不會是他跟妳有些相像的地方，所以讓妳有那麼一點同類相斥？」

李白說了。

「同、同類相斥？您說我哪裡跟他像了？」

貓貓偏著頭。她對虎狼並沒有到看不順眼的地步，不過是對他的舉動有些耿耿於懷罷了。

「很像吧？就是你們都會一臉若無其事地評斷別人。」

李白雖然就像隻大狗，但可不是個唯唯諾諾的男子。儘管天生不適合做文官，但腦筋轉得很快。

「我有在評斷別人嗎？」

「我看在妳眼中八成把我比作了沙皮狗吧？」

「……」

沙皮狗是用作鬥犬的大型犬。
這句犀利的回答讓貓貓不禁語塞。
她決定今後即使在心裡，也別再把人家當成大狗了。
「妳這種地方，真的跟羅半一模一樣耶。」
羅半他哥說了。若要說到他為什麼在這裡，原來是在跟庸醫一起喫茶。聞味道就知道是魚腥草。這種草可作為生藥，繁殖力強，但在乾燥地帶實在還是養不活，羅半他哥已經放棄栽培了。
「就算你是羅半他哥，我想也不是什麼話都可以亂說。」
貓貓氣呼呼地用鼻子噴氣，同時心想壬氏應該會接受虎狼的請求，於是將出診用具裝進囊袋裡。
「竟然說我的行為跟羅半一樣？」
「完全一樣。」
「吻合到了無法辯解的地步。」
不只是李白，不知為何連羅半他哥也像是很能理解。
「我倒是不太能理解耶。」
只有庸醫歪著腦袋。庸醫平時完全派不上任何用場，在這種時候卻能為氣氛帶來一陣清爽。

「我問妳，妳現在是不是又在評斷醫官老叔了？」

「當然沒有了。」

貓貓裝傻不承認。

不過李白的說法，竟似乎也解開了她心中的疑問。

（所以他是在測試我了。）

虎狼雖然也稱呼貓貓一句「小姐」，但講話語氣純粹只是維持禮貌。貓貓對壬氏講話時，表面上也會使用尊敬的語氣。

可是，如果他背地裡其實看扁了對方，這種作法未免也太粗糙了。貓貓不覺得虎狼有那麼笨。

硬要說的話——

（會不會是我的身分已經穿幫，所以他想考驗我的人品？）

貓貓是絕對不願承認。然而假若虎狼已經得知她是怪人軍師跟妓女生下的孩子，會有那種態度就能理解了。

貓貓身為國家重臣之女，會不會出言責備虎狼無禮的態度？

或者，貓貓會明白自己只是庶子，選擇安分守己？

更重要的是，貓貓會不會察覺到虎狼在背地裡看輕自己？

貓貓一面覺得自己還真是被看扁了，一面把用具往囊袋裡塞。

果不其然，沒過多久雀就來了。

「月君准嘍。」

雀拿著行囊，好像也打定了主意要外出。

「外頭已經備好馬車了，咱們走吧，走吧。」

「勞煩了。」

虎狼似乎也會同行，身上披著防塵用的外套。

「要往哪兒去？」

「有點兒遠。我說港口附近的驛站您明白嗎？」

不會提供明確的情報，講話口氣就是在試探。

（啊——原來是這麼回事。）

貓貓想起了之前壬氏說過的話。

他說過蝗災造成無法回國的異國人聚集在同一個地方，又說那些人在玉袁的三男大海的安排下，聚集在港口附近的驛站。

（異國人、無法回國、良家千金。）

貓貓一面產生非常不祥的預感，一面決定當作什麼都不知道。

（雖然大多數時候都會失敗。）

即使如此，最起碼還是能佯裝不知，於是她假裝渾然不覺，坐上了馬車。

貓貓跟著馬車顛簸了約莫一個時辰（兩小時）。比上次去的農村近多了。風中帶有乾土與草的氣味，還夾雜著潮溼的海風香氣。

雀與李白一如平素地跟在身邊當護衛。若只是這樣的話倒沒什麼，但不可思議的是馬車上還放了一個大簍筐，而且精心改造成可以讓雀揹在背後。

「這是什麼東西？」

「那是我的夫君。」

莫名其妙地變成了例句口吻。更奇怪的是回答的內容。

「呃……雀姊的夫君，就是馬良大人嗎？」

「是的，我想他這回能派上用場。」

貓貓不知道雀是以什麼作為派上用場的標準，但寧可相信她有她的用意。比起這個，首先那簍筐或許是能裝得下一個成人，可他究竟是把自己蜷縮得多小？貓貓很想探頭往簍筐裡看，但輕舉妄動又怕把他嚇昏就麻煩了，還是克制一下好奇心吧。

馬車自西都一路南下。這條路在來到西都時也走過。料想到會有馬車頻繁往來的道路鋪裝得乾乾淨淨。大概是因為即使不下雨，光禿禿的土地還是會被輾出車轍吧。

「看到了，就在前面。」

虎狼從車夫座探頭過來。

「地方好大啊。」

這是貓貓的真實心聲。本以為不過就是個小鎮，沒想到粗估也有幾千戶人家。街上熱鬧到讓人捨不得只是路過。

可能因為大多做的是船夫生意，街上呈現出一種入夜後會更熱鬧的氣氛。換言之這裡不只是鬧市，也表現出濃厚的風月色彩。

儘管兩地風情各異，貓貓仍莫名地產生了一種懷鄉之情。先不論老鴇如何，不知道小姐們是否別來無恙？

很不巧，他們直接經過鬧市不停留。平日街上可能會有更多賣伴手禮的地攤，但此時只有稀稀落落的幾個攤子販賣柴米油鹽或日用雜貨。偶爾有幾家奢侈品或飾品的店鋪開門，也都門可羅雀。

娼妓們慵懶地從窗戶往外頭望，但每次只要馬車經過目光就會炯炯發亮，端詳來者會不會給她們幾個蹦子。也能看到舞女在練舞。舞女把盛了奶茶的茶碗放在頭上跳舞，不能讓茶灑出來。

馬車駛至鎮上最好的地段，在最氣派的一棟旅店門口停車。牆壁是石造的，但屋頂是瓦片，大門上了紅漆，讓人想起中央的屋宇樓房。

「好了好了，夫君啊——到了這兒就該出來嘍。」

馬良從簍筐裡慢慢爬出來。不知道他是怎麼進去的，但還真的就躲在裡面。本以為他的舉止會更鬼鬼祟祟一些，沒想到意外地鎮定。

錯了——

「他怎麼好像閉著眼睛？」

「是呀。我讓他閉目不視，藉此減輕心裡的負擔。」

「沒有這種的吧？」

貓貓不由得說出了心裡話，但雀與馬良似乎已習以為常。雀邊走邊巧妙地給馬良引路。

旅店裡鋪著上好地毯，讓人捨不得穿著鞋子走進去。

「這邊請。」

貓貓天生摳門，所以先撣掉了鞋底的灰塵才踩上地毯。

旅店的傭人們向他們低頭行禮，很多人的容貌充滿異國情調。

他們步上階梯，被帶到三樓最大的一個房間。門前站著一名約莫四十歲的金髮男子。從膚色、髮色與深邃的五官，可以推測此人如同原先所想的是異國人士。原本猜想或許來自砂歐一帶，但看膚色像是更北方的民族。

「失禮了。」

另一名貌似異國人的女子過來摸貓貓的身體。看樣子是在確認她身上有無危險物品——

「這是？」

「這是生藥，可治腹痛。」

「這是？」

「這是軟膏，可治燙傷。」

「這是？」

「這是白布條，是用來包紮傷口的。」

這樣的對話持續了好半天。這次沒把針啊剪刀什麼的揣在懷裡是對的，貓貓早已把它們仔細地收進了佩囊裡。

接著換雀接受驗身，照貓貓的想像會比她更花工夫，想不到很快就結束了。雀一臉洋洋得意地看著貓貓，怪討厭的。

李白是不須擔心，但貓貓怕馬良撐不過來，結果看了半天都沒看到他動一下。不對，是站著昏過去了。
（不是，他待在這裡真的不會出事嗎？）
貓貓很不放心，不過等了半天總算能進房間了。
大房間裡有著充滿異國情調的家具，以及一張附有大天篷的床。
床邊站著一名身穿異國裙裳的中年女子。女子有著黑髮與苗條的身材，眼睛顏色泛綠。
只有貓貓靠近床邊，雀在她背後退離五步，李白與馬良緊挨著門口的牆壁。
「請多多指教。關於我家小姐──」
女子恭敬行禮，跟貓貓說明了病情。一副就是自我介紹可以免了，快幫病人看診要緊的態度。
「那麼失禮了。」
掀開床幔一看，有個小姑娘在裡面。小姑娘眉眼分明，臉頰長了少許雀斑，讓貓貓有種莫名的親近感。白金髮色，藍眼珠。年齡乍看像是十二、三歲左右，但異國人的容貌比茘人成熟很多，也許可以估計得再小一些。
（十歲左右？不，搞不好更小。）
聽說她為頭痛所苦，但奇怪的是看起來挺活潑的。
「我想確認妳的病情，可以摸摸妳嗎？」

「不可伊。」

結果得到異國姑娘一句不完整的回答。

貓貓偏頭看著中年女子。

「小姐的意思是您看診時不能摸她。」

跟小姐不同，女子以流暢的茘語回答。

「只要是伊流醫師應該頒得到。」

（沒有這種的吧。）

那我特地跑來看診幹嘛？貓貓心裡如此想，看了看好像有點瞧不起人的小姑娘。

被對方無理要求診視病患時不能用手摸，貓貓想了想該怎麼辦。

「那麼到什麼程度的話可以呢？」

「？」

異國千金偏著頭，似乎聽不懂貓貓的意思。中年的貼身侍女附到她耳邊說話。

「小姐說若您願意與她相隔二尺（六十公分）的距離就可以看診。」

（還二尺咧，妳瘋了啊？）

這樣沒辦法好好看診。

「那麼身上衣裳可以脫多少呢？」

對方大概會拒絕，但問問不吃虧。

「小姐說只要可以穿著褻衣，並且請男子離席就不成問題。」

（咦？）

這倒是答應得很爽快，讓貓貓愣了一愣。

可是跟對方語言溝通不順，做各種問診就會有困難。

（頭痛是抽痛、嗡嗡作響，還是尖銳刺痛？）

她敢肯定就算問這些，對方也絕對聽不懂。

不，其實對方能聽懂隻字片語已經算是很有才學了，只是不夠用來溝通表達。

不得已，貓貓只好透過貼身侍女多問幾個問題。

「那麼容我重新問過一遍症狀。」

雀拿著紙筆陪在貓貓身邊，一邊散發出女秀才的氣質，一邊準備記下要項。

「從何時開始感覺疼痛的？」

「大約是從十天前開始。小姐身體狀況不佳似乎有一段時日了，但我之前以為是這數個月來生活不適應所導致。說來羞愧，我竟忘了還有生病這個可能。」

貼身侍女歉疚萬分地解釋。

「是怎麼個痛法？」

「似乎是隱隱作痛。偶爾可能是痛得緊，小姐會當場站不住蹲下去。」

如果痛到會站不住蹲下去，那豈不是很嚴重嗎？

可是貓貓總覺得有些蹊蹺。

「這數個月來，小姐是否較少活動身體？」

「沒有……要說活動身體的話，那可是成天亂跑亂跳。」

侍女顯得有些傻眼地看著小姐。她現在乖乖地待在床上，但聽起來平素是個野丫頭。

「食欲呢？」

「食欲嗎？其實她從大約兩個月前開始就胃口不開，我本以為這也是因為水土不服的緣故。這幾日小姐更是粒米不進，只吃些流質飲食。」

「也就是說，小姐是開始頭痛之後，飯量也極端減少了？」

「是的。」

（啊——這下我懂了。）

不願意被摸，不願意讓醫師靠近診視，但是可以脫衣服。貓貓覺得好像知道原因了。

只是要一口斷定，尚且缺乏根據。

「雀姊。」

「來了來了，貓貓姑娘有何吩咐？」

「可以勞煩妳幫我弄這個來嗎？」

貓貓用筆墨流利地寫下需要的東西。

「遵命。」

雀輕點個頭後離開房間。

「我請她去備藥了，請稍候片刻。」

「請問醫師，這樣就抓出病因了嗎？」

只有問診沒有觸診，也沒請她脫衣服。貼身侍女半信半疑地看著貓貓，懷疑她只是胡亂瞎猜。

「可以從用藥是否有效來判斷症狀。還是說，投藥也不允許？」

「不，這倒無妨。」

「小姐可有不能吃的東西？」

「我想沒什麼不能吃的。藥也是，只要不至於苦得難以下嚥，應該都能服用。」

貓貓心想那就沒問題了，這時雀飛快地趕了回來。

「我拿來了。」

雀拿了一個沁涼的玻璃盛器回來。可以聞到柑橘與蜂蜜的甜香，盛器外凝結著水滴。

貓貓把盛器裡的飲料倒進另一個盛器裡喝喝看。

「我試個毒，以防萬一。」

「可否讓我也試過？」

貓貓再倒一點出來拿給貼身侍女。

「這真的是藥嗎？怎麼這麼可口？冰得很透，喝起來清涼暢快。」

「是的，我想請妳讓小姐把它含在嘴裡喝下去。」

「好的。」

貼身侍女把玻璃盛器拿到小姐面前。小姐連連眨眼，遲疑地喝了。她噘起嘴唇，小口小口地慢慢喝。

「……怎麼了？請繼續喝不要停。」

小姐停下來了，整張臉扭曲成一團。

貼身侍女對小姐說了一些話，但太小聲了聽不見。

不過貓貓這下就明白一些事了。

「我不能碰小姐也不能靠近她，但這位侍女可以對吧？我想小姐的嘴裡……應該是在臼齒吧，想請妳檢查看看。」

「臼、臼齒嗎？」

貼身侍女想檢查小姐的嘴裡，但小姐死不肯張嘴。

「戳臉頰可行嗎？」

貼身侍女用手指戳戳小姐的臉頰。總覺得挺溫馨可愛的，讓貓貓想起人在京城的姚兒與燕燕那對主僕。

戳到左臉頰時，小姐大大地抖動了一下。

（果然。）

「小姐頭痛的原因，是齲齒。」

看到這裡，貓貓斷言了。

從幾個月前起就有輕微不適，然後從十天前起，身體狀況開始變差。

想必是把小齲齒放著不管，導致愈蛀愈大了吧。起初只是會刺痛，多少影響了食欲。由於不想動到齲齒，咀嚼時常用沒有齲齒的右排牙齒去咬。結果對肩膀與脖子等處造成負擔，引發頭痛。

小姐很想隱瞞齲齒，卻隱瞞不了身體的不適。結果她只說頭痛，但因為不想治療齲齒，才會提出那些強人所難的要求。

貼身侍女用一種有話想講的表情看著小姐，大概是很想用母國語狠狠教訓她一頓，但顧慮到貓貓等人在場吧。

只是，由於說什麼都要設法治療齲齒，造成她們必須做出相當缺乏格調的舉動。貼身侍女與小姐展開了一場實在稱不上高雅的搏鬥。貓貓遠遠旁觀，心想：這小姐還真是個野丫頭。

「若是可以，能否讓我摸摸小姐，看看嘴裡的情形？」

「務、務必有勞醫師了。」

貼身侍女一邊被小姐拉扯頭髮，一邊奮力抵抗。一開始的那種印象全毀了。

小姐也被制伏，只能張開嘴巴。

「嗚哇，都發黑了。一定很痛。」

恐怕不只是喝水會刺痛那麼簡單。雖然也可以對症下藥填以生藥，但洞都這麼大了，她覺得這麼做沒多大意義。

「治得好嗎？」

「與其設法治療，直接拔掉比較快。這是乳牙，拔了不妨事。」

貓貓直話直說。

不知道小姐聽懂了多少，她大張著嘴巴僵住不動。

「有勞醫師了。」

小姐會講的茘語似乎就一開始那兩三句，所以不是很清楚貓貓與貼身侍女在談些什麼，但她知道自己大禍臨頭了。經過一番死命掙扎，終於連外頭的護衛也進來制伏小姐。

（到底是有多頑皮啦？）

一名護衛被踢中臉孔，瘀青了一塊。話又說回來，貓貓很訝異在異國雖說是護衛，竟然可以觸碰異性的身體。

（也許是她都鬧成這樣了，不得已吧。）

實在是抵抗得太激烈，連李白都差點進來幫忙了。

貓貓把手指塞進小姐的嘴裡。嘴巴有抓緊固定住，免得被她咬斷手指。

「啊——在搖晃了。很快就可以拔掉了。」

「需要麻醉嗎，貓貓姑娘？」

「麻不麻醉都沒差。一瞬間就結束了，就請她堅強一點吧。」

既然都活蹦亂跳到需要這麼多個大人來制伏了，想必不成問題。

貓貓沒厲害到會攜帶拔牙用的鉗子，因此請對方準備。

「好了，這還滿痛的，只能請妳撐住了。」

現在已經沒人把小姐當成深閨千金了。尤其是貼身侍女為了小姐隱瞞齲齒疼痛的事正在氣頭上，一副就是說什麼都要把它治好的神情。

小姐被他們從背後架住，嘴巴被固定，陷入想叫也叫不出來的狀況。

（嗯，對不起了。）

貓貓夾住齲齒，用力地扭轉了鉗子幾下。小姐也跟著被拉來扯去，但沒想到立刻就拔出來了，讓她顯得很驚訝。

「好，幫妳上藥喔。」

貓貓幫她稍微上些金創藥，疊起白布條讓她咬住。

「血止住了就把布條丟掉。如果流血不止，就幫她換掉布條繼續咬到血不再流。短時間內不要有激烈動作。還有酒也建議別喝，不過她這麼小應該還不會喝酒吧？」

再來就是雖然覺得沒必要，但還是給了一些止痛藥。

貼身侍女與護衛已經被弄得狼狽不堪，小姐則是正在端詳蛀了個洞的乳牙。

（看換牙的狀況，差不多十歲吧。）

貓貓把藥與寫了注意事項的紙條交給對方，就打道回府了。

「哎呀，佩服佩服。」

虎狼只差沒搓著手如此說道。

「人家請我找女醫師時，我還不知道該如何是好呢。」

「在西都想必很難找吧。」

現在想想，必定是那小姐指定要女醫師的。她不想被人發現患了齲齒，才會指定西都打著燈籠也找不著的女醫師。

（小鬼都是些麻煩精。）

總之差事辦完了，貓貓返回藥房。

「那麼，我們告退嘍。」

雀揹著裝了馬良的簍筐離去了。

「那人是來幹啥的啊？」

李白忽然說了。

「請別來問我，我也不知道。」

貓貓一面心想「簍筐裡不會太窄嗎」，一面決定回去繼續做事。

○●○

「年齡大約十二、三歲，實際上可能再小一些。白金髮色，藍眼珠。」

「如何？心裡有頭緒嗎？」

雀向簍筐裡的夫君問了。

「……有一個。只是……」

「只是？」

「那人是男子。」

「哦哦。」

雀想起方才那個齜齒千金。那個年紀的孩子要隱瞞性別還不是問題。

「那麼假設是男孩的話，那人是誰？」

「隸屬於北亞連的國家，理人國。記得王族的四男就是這個年齡與長相。那位小姐掙扎的時候脫口而出的話語，是那個國家的罵人話。」

北亞連在荔國經常被視作一個完整的國家，但實際上是多個國家的總稱。

雀的夫君雖然容易被旁人看成沒用的文弱書生，其實絕非庸才。

月君必須過目的文書都是由他先看過一遍，並彌補月君未能掌握的部分。如此重責大任全是落在馬良這個男人的肩上。

「這樣一位血統尊貴的人士為何不回國，而是在西都逗留呢？真讓人渾身發毛啊～」

「但願不要是本人，害我胃都痛起來了。」

之後簍筐就像是不想再聽下去似的再也沒傳出任何聲音，於是雀保持安靜回到房間。得準備一頓容易消化的晚膳才行。

十話　緊急傷患與危急狀況

秋意已濃，農民在入冬前開始收割作物。大多數的植物都會在冬季將至時留下種子。中央地方想必也到了割稻的季節吧。

這對農民來說是最繁忙的時期，不過也有很多人跟他們一樣忙碌。

「貓貓姑娘，貓貓姑娘，可以請妳幫個忙嗎？」

雀來到貓貓的寢室，把一大疊文書放下。還以為是什麼，原來是農作物的收穫量清單。

「雀姊，雀姊，這怎麼會送到我這兒來？」

「是這樣的，月君有令，說是『有沒有哪個精於核計的人手？這數量實在太大了』。所以我就拿過來了。這種時候要是羅半他哥的弟弟在就方便了，偏偏他不在。」

（羅半他哥的弟弟不就是羅半嗎？）

這種零零散散的吐槽說了很累，貓貓早就放棄了。

「所以東西才會送到我這兒來？但我也是有其他事情要做的啊。」

「妳是說栽培藥草嗎？還是把生藥搗勻揉成丸劑？這些事情多得是其他人才可為貓貓姑

娘代勞。除非像是縫合傷口、診療怪病或者動手術等真的只有貓貓姑娘才做得來的事，否則我是覺得妳不用把自己搞得這麼忙。」

「可是，這能構成把文官的分內事塞給我的理由嗎？」

「沒辦法啊，就是沒人做得來嘛。畢竟得是某種程度上值得信賴的人，才足以託付這些數字嘛。」

「這樣交給我不會出事嗎？」

「不會的，我帶來的都是尚可算重要的文書，不會出亂子的。」

「……可以不要講什麼尚可嗎？」

「咦？為何？」

雀好像不能理解，面對貓貓歪著腦袋瓜子。

「跟去年度的作物量交相比對，會很有意思唷。」

雀又給貓貓放了一大疊文書下來。

「也就是要我跟去年的做比對，一面留意作物短少了多少，一面做計算？」

「貓貓姑娘舉一反三，真是幫了我個大忙。」

雀吐了個舌頭。

「那麼，我去指示外頭的各位了。」

「雀姊今天怎麼這麼多事要忙？」

換成平時的雀應該會去慫恿庸醫拿茶水點心出來，度過悠閒的時光才是。

「雀姊可是一直都很忙的～不過今天有各地的訪客前來，所以弄得我更忙就是了～那我走啦──」

雀踩著獨特的咚咚腳步聲出去了。

「各地訪客是吧。」

說到這個，她也正覺得屋子周圍好像有些吵鬧。李白似乎也被壬氏叫了去，今天換了一位護衛。由於已經為庸醫多追加了一名護衛，他認為不用擔心。順便一提，那個叫什麼玉隼的小鬼頭偶爾會偷偷跑來瞪著藥房，但沒有再來鬧事挑釁。

（我是不討厭做文職，但也說不上喜歡。）

話雖如此，貓貓跟那些什麼客人的無關，所以只能把分派給她的差事做好。

貓貓看著雀留下的文書，大感頭痛。

貓貓希望自己的差事就是成天跟生藥嬉戲，問題是到處都缺人才。

小麥收穫量的銳減嚴重到無法忽視。羅半他哥栽種的薯芋收成只是杯水車薪，貓貓思考如何才能用儲存的糧食或賑災物資設法維持民生。

「只有八成有分給老百姓嗎？嗯──看不懂。」

貓貓自言自語。

有句話叫做飯吃八分飽。但若是說到平時吃十分的人只吃八分飽會不會滿足，那自然是不可能的。而如今日常生活缺衣少食，有人仍然能吃到十分飽，也有人為此蒙受損失。像是一些貧民，平常就已過著連五分也吃不到的苦日子。一旦糧食不足，第一個挨餓的就是他們。

假如把數十萬人的意志全凝聚起來，只用八成的糧食也能勉強養活眾人。但世人就是不可能實現這種理念。

（不行不行。）

不可以對數字動真感情。在這種地方如何憂慮也幫不上忙，只會害做事效率變差而已。

貓貓唸唸有詞地處理了半個時辰（一小時）後，有人悄悄來偷看房間。

「有什麼事嗎？」

貓貓轉頭一看，那兒有個女童。記得是玉鶯的孫女小紅。

貓貓半睜著眼看著她。庸醫對小孩子就是縱容，也許是他擅自放她進來的。

小紅嚇了一跳往後退。她這樣害怕會讓貓貓很為難。

貓貓暫且擺個笑臉，但可能是不夠自然，她往後退得更遠了。

「呃……妳沒事跑來藥房會讓我很為難的。況且這裡是我的房間。」

這算是貓貓最大的讓步了。

「……有人……需要找大夫。想請妳去看看。」

小紅用幾不可聞的聲音說了。

「找大夫？哪兒有人需要找大夫？」

「……那邊。」

小紅只是用手指出方向。

「妳這樣說我聽不懂。」

「……大夫救命，鴟梟舅舅就快死了。」

小紅眼裡堆滿淚水說了。

這個性情懦弱的小姑娘，說的似乎是真話。

貓貓想了一下該怎麼辦。

這看起來不像是小孩子惡作劇。假如鴟梟——玉鶯的長男真的性命垂危，貓貓不能見死不救。可是，身分那麼高貴的人不可能不去請醫師。

「我問妳，為什麼要來找我？不是還有其他很多醫師嗎？」

現在情況沒有蝗災剛發生後那麼混亂。雖說鴟梟行為不檢，但醫師不可能不來診治前領主的兒子。也沒什麼原因非得找女醫師不可。

最重要的是，為何小紅會來找上貓貓？

「……舅舅說，請大夫會有殺身之禍。」

「殺身之禍？」

冒出一句不容忽視的話來了。

貓貓來到房間外頭。

庸醫正在悠閒地喝茶。可能是獨自喝茶嫌寂寞，他把護衛也叫來坐下一起喝。李白不在，另一位護衛站在藥房門口。

（東邊的窗戶沒關。）

那個方位對護衛來說是死角，庸醫又跟個瞎子似的。這孩子大概是一聲不吭，自己偷偷跑來貓貓房間的。只要能躲過正在跟庸醫喝茶的護衛的目光就進得來。

貓貓看看桌上攤開的文書。

（雖然小孩子看了大概也不懂……）

為防萬一，她簡單收拾一下文書用信匣裝起來，放進桌子的抽屜裡。

「妳說會有殺身之禍是什麼意思？」

「……」

小紅目光明顯地閃爍。她沒有其他醫師可以拜託，只顧著來找貓貓，現在似乎正在用她的小腦袋考慮可以說出多少。

只是小孩子惡作劇的話還好。但假如是真的，會有何種後果？

貓貓對鴟梟這個男人幾乎一無所知。從政局來想，她連這個人處於什麼樣的立場，或是會不會與中央為敵都不知道。就雀的說法聽起來，可能還是少跟此人有所牽扯為妙。

因此說到貓貓現在該採取的行動，最佳答案就是——

（不理會小孩子胡言亂語，繼續做我的事。）

應該是這樣。

可是同時，如果玉鶯才剛走又死了個鴟梟，真不敢想像西都百姓會作何反應。

（更何況……）

貓貓本身要是對一個瀕死之人見死不救，會讓她夜裡睡不安穩。可惜不是一個窩囊廢來哭求治病不收錢，否則她早就直接趕人了。

（這該如何是好？）

貓貓很煩惱。

可能性粗略來說有三種。

一、小紅在說謊或是她弄錯了。人家是為了別的理由找貓貓過去。

二、小紅說的是真話。有人想要鴟梟的性命，找不到其他救兵，只好急不暇擇來請貓貓相助。

三、小紅說的是真話。有人想要鴟梟的性命，找不到其他救兵。問題是——

（也有可能是中央想要他的命。）

換作平時她會去通報壬氏，但現在恐怕沒有那個多餘工夫。

「嗯——」

小紅淚眼汪汪地注視著沉吟的貓貓。怎麼偏偏是讓這孩子來叫人？要是乾脆讓那個驕頑的玉隼過來，貓貓就能笑著趕他回去了。

（可惡的東西！）

貓貓煩惱到最後，大嘆了一口氣。

「我明白了，請妳帶路吧。」

貓貓屈服了。

只是，她在桌上放了一個梟的擺飾。這是雀閒來無事時用木頭雕刻的猴面梟擺飾。

（只能祈禱不是第三個了。）

貓貓把最不可少的幾件醫療器械收進懷裡，步下階梯。小紅則準備偷偷從窗戶爬出去。

「哎喲，怎麼啦？妳不是說今天要在房間閉關嗎？」

庸醫問她。一起喝茶的護衛也看著貓貓。

「想散散心。我去看看溫室的藥草長得怎麼樣。」

「喔，好。」

庸醫沒起疑心，只是準備泡茶。小紅應該已經趁貓貓跟他說話時爬出窗外了。

「李白大人還沒回來呀？」

「說是月君的隨側護衛需要找個彪形大漢，就把他調去了。其實他那人也是，我覺得他應該配得上更重要的官職才是。」

對庸醫而言，或許也把李白當成了派來陪醫官喝茶的伴。

貓貓對門口的護衛低頭致意。

「我去一趟溫室。醫官大人就請您多照看些了。」

貓貓深深低頭拜託。她一臉若無其事地走出藥房拿了個小籃子，假裝要去溫室。

（假若出於中央那邊的某些打算，有人採取行動想要鴟梟的命……）

很有這個可能。但是，她覺得不會是壬氏的意思。否則她也不會那麼明顯地在桌上放個梟鳥擺飾。

壬氏之前被玉鶯那個男人百般愚弄都能默不作聲了。鴟梟這點程度的胡作非為，對他來說應該沒什麼大不了。

「這邊。」

小紅從樹蔭裡探出頭來。

貓貓與小紅會合，跟著她走。周遭有幾名官員或僕人婢女的在忙他們的事，但都對貓貓她們興趣缺缺。

與其笨拙地設法避人耳目，光明正大地走自己的路反而比較不會引起疑心。

（快得心臟病了。）

小紅走向從本宅通往官府的那扇門。本來以為她會直接開門走向官府，但她拐了一個彎。

「這邊。」

她們沿著官府與本宅之間的牆壁繼續走，來到一個樹木繁茂之處。西都難得看到這種大樹，種來主要是用以擋風而不是觀賞。貓貓也看過這種樹，但不知道名稱。大概是這種樹既不能取毒也不能做藥，所以沒去記吧。

「這邊。」

有一扇小門藏在這些樹木的背後。上頭還不忘種植茂密的藤蔓，讓門不會被人一眼發現。

（是密道。）

她愈看愈覺得小紅沒在撒謊。門上裝有用一點小機關開啟的鎖，小紅用讓人焦急的動作打開門鎖。

（小紅怎麼會知道這條密道？）

貓貓本以為密道這玩意，只有家族當中的直系血親才會知道。小紅雖然的確是玉鶯的孫女，但旁系的優先順序應該比較低。

穿過窄門就是一條細長通道。兩側以院牆圍住，上面受到樹枝遮蔽。

「……小紅。」

臉色鐵青的男子——鴟梟就在那裡。身旁有個小孩哭喪著臉，就是那個叫什麼玉隼的驕頑小鬼。

貓貓立刻趕到鴟梟身邊。男子的腹部血流如注。

「她、她是幹嘛的？」

「大夫。」

鴟梟詫異地看著貓貓，眼神像是在估量她的能耐，又像是在確認什麼。

「妳說大夫！快，快把我父親治好！」

玉隼吸著鼻涕說了。

「……你太大聲了，安靜。」

鴟梟臉色蒼白地對兒子說了。玉隼睜大眼睛，小聲回答：「是。」

（小紅之所以知道密道，是聽這傢伙說的嗎？）

玉隼好歹也是直系，家人很有可能已經把密道告訴他以備危急時刻。而小鬼頭搞不清楚自己的立場，或許就把這裡當成了祕密遊樂場跟小紅炫耀。

「可否讓我看看您的傷？」

「妳這樣的人能為人療傷？」

鴟梟嚴重失血，講話咬字卻很清晰。不知是傷得不重，抑或是在強忍硬撐。但是衣服上的血漬正在不斷地擴大。

「我也不是非為您治療不可，但您若是不早點止血，也許會失血過多而死喔。」

「……」

鴟梟在考慮。要讓小紅再去找其他醫師過來是不可能的事。至於兒子與外甥女相比，不用說也知道誰才能找到比較像樣的大人。讓兒子去搞不好會把庸醫帶來。

假如傷勢沒看起來嚴重的話會把貓貓趕走，重傷的話就只能接受治療了。

（萬一傷勢沒什麼大礙怎麼辦？）

貓貓不禁猜測對方也許會為了封口而冷不防一刀把她砍死。如果發生那種事，抱歉了，就讓她拿小紅當人質吧。只能相信就算是鴟梟這種無賴漢也會疼愛這個關心自己的外甥女。

不，還是說拿他的親兒子玉隼擋劍更好？

「……好吧。」

鴟梟露出血流如注的腹部給她看。

（這是……）

不是被刺的傷口，是被挖傷的。側腹部的肉被削掉了一塊。這下知道血如泉湧的原因了。

「嗚哇……」

玉隼差點喊叫出聲，鴟梟急忙堵住兒子的嘴。兒子就這樣渾身虛脫昏了過去。

小紅別開目光，摀著嘴巴，似乎是知道不能大聲嚷嚷。

鴟梟這個男人，看來很擅長硬撐。

「……是箭毒嗎？」

對於貓貓這個問題，鴟梟用鼻子哼了一聲。

「這妳還知道啊？」

「大人當機立斷。挖出到現在大約過了多久？」

鴟梟被人射了毒箭，然後自己把它挖出來。光是想像就讓人開始頭暈。

「不到十秒。」

「可有感覺到疼痛或麻痺？」

「等到開始麻痺再挖就遲了吧。」
（他懂毒物。）
若是有麻痺感，毒物很有可能是烏頭。烏頭毒性極猛，有時數十秒就能要人命。
「您是在何處遇襲的？」
「我有什麼必要告訴妳？」
若是在官府密道中遇刺，刺客應該是從官府或本宅放箭。還有，他為何不向旁人求助，而是像這樣透過小紅把貓貓叫來？想必是考慮到去請醫師的人不知會有何舉動。
更何況讓一個年幼小孩跑這一趟，已經是近乎賭注。
（很有可能是家族內訌？）
那麼手足相爭的可能性就大於中央派人行刺了。除掉了長男，一定有不少人能在繼承權上獲利。小紅似乎跟鴟梟很親，但小紅的娘親也有下手的嫌疑。
貓貓要求鴟梟躺下，從懷中拿出手巾。玉隼昏過去了，所以就讓他躺在地上。
「說的這箭原來是吹箭啊。」
「……何以見得？」
貓貓用手巾壓住腹部的傷口，等血止住。
「您在還沒感覺到痛或麻痺之前就先把肉削掉，可見您從一開始就認為它塗了毒吧？而且用的不是弓箭而是吹箭對吧？因為在府邸裡難以拉弓射箭。」
出血似乎止住了，於是她拿出針線。挖穿的只有皮肉，內臟沒事。雖然有點粗暴，但看樣子快快縫合起來比較簡便。
「吹箭的箭呢？」
鴟梟把一只布包交給貓貓。打開可以看到變色的肉片與箭鏃。晚點再來檢查是什麼毒藥吧。
「會有點刺痛，請忍耐一下。冒犯了。」
貓貓毫不客氣地縫他的肚子。擅長硬撐的鴟梟齜牙咧嘴但哼都沒哼一聲。小紅把臉別向一邊。
「這樣就行了。」
貓貓縫完了，變得渾身是血。明明是偷偷跑來的，要是用這副模樣回去，會被看出她幫人醫治過傷口。
（真不該搭理他們的。）
貓貓一邊覺得火冒三丈，一邊用衣帶勒緊鴟梟的腹部。鴟梟發出唔噁一聲，但就請他忍忍吧。
（急救做完了。）

但也不能就這樣把他帶出去，畢竟誰是敵人誰是朋友都還不知道。
玉隼昏過去還沒醒來，鴟梟也因為貧血而意識模糊。
貓貓決定先來檢查沾著肉片的箭。是圓錐狀的尖細長針。
（看不出來是啥毒。）
光用看的無法分辨。如果用它刺一下貓貓的手，可以從出現的症狀判斷是哪種毒藥，但她無意在這種地方拿人體試驗毒藥。也許可以捉隻老鼠什麼的來刺刺看。
問題是即使已經做了急救，也不能就這樣把鴟梟放著不管。
（是否該設法偷偷把他送至別處？）
貓貓正在煩惱時，就聽見了一陣窸窣聲。
「！」
貓貓轉頭望向聲音的方向。
「妳在做什麼呀——？」
她在樹木之間看見了一張臉。
「哎呀哎呀——這下有意思嘍。」
只有一個人會用這種獨特的方式講話。
雀爬上院牆，低頭看著貓貓。

「哦哦，真沒想到竟然變成這樣。」

「妳怎麼知道這兒的？」

貓貓東張西望。她自認為講話沒有太大聲，難道還是被外頭聽見了？

「因為我覺得貓貓姑娘不會丟下差事跑去散心呀。更別說還把頗為重要的文書丟著不管。」

雀手指拈著木雕梟鳥。

「先前就聽說鴟梟大哥來到本宅了，但大約從一個時辰之前就沒人看到他。而且本宅與官府還瀰漫著一種怪怪的氣氛呢。」

敏銳到嚇人的地步。雀為什麼可以這麼能幹？

不過，雖說鴟梟此時因為貧血而意識模糊，但真佩服她敢直呼人家大哥。

「貓貓姑娘，妳看起來好狼狽呀。得準備熱水給妳洗浴才行。」

「別管我了，還是想法子安置傷患跟這兩個孩子吧。」

貓貓指著昏過去的玉隼與小紅。

「好好好。」

雀翻越院牆過來之後，立即打開暗門。幾名男子從那門走了進來。

男子們準備把孩子與鴟梟抱起來。

「來，貓貓姑娘到我這兒來。先穿上這件外套吧。」

雀說這樣一身是血會引人側目，脫下外套給貓貓披上，態度就跟平素一樣圓滑周到。可是——

（怎麼回事？）

總覺得有件事卡在心裡。

不是什麼大不了的事。她只是感覺，雀似乎有略微加快步伐。雀雖然負責貓貓的護衛等職務，但此時誰才是最需要關照的人？貓貓認為應該是受傷的鴟梟才對。

「……」

「怎麼了？為何站著不動？」

「雀姊。」

貓貓悄悄地回過頭去。鴟梟正被兩名男子扛著。

腦中敲響了警鐘。

（多言招悔。）

當作什麼都沒發現，去放鬆洗個熱水澡就沒事了。這才是上策。

可是——

（也有可能是中央派人行刺。）

（我不認為這會是壬氏的主意。）

貓貓開口了。

「雀姊。」

「什麼事，貓貓姑娘？」

雀一如平素地笑容可掬。

「妳想把鴟梟少爺帶去哪兒？」

「……呵呵呵，貓貓姑娘啊。」

雀摟住貓貓肩膀的手加重了力道。

「真是傷腦筋了～妳就連這種時候直覺都這麼準。」

雀的眼睛微微睜開，看起來不帶笑意。

十一話　南驛站

（這裡是哪裡？）

貓貓在沒有窗戶的連通房裡注視著燭火。此時她待在半日前雀帶她過來的地方。

小紅睡在旁邊的床上。鴟梟與玉隼在隔壁房間。

本宅與官府之間的密道除了貓貓進去的入口，還有一個出口。貓貓被雀從那裡帶到外頭，聽話地跟著來到這裡。雀讓她坐上馬車，遮起眼睛，帶她來到一個陌生的地方。

房間外頭有人守著。

雀拜託貓貓說：「要乖乖待著喔。」然後就不知去向，遲遲未歸。只是，她幫貓貓準備了替換衣物，也有飯吃。對待貓貓的方式並不蠻橫。

（以前好像也遇過同樣的事。）

貓貓一邊心想自己怎麼又被擄走了，一邊喝酸味重的葡萄酒代替水。雀很明白貓貓的喜好，還留了肉乾與魚乾當下酒菜。

除此之外，還留下了桶子、白布條、止痛藥與拔膿藥草等。既然鴟梟就在隔壁房間，留下這些應該是要貓貓去幫他療傷吧。塗了毒藥的吹箭被雀沒收了去，無法檢驗毒物種類。

貓貓連逃都懶得逃了。雀是否認定了她無法放著傷患不管？做事總是面面俱到的雀，早就把貓貓的心思給摸透了，她就算想逃也插翅難飛。

（她到底想怎樣？）

貓貓一面感到傻眼，一面看看一起被帶來的小紅。她雖然沒弄清楚狀況，但還是跟來了。小紅一直很乖，只是眼睛有些紅腫，想必是不敢出聲偷哭過一頓吧。

昏倒的玉隼醒來後也嚎啕大哭了一場，然後睡著了。他一直哭鬧到剛剛才停，貓貓的耳朵到現在還在痛。

雖然情況著實讓人需要藉酒消愁，但喝了酒也讓貓貓暫且鎮靜下來，可以整理一下目前所知的事情。

首先關於雀的企圖，就先不去猜測了。問題太多太亂了理不清。要問的話，應該先去問待在隔壁房間的鴟梟。很遺憾地，他現在因為受傷發高燒而神智不清，得等他醒來才能問。

（眼下最重要的事，是弄清楚這裡是哪裡。）

貓貓見兩個孩子都安靜睡著了，於是閉上眼睛。雖然房間都封死了，但聽得見外頭的聲響。是人群的喧鬧與說話聲。

（聽起來像是在街上，最起碼不是遠離村鎮的孤立房舍。）

那時坐馬車走了多久？沒有很久，但也不算短。跑那段路程已足以離開西都了。除非雀是故意繞遠路混淆貓貓的視聽，否則應該就是移動到鄰近的城鎮吧。更何況她有事情比混淆視聽更重要的話，貓貓不認為她會特地繞遠路。

（她的目的似乎是擄走鴟梟。不過……）

看雀留下了白布條與藥草等物，感覺似乎沒有要殺害鴟梟的意思。反而可以說是在設法保護他。

（雀姊與鴟梟早就認識了？而且是自己人……不，是利害關係更為一致的共犯？）

為何要把貓貓也帶來？不怕被貓貓知道雀與鴟梟是共犯嗎？

（其他能作為線索的有……）

除了治療器材與食物之外，她還找到了舊書。書上繪有不常看到的花紋。

（這我有看過。）

是在哪裡看到的？貓貓沉吟著翻開書本。內文以茘國語言寫成，似乎是某種入門書。書中寫著一些道德思想以及偉人的教訓等。

（宗教經典啊。）

就是記載了宗教教義的典籍。一聯想到宗教，貓貓就知道這些花紋為何令她眼熟了。之前雀教她奇妙外國話的那間禮拜堂裡也有類似的花紋。那麼，這本經書或許是雀的私人物品了？

（不，可是雀姊看起來不像是那麼虔誠的人啊？）

看起來反而像是會偷吃拜神用的麻糬。

貓貓翻閱經書。有趣的是，書中有多種語言可供對照。一開始是茘語，後面是西方語言以及貓貓沒看過的某種文字。

『神啊，祢是否正看著我們？』

貓貓說出雀要她學起來的那句話。雀是否就是從這本經書學到這句話的？

（這跟現在的狀況應該無關吧。）

貓貓放下書，拿起了魚乾。她用燭火烤過後大口咬下去。

（竟然還點蠟燭，真是奢侈。不過用魚油的話會臭氣熏天就是……）

不經意間，貓貓側耳傾聽了一下外頭的喧囂。她想從外頭吵吵嚷嚷的聲音中，聽見他們在說什麼。但是聽不出來。想當然耳。

（不是茘語？）

外頭有異國人。

接著，貓貓抽動鼻子。她不知道外頭空氣如何，但彷彿傳來了一絲海風香氣。

說到地方鄰近西都、有異國人士，又散發海風香氣的城鎮就是——

「南驛站嗎？」
「……妳說對了。」
背後冷不防傳來聲音，把貓貓嚇了一跳。
按著側腹部的鴟梟就站在她背後，他醒過來了，上半身在流汗。
南驛站，就是貓貓日前為異國千金小姐治療齲齒的地方。這兒還有很多異國人想回國卻回不去。
鴟梟的臉色變得好多了。這個無賴漢般的男人站在貓貓面前，抓起葡萄酒瓶。
「請您別飲酒。」
「我口渴。」
「好不容易止住的血會再噴出來喔。」
酒精會促進血液循環。
「……」
鴟梟一臉不耐煩地放下葡萄酒，從房間牆角的水缸喝了水。喝完之後呼出一大口氣，擦掉嘴角滴淌的水，看著貓貓。
「看妳這表情，一定很想問我怎麼知道這裡是驛站吧。」
「是。」

鴟梟是在半昏迷狀態下被扛進來的，不可能比貓貓更清楚這裡是哪裡。但他敢如此斷定，可見——

「您是早就跟雀姊說好了要過來這兒嗎？」

「我跟雀利害關係一致。」

「也就是說兩位是共犯嗎？」

（雀姊真過分——）

雖然早就猜到她一定有所隱瞞，沒想到居然是跟鴟梟聯手。

這下就知道她保護鴟梟的理由了。

「兩位是哪裡的利害一致了？」

「但求戌西州太平無事。」

（真可疑。）

不過，很像是雀會半開玩笑說的話。

「您說想為戌西州謀福利，但又好像不願意治理戌西州，請問究竟是何意？」

「職位安排講究的是適材適用。讓適合的人做適合的事，才能夠政通人和不是嗎？」

也就是說，鴟梟似乎認為自己沒有能力治理戌西州。

（這我不是不懂。）

但貓貓不懂的是——

「為何連我也一起帶過來？」

「我哪知道？這不該由我來告訴妳，請妳直接去問雀。」

鴟梟又喝了一杓水然後放下柄杓，過去摸了摸睡在床上的玉隼，以及小紅。

「真是對不住這兩個小傢伙。尤其是小紅，銀星現在一定在鬧吧。」

銀星。從語氣感覺起來一定是小紅的母親了。對鴟梟來說是妹妹。

「那玉隼的母親呢？」

「她應該會受驚嚇，但不會鬧。家裡本來給我找的就是這種妻子。」

貓貓試著想起玉隼那位沒什麼存在感的母親。連一點最模糊的印象都沒留下。

（成天給老婆添麻煩，還講這種話。）

雖說是政治聯姻，聽他這樣講會讓貓貓有點同情起那位夫人。

鴟梟確定兒子與外甥女安然無恙後跑去翻櫃子，也許是肚子餓了。他找到了一種扁平的麵包，拿起來就啃。往肚子上挖個洞還這麼生龍活虎的。大概是失血後有種強烈的本能想補血吧。人如其名，就是個野獸般的男子。

「我下落不明可能也會引發騷動。」

貓貓說了是去溫室透透氣，結果一去就是半日。雀明明也知道把貓貓帶來會引發大騷動，為何還是把她帶來？

「那真是太糟糕了，但不是我造成的。」

鴟梟不負責任，繼續翻箱倒櫃。接著又從櫃子裡陸續翻出乾酪與肉乾。

（鴟梟和雀姊是一夥的。）

換言之襲擊鴟梟的並非中央勢力。而且假設他是在本宅或官府遇襲，凶犯就很有可能是內賊。

雀之所以把貓貓帶來——

（是為了掩蓋她與鴟梟的關係？）

不，乍看之下很貼近，其實扯遠了。她覺得應該有其他理由。

若是再加上另外一項前提，亦即鴟梟知道這裡是驛站的話——

（雀姊原本就跟鴟梟約定在驛站碰頭？）

所以她才會那樣忙進忙出的？說不定她拿文職差事來給貓貓做，也是為了讓貓貓不會到外頭亂晃。

可是對雀來說，還在其他地方碰頭要比這裡方便多了。既然如此，他們現在待在驛站的原因是——

（鴟梟是約好了跟別人碰頭？）

然後，假設鴟梟在赴約之前先遇襲了的話……

（襲擊鴟梟的人，是不想讓鴟梟跟那個人碰面，才會下此毒手？）

而約定碰頭的地方，是異國人聚集的驛站。

答案不言自明。

鴟梟盯著陷入沉思的貓貓瞧。

「妳不愧是漢太尉之女，直覺似乎挺準的啊。」

「那個老傢伙跟我毫無瓜葛。」

「哈哈哈，看來女兒嫌棄父親是家家戶戶共通的事了。」

鴟梟豪邁地笑笑，啃著肉乾。

「妳看起來挺有頭腦的，既然已經發現這裡是南驛站，應該猜得到我接下來有何打算吧。」

「我猜不到。話說回來，是不是差不多可以放我回去了？」

貓貓很想在事情繼續鬧大之前回去。要是演變成像以前「子字一族」之亂那樣就困擾了。

（壬氏現在已經夠忙的了！）

「我不會虧待妳的，妳且等到雀回來再說吧。」

鴟梟不理會貓貓，繼續狼吞虎嚥。

「……舅、舅舅？」

睡在床上的小紅醒來了。

「喔喔，妳醒啦。抱歉啊。」

「傷口，有沒有怎樣？」

「我沒事，沒事，謝謝妳救了我。真是，不像玉隼嚇得不敢動，妳真是了不起。」

「嘿嘿。」

鴟梟摸摸小紅色素較淡的頭髮。

「妳和妳娘可能得分開個幾天，但有舅舅陪妳就不怕了吧？」

「……嗯。」

小紅點了個頭。看來她是真的跟鴟梟很親。

同時，貓貓也彷彿看見了玉隼欺負小紅的原因之一。要是看到難得回家的父親不疼自己卻去疼表妹，心裡自然要妒忌了。

鴟梟把稍微烤過的乾酪放在麵包上，拿給了小紅。小紅起初有點猶疑，但因為是舅舅給的，就開始用小嘴巴鼓著腮幫子吃起來。

「好吧。那麼，雀姊何時會過來？」

「幾天以內就回來了。妳所想像的事情幾天以內就會結束。只不過在這段期間，請妳別想著往外跑。」

「但我待著也沒事做啊。」

「對我這邊來說，妳的存在也不在計畫之內。反正一定是妳多嘴說了什麼吧？」

「……」

的確是說溜嘴了。假如那時貓貓裝作一無所知的話，雀或許已經乖乖把貓貓送回藥房了。

（誰曉得呢？）

只是在貓貓心中，有一件事情很明確。

至今雀的行動算得上是自由奔放。雖然她很多事情可以自己作主，但終究是馬良的細君，貓貓本以為她是聽從壬氏的命令行事。

然而如果她是壬氏的直屬，定不會像這樣把貓貓帶來驛站。

也就是說——

（雀姊的上司並非壬氏。）

還不只如此。

（她的行動很有可能與壬氏的意圖不同。）

就是這樣。

然後，假若雀與鴟梟在利害關係上一致的話，或許表示雀其實是戌西州這一邊的。

（到底該相信什麼才好？）

貓貓大嘆一口氣，翻開年久陳舊的經書。剛剛好翻開的那一頁就寫著……

『神啊，祢是否正看著我們？』

這一句話。

十二話　理人國

且先往前追溯幾個時辰。

「有人求見月君。」

萬惡的根源——非也，是陸孫來到了壬氏的書房。玉鶯的次男飛龍也跟他一起。

「月君吉祥萬福，臣不勝喜悅。」

壬氏暗忖：這種殷勤過了頭的感覺是什麼？這人以前只是讓他心裡不大舒服，最近卻漸漸變得一見到就不高興。而且他忍不住猜想，陸孫說不準根本就有所自覺，是存心要惹惱他的。

但偏偏陸孫又是個能吏，壬氏並不想冷落他。在人員任免上挾帶私怨只會增加壬氏的公務。他甚至覺得就算胡亂把陸孫打發去做閒職，他本人說不定還樂得輕鬆。

「有什麼事？平常不是大多都用書簡告知嗎？」

壬氏向陸孫問了。

「竊以為這可能需要親口向您解釋。」

陸孫往四周看了一眼。

「你們先下去吧。」

壬氏對書房裡的護衛與文官說了。房間裡還有躲在帷幔後頭的馬良以及馬閃在，不需要擔心。高順負責的是夜間護衛，目前正在假寐。

「需要長談的話就坐下說吧。」

「多謝月君體恤。」

陸孫毫不客氣地坐到了臥榻上。飛龍略顯遲疑地也一起坐下。

陸孫原為怪人軍師的副手，此時壬氏覺得此人臉皮簡直厚到跟他以前的上司並無二致。

身旁的馬閃微微皺起了眉頭，但沒講什麼。儘管作為護衛還有待精進，不過比起從前已經算是很有長進了。唯獨身旁站著一隻家鴨令人無法恭維。

「有位異國人士希望能見月君一面。」

「是誰？」

壬氏開門見山地問。

這種事情本來應該先傳入壬氏的耳朵而不是陸孫。異國人士能入國的途徑並不多，若是走海路或是留在驛站的人，應該會透過大海來問他才是。

「是來自理人國之人。」

「理人國？」

壬氏找出腦內的地圖。那是隸屬於北亞聯的國家，位處戌西州的北邊。

北亞連乃是多個國家的聯合組織，不過基本上是一個大國與從屬於它的多個小國。

理人國與茘國接壤，在北亞連當中形同國防壁壘，假如胡亂招惹茘國，消耗的人力物力會超出其國力所能負荷。但由於有些同盟國有意擴大版圖，造成他們不得不屢屢增強兵力。

所以他們給人一種時運不濟的印象，壬氏也很想寄予同情，但同時也很難說兩國之間關係友好。只是，他們與茘國也不是全無國交，理人國會透過砂歐對茘國輸入工藝品，偶爾也會派遣使節來維持邦交。

「這事是從哪條門路傳進來的？」

壬氏開門見山地問了。看最近陸孫的態度，讓他判斷與其委婉探詢，不如直接開口比較簡便。

「可否由臣來解釋此事？」

飛龍開口了。他是玉鶯之子，但身形纖細，跟父親不太相像。

「但說無妨。」

飛龍鞠躬致謝。

「理人國使節乃是經由臣的二叔，亦即祖父玉袁的二兒子介紹而來。」

飛龍很細心。由於他有不只一個叔父，因此不說名字而說是二叔。壬氏雖然也知道那幾個兒女的名字，但還是這種稱呼最好懂。

「記得那人是負責陸運的？」

「正是。次男是負責陸運，三男是海運。」

不同於大海，壬氏與次男少有往來。透過飛龍來談這件事並不奇怪。

「這個理人國的人為了何事找我？」

「關於這件事，對方似乎希望能親自與您詳談。」

相較於飛龍講話語帶歉疚，陸孫笑容可掬，看起來像是等著看壬氏作何反應。壬氏實在很想以大不敬的罪名把他押進大牢。

「非我不可嗎？」

「依臣所見，還是請西都當中最有權勢之人出面較為合適。」

陸孫講得臉不紅氣不喘。壬氏內心發誓日後一定要羅織個莫須有的罪名懲處陸孫。

「何必非得要我，就你們倆去如何？陸孫，你對西方的了解想必在我之上吧？」

壬氏委婉地告訴他：我不想幹這事，所以還是交給你吧。

「臣自認擔待不起。」

陸孫依然笑臉迎人地說，同樣也是委婉地把自己不想幹的事情推回去。

「擔待不起？你的意思是外國使者當中有個大人物？」

「是，雖然只是猜測。」

陸孫笑容可掬地回答。

壬氏表情沒變，只是闔起眼睛。帷幔後方傳出敲桌子的喀喀聲，這是馬良打的信號，敲兩次代表「是」，敲三次代表「否」。既然敲了兩次，就表示陸孫所言有其可信之處。

「你這麼想有何根據？」

「從理人國近來的局勢來想，有幾個疑點。我想這些疑點月君也是清楚的，就不用臣來多嘴了。」

馬良又敲了兩下桌子。

壬氏不得已，只能認了。

「知道了，我會騰出空檔。」

「謝月君。」

陸孫與飛龍鞠躬致意，離開房間。

等聽不見兩人的腳步聲了，壬氏才呼出一口氣。

「月君，莫非您打算接受那兩人的請求？」

馬閃露出詫異的表情。

「沒有什麼接不接受，身在其位必謀其政。還有，馬良。」

「是，月君。」

聲音從帷幔後頭響起。

「理人國目前局勢如何？你能推測對方想向我要求什麼嗎？」

「臣心裡有兩個頭緒。」

馬良那邊傳出翻動紙張的啪啪聲。

「第一個可能是與砂歐相同，糧食告急。理人國的位置比茘國更偏北方，就蝗災導致的糧食困境而論，可以想像必然比茘國受到了更沉重的打擊。」

這壬氏也能想像得到。只是理茘二國並非友好國，有可能會抱著美好期望來求取糧援嗎？

「另一個呢？」

「第二個，當是王位之爭了。據聞理人王已經患病多年。他有四個直系男兒，記得長子並非正室之出。目前是立次男為儲君，但這項情報已經舊了，眼下情況不明。」

「你是說茘國會被牽扯進這王位之爭？」

「這個可能性本來是極低的。只是……」

馬良顯得有些難以啟齒。

「有事令你掛心嗎？」

「回月君，您還記得日前虎狼閣下來過，想借醫師一用的事嗎？」

壬氏也還記得。貓貓說她想外出，壬氏便准了。

虎狼目前出去辦差了，不在府內。

「就是派貓貓去辦的那件事吧。聽說是替一個年紀尚幼的姑娘看診。」

她之前也替玉鶯的孫女小紅診治過，壬氏本以為這兩件事是同一回事——

「回月君，那個小姑娘的特徵，與臣方才說到的理人國第四王子十分神似。」

「……報告裡怎麼沒提到？」

壬氏眼神冰冷地望向他。

「臣與內人雀經過一番商議，認為還是別向月君報告的好。」

「哥哥，你怎麼這樣擅作主張？」

「馬閃，你先別說話。」

壬氏阻止講話差點就要大聲起來的馬閃。

「因為就月君的立場，若是知道外國的第四王子在自己國內，今後難免會留下禍端。」

外國王子躲在荔國做什麼？

「知情、不知情與佯裝不知，之間的差別是很大的。」

與外國牽扯不清，但只有部下知情。換言之馬良他們是認為假如有個萬一，壬氏可以輕易斷尾求生。

「但我現在不就知道了嗎？」

壬氏按捺著脾氣，對馬良說了。

「因為月君已經向臣問了這麼多，臣認為與其繼續不知情，不如請月君佯裝不知會更有利。」

馬良明確地回答。

倘若理人國使者是為了第四王子而來，壬氏很想老實地把人交出去。這對茘來說必定才是最穩妥的應對方式。但是，萬一對方誤以為茘國想幫助第四王子亡命他國，或者是輔佐第四王子將其捧上理人國的東宮地位，問題就棘手了。

大概就是因此，馬良他們才會決定當作毫不知情。

這麼一來便有一個問題。

「那麼假設對方是第四王子好了，他在茘國接觸過的人有可能被懷疑為引路人嗎？」

「……有。」

「診治過第四王子的醫佐會怎麼樣？」

「若只是巧合的話還有辦法掩蓋。臣已經做了安排。」

聽起來，他已經在設法讓醫佐，也就是貓貓不受到危害。

「有辦法掩蓋嗎？」

「有，只要對方不無端刁難的話。」

「刁難……」

很不巧，互相刁難也是外交的要素之一。雙方互扯後腿，將重心放在如何才能為自己爭取到更有利的條件。雖然不堪入目，但是為了本國的利益，外交官常常是一律不看外國臉色的。

而且，若是有王族涉入，甚至有可能演變到開戰的局面。

「虎狼為何會來找人去替那樣的人物治病？」

「這臣不知，不過所謂的門路本來就是要多少有多少。」

聽馬良的語氣就知道他認輸了。

「……月君。」

「你想說什麼，馬閃？」

至今保持沉默的男子開口了。

「沒有什麼，只是臣曾經聽過一件事……」

「什麼事？」

「說是虎狼閣下與長兄過從甚密，異國人一事也是鴟梟閣下託他介紹的。」

「這就怪了。我以為虎狼說過次男飛龍才適合做繼承人。」

「可是長男與三男的兄弟關係並不壞，聽說兩人時常湊在一起說話。」

鴟梟，亦即玉鶯的四個兒女當中的萬人嫌長子。時常可以聽到別人叫他無賴漢。

假如把理人國第四王子引進國內的是鴟梟，事情就難辦了。

「建議月君暫時與鴟梟閣下保持距離。」

「嗯，我明白。」

不知是幸或不幸，目前壬氏只有在被請去商議玉鶯的遺產問題那次，與長子見過一面。

「其他人的話還有辦法調換。但換成月君牽扯上此事，對方就能說不只是戌西州，而是整個荔國在向理人國肆意尋釁。」

這就真的得避免了。馬良為此已經做好最壞打算，自願成為蜥蜴的尾巴。

「鴟梟是吧……」

壬氏深沉地嘆氣。即使心情沉重，還是得與理人國的使節們會面。

會談的地點不在官府或本宅，而是包下了人稱西都第一的一間高級酒樓。在飛龍與他的叔父——玉袁的次男會同之下，雙方進行會談。

理人國的使節們上下打量了壬氏一遍。乍看之下態度恭敬有禮，然而在後宮成天被人品頭論足的壬氏輕易就能看穿對方的心思。

論國力，茘國是對方的數倍，甚至是多出數十倍。然而背後強大同盟國的存在，造成了他們自高自大的心態。這些人還有另一項特徵，就是很多人的體格優於茘人且毛髮茂密。從他們的態度中透露出了對這點的侮慢。

因此，壬氏挑選了高大強壯的人擔任侍衛。像是李白的話善於臨機應變，在某種程度上值得信賴。但是，由於貓貓前去診視那第四王子時他也有同行，為了安全起見就讓他在背後幫忙。

馬閃最近能力大有長進，只是個頭還在發育，又生了一張沒長鬍鬚的娃娃臉，因此壬氏讓他做文官打扮而非侍衛。他本人似乎並不情願，但壬氏告訴他這是為了讓對方鬆懈，要他諒解。誰都不會想到一個娃娃臉的文官，居然擁有能空手擊斃數十人的臂力。

陸孫表示他還有公務在身，就推辭了。壬氏本來覺得機會難得想讓他一起來，看來麻煩事他是一件也不想碰。感覺這傢伙最近好像某種煩惱一掃而空，性情變得自由自在多了。

他也沒讓虎狼、雀與馬良來參與會談。原因是替疑似王子的人物治病時他們也有同行，馬良與雀暗藏了一身卓越的外語能力，本來是希望他們能來擔任通譯，但也莫可奈何。

現在身邊沒有幾個親近的部下，有高順在著實像吃了顆定心丸。

外交就是這麼麻煩的一件事。雙方都在無端挑毛病，既然不是友好國就更沒義務忖度對方的苦衷了。

不過，壬氏知道自己這張臉在談判時很有用處。讓人帶領進入房間後，他一和使節們面對面，對方立刻僵在當場。然後目不轉睛地盯著壬氏右臉頰的傷痕，遺憾地嘆了口氣。

儘管這副容顏有時會讓壬氏感覺受到輕視，然而微微一笑宛若天女的上天之人，看來似乎對異國人也管用。假如壬氏是女兒身的話效果想必更好，但他明白那樣會引來更多的紛紛擾擾。畢竟別人已經屢次告訴他，幸好你是個男兒郎，才不至於造成邦國傾覆。

與其給自己這種說笑般的容貌，壬氏寧可得到其他更穩固踏實的才能。都不知道渴望過幾次自己沒有的能力了。

話雖如此，這副容貌其實不只是經常給他造成困擾，也派上過不少用場。這次也能利用的話，他自然會好好利用。

對方在會談中意外地有話直說。到來的使節，是一名風貌與荔人神似的男子。肌膚泛黃，有著焦茶色的頭髮與眼睛。只有濃密的體毛與大鼻子大眼睛，讓人感覺到異國人的血統。

『我國有一位貴族目前下落不明，你們可知情？』

主旨如上。這是通譯傳達的內容，因此不知道對方的語氣對壬氏表示了多大敬意。

對方說的是貴族而非王族，也沒有講出具體年齡，不過大致上都和事前所知吻合。

『也有可能是遭人誘拐。知道任何消息請立刻告訴我們。』

乍看之下像是真心為了那什麼貴族憂心忡忡。看他那略微低垂的睫毛與細微顫抖的手，假若是在演戲可真是個名伶。

怪人軍師在場的話，再厲害的戲子都會被他扯掉假面具。然而壬氏膽子沒大到敢把他運用在外交場合，那就跟抽著菸在火藥庫談話沒兩樣。

壬氏有必要考慮到所有的可能性。

「假若是家兄惹出了問題，請准許臣參與會談。」

飛龍神情嚴肅地說。

「姪子闖的禍必須由我來負責。請月君不用顧慮我們，秉公處理便是。」

這是玉袁的次男說的。

兩人對於血親似乎同樣是該罰就罰，問題是難就難在如何秉公處理。本來必須要握有清楚明確的消息才做得到。

不過，若要排出優先順序，應該把哪件事放在第一位？

且先假設會談提到的貴族就是第四王子。

如果要全面採信使節所言，第四王子便是遭人誘拐帶進茘國。這樣的話照常理來想，引路人就會是鴟梟。

就算是前領主的兒子，涉嫌誘拐外國王族可是無人能替他說情。更何況還是個敗家子，能不跟他扯上關係最好。萬一情況生變，壬氏必須做好立刻斷尾求生的準備。

聽起來或許很冷淡，但這就是外交。放著與外國產生摩擦、挑起戰端的人不管，會害死幾十、幾百倍的人。

只是假如使節在說謊，情況就不同了。

有時情況會逼人在缺乏明確情報的狀況下做出決斷。以壬氏的立場來說，他只能暫時命令部下對鴟梟嚴加監視。視情況而定，還得禁止他踏進本宅或官府。

來到吃飯的地方卻沒吃上幾口飯，會談就結束了。理人國的使節們表示會在旅店暫住一段時日。

不知道他們打算待多久，總之一刻都不能鬆懈。

只是，正所謂屋漏偏逢連夜雨。

壬氏走出酒樓，坐上馬車。

他要了點水來喝，像是把吃了等於沒吃的飯菜沖進胃裡。剛才沒有馬閃出面的機會，但也許是笨重的文官服快把他悶壞了，他稍微把衣襟拉鬆了些。

有人來敲馬車車門。

「何事？」
馬閃瞇起眼睛，從車窗往外看。
「奉命傳信。」
對方遞出一份以蜜蠟簡單封起的信紙。是馬良的訊息。
「上面寫了什麼？」
壬氏開啟信封，展信讀過。
「……竟然如此不湊巧。」
壬氏按住額頭。
信上寫著鴟梟已來到本宅，試圖硬闖結果雙方大打出手。
壬氏無言了。為何會偏偏挑在這種時候出事？
然後——
「……」
「壬總管，您臉色怎麼這麼糟？」
「……那個笨蛋。」
信上提到貓貓為負傷逃逸的鴟梟做了治療。

十三話　鏢師

翌日，貓貓一整天就是照料鴟梟的傷勢、照顧小紅然後管教玉隼便結束了。不如說除此之外也沒別的事好做。說是照顧小紅，其實也不過就是把人家送來的飯菜分給她吃，飯後幫她刷牙，接著擦擦身體而已。小紅年紀小，卻很乖巧懂事。

相較之下，難帶的是玉隼。

「喂，妳給我聽好，這麼硬的麵包本少爺不吃！」

「那就別吃。」

貓貓搶走盤子裡的麵包，放到玉隼搆不到的櫃子上。

「喂，妳怎麼這樣！那我還能吃什麼啊！」

「是你說不吃的。」

貓貓把硬麵包一塊塊撕下來咀嚼。

「父、父親！這女人無禮至極，請父親將此人絞死。」

「我不是當官的，所以不能把人絞死。而且這要怪你不乖乖吃掉人家給的飯。看，小紅都在乖乖吃飯。」

（啊——這樣講適得其反啦。）

以為父親是站在自己這邊的，結果竟然用這種態度稱讚小紅。玉隼一不甘心，欺負小紅就欺負得更凶了。

雖然是個沒藥救的死小鬼沒錯，但貓貓覺得成長環境也得負一點責任。

玉隼鬧完脾氣，累得睡著了。小紅會趁這時候向舅舅撒嬌。

「舅舅，這個要怎麼念？」

小紅坐在鴟梟的大腿上，翻開老舊的經書。

「這個念『廟』。就是小紅常去拜拜的地方。」

「這個呢？」

「這個念——」

看來舅甥關係十分融洽。小紅看似內向，但是跟舅舅非常親密。做舅舅的也沒閒著，想了很多方法讓外甥女在這小房間裡不怕無聊。

（我看這人其實想要的不是兒子是女兒吧？）

貓貓沒不識趣到會問出口，幫在床上睡成大字形的玉隼蓋上氅衣。也許他的家教就是要對男孩嚴格，但也得要先當個好父親才行。

「好，那我們來玩彈子兒吧。」
「嗯！」
兩人把樹果啊小石子什麼的在地板上排好，彈著玩。雖然只是小遊戲，但小紅玩得很開心。
看在旁人眼裡就像一對親生父女。貓貓心想：他要是也能這樣陪陪玉隼就好了。
（離開爹娘身邊好像不怎麼難過啊？）
貓貓看著小紅，覺得這孩子意外地堅強。
貓貓無事可做，所以想了很多。飯菜總是由同一名男子送來，也兼做護衛。水給得也十分夠用。
而且在送飯時，男子會同時帶來紙條。鴟梟從不讓貓貓看，都是看完就直接用燭火燒掉。雖然寶貴的紙張燒了浪費，不過大概是內容不能讓貓貓知道吧。
貓貓、玉隼與小紅失蹤很有可能導致府邸亂成一團，但四周的氛圍沒什麼改變。最起碼驛站這邊沒有引發騷動。
如果怪人軍師發現貓貓不見了，搞不好會大老遠跑來驛站大鬧一場。所以，一定是把貓貓帶來的雀巧妙地掩飾過去了。
鴟梟有耐心地陪玉隼與小紅玩到他們累得睡著。玉隼似乎很愛聽父親講旅途中的見聞，總是聽鴟梟說起以前的故事當成搖籃曲入睡。小紅會在旁邊偷聽。等兩個孩子都沉沉睡去後，鴟梟看向貓貓。

「我看妳好像已經看出很多端倪了。有沒有什麼事要問我？」

「問了您也不會回答，況且就算回答了，大概也有很多事不如不知道更好吧。」

真要說起來，實在有太多貓貓不用知道的事情落到她身上了。這次也是，都怪她不該對雀發揮莫名其妙的直覺。

「那好吧，我就告訴妳這一件事。明天一早，我會離開這裡。然後他們會在傍晚放妳走。」

「真是天大的好消息。」

鴟梟早上離開，貓貓傍晚被釋放。也就是說，問題應該會在這段期間內獲得解決。

（可別跑去襲擊什麼地方啊。）

也許他們正在準備襲擊某處，為了怕計畫從貓貓這兒向壬氏走漏風聲，才會將她暫時囚禁。雖然也可以這樣去猜想……

（但總覺得不是襲擊。）

倘若不是，火藥味就更濃了。

「屆時我得獨自行動。如果我求妳代我看著玉隼與小紅，妳會拒絕嗎？」

「……在拒絕不了的狀況下說這種話算不上求人。但是老實說，我不想帶玉隼。」

「妳就幫個忙吧。」

反正講了半天貓貓本來就打算看著小孩，但說句怨言總不為過吧。

不過，鴟梟這個男人跟他父親玉鶯真是一點也不像。頂多只有長相與沒來由的豪邁氣概像到一點。豪邁氣概這方面更是比玉鶯更為渾然天成。

玉鶯的豪邁氣概並非與生俱來，是後天刻意塑造的結果。

鴟梟則是一出生就具備了這種氣度。

這是貓貓的感覺。

而這樣一個豪俠強徒寧願偷偷摸摸躲在屋子裡，就為了隱瞞一件事。貓貓其實已經猜出五成，但她知道這種危險的事一個都問不得，所以沒問。

「總之若是有人能將我們穩妥地送回西都，我願意陪同小紅小姐回本宅。然而屆時人家問我什麼我都答不出來，該如何是好？」

「實話實說就行了。妳看我受了傷所以做了治療，我需要繼續治療，所以請妳跟我走，就這樣。」

「那玉隼跟小紅小姐呢？」

貓貓無意叫死小鬼一聲少爺。

「就說他們很黏我，因為放心不下就跟來了。」

不是，這掰得也太硬了。到時候被小紅她娘逼問的是貓貓，拜託想點更像樣的藉口好嗎？

（還有，壬氏會接受這種藉口嗎？）

不知為何，總覺得事情會莫名其妙地越變越複雜。

話雖如此，只要明天能回去，貓貓就沒有意見。她決定早早上床睡覺，等待明天的早晨來臨。

隔天一早，一陣東西互相摩擦的聲響把貓貓吵醒了。

幾名男子跟一名女子站在屋裡，眾人皆作鏢師打扮。所謂的鏢師，就是以護衛金銀財寶或重要人物為業的一種集團。

「妳醒啦？」

鴟梟也作類似的打扮。即使從無賴漢變成了鏢師，整個人的氣質也沒太大變化。只是背脊打直的姿勢，看不出來腹部被挖了個傷口。

「這樣挺直背脊，也許會害傷口裂開的。」

「布條纏得很緊，多少滲點血不礙事吧？」

他這種擺明了就是要活動身體的口氣讓貓貓很不高興，但也負不了更多責任了。

貓貓叫醒睡得迷迷糊糊的小紅與玉隼，否則萬一醒來看到鴟梟不在，跟她哭鬧就傷腦筋了。

「嗯？父親要上哪兒去？」

「大概是去幹活吧。」

貓貓硬是讓睡眼惺忪的兩個小孩跟他揮手告別時，另一名作鏢師打扮的男子過來了。

他附到女鏢師耳邊呢喃了幾句。

「……我們趕路好嗎？似乎被發現了。」

嗓音低沉穩重。女鏢師在貓貓跟前跪下。

「您說被發現是什麼意思？」

「請姑娘見諒，我們可能無法送你們回西都了。」

（跟我說笑啊？）

貓貓皺起眉頭，但也沒那閒工夫抱怨了，只能聽從女鏢師的指示。

「請把衣服帶上跟我走。今後請您跟著我一起行動。」

「……我明白了。」

貓貓只能點頭。

他們坐上備好的馬車。不是鏢師的鏢車，就只是尋常的帶篷馬車。貓貓拿到的衣服用的是上好料子，小紅也是同一種樣式。貓貓先幫小紅換衣服。

「不是要回府了嗎？」

「還要一些工夫。喏，衣服。」

貓貓把替換衣物扔給玉隼。

「喂，妳幫我換。」

「就幾件衣服，自己不會換啊？」

玉隼開始鬧彆扭，不情不願地更衣。

「我們要上哪兒去？」

「請放心，不管發生什麼事我都會保護各位的性命。」

女鏢師答非所問。不過看到只有女鏢師一起坐在篷車內，應該還是有考慮到貓貓他們的心情。

「我們會跟鴟梟少爺兵分兩路。如果能順利躲過耳目，就能直接返回西都。」

「我明白了。」

從覆蓋了篷布的馬車看不到外頭。小紅擔心害怕地抓著貓貓不放。女鏢師盤腿而坐，曲刀不離手。

年紀大概三十多歲吧。背脊挺得筆直，眼光銳利。肌膚曬得淺黑，英氣凜然的低沉嗓音令人印象深刻。貓貓不擅長記住人的長相，但跟她應該是初次見面。

貓貓只能暫且將自身性命託付與這位女鏢師了。

十四話 喬裝

馬車大約跑了兩個時辰（四小時）。速度不是很快，但馬也差不多該累了。雖說是兩馬並駕，不過篷車就是沉重。一般來說跑這麼遠也該休息一下了。但車夫仍然沒有要休息的樣子——

這是否表示他們可能正被人追趕？

「還沒到嗎？還沒到嗎？我累了——」

玉隼在篷車裡躺成了大字形。

「是是是。」

貓貓一面隨口應付玉隼，一面觀察車外情形。

「！」

馬車猛然停了下來。

「怎麼了？」

女鏢師向車夫問道。

「是不是可以讓這兩匹馬休息一下？牠們都在瞪著我討水喝了。」

貓貓往外一看，感覺拉篷車的兩匹馬好像在瞪她。

「好。」

女鏢師回到車內，告訴貓貓他們將在下一個村莊稍事休息。

「你們進村子時，我要你們假裝成因故離家返鄉的母子。」

「憑什麼我得這麼做？少跟我講這些，快讓我回府！」

玉隼氣焰囂張地說。他自己換好了衣服但是左右襟搭反了，害得貓貓得幫他脫掉重穿。

「目前暫時回不了西都。您若是吵著要回去，我只能把您五花大綁關起來，您想要那樣嗎？」

用詞遣句畢恭畢敬，但女鏢師的眼神是認真的。

「妳、妳敢這樣對我！我父親不會放過妳的。」

「這是鴟梟少爺的命令。」

「……」

玉隼淚汪汪地噘起嘴唇。

貓貓覺得大快人心，但自己也處於相同立場，所以不能說什麼。

「說我與這兩人是母子，不會有點太勉強嗎？」

貓貓看看小紅與玉隼。她長得跟他們倆一點也不像，況且她年紀也沒大到能有這麼大的孩子。

「在戌西州，女子生兒育女的年齡常常比中央更年少。再說，就算孩子跟您長得不像，只要堅稱是像了父親就是了。」

（嗯——）

雖然髮色不同，但玉隼與小紅是表兄妹，長得算是有幾分相似。

然後，女鏢師立刻拿出了脂粉眉黛等物。

「而且女子只要梳個妝，就可以遮掩掉不少事情了。」

女鏢師動作熟練地把貓貓的臉當成畫布一樣塗塗抹抹。妝粉在純白中還帶點紅色，呈現出更貼近當地人膚質的顏色。

「……請問鏢師，我們就這樣直接回西都不是比較好嗎？我覺得我們回去了應該也不會造成太大影響吧。」

貓貓很想知道他們大費周章監禁她究竟是想隱瞞何事，但她怎麼猜也猜不出來。由於猜不出來，所以不會去告訴壬氏。

同時也不會被對方殺人滅口，這或許是雀費心安排的吧。

「我們現在不能放你們回去，不是怕對鴟梟少爺不利，而是為了月君著想。對於將他捲入此事，我感到很抱歉。」

（為了壬氏？）
貓貓一頭霧水，只能人家說什麼就是什麼了。
經過一番擦脂抹粉，貓貓現在看起來比實際年齡老了幾歲。
而且眼角與眉毛等形狀還畫得跟孩子們有點像。
貓貓真心佩服起女鏢師的梳妝技巧。
他們在逗留的村莊把馬車連同馬匹一併換了，車夫也變成了兩個人。
「要請夫人、小少爺與小姐多指教了。」
車夫似乎還兼任護衛，兩位都是身強力壯的男子。馬車上繪有鏢師的標誌。
「我去採買需要的東西，可以請各位在馬車裡等候嗎？」
「我也要去！」
玉隼探出頭來。
貓貓一把揪住他的脖子。
「好了好了，你在這裡待著。」
「我也要去——」
這壞小孩真是夠會亂踢亂鬧的。就在貓貓心想「乾脆把他綁起來算了」的時候，女鏢師

抓住貓貓的手。

「既然他這麼堅持，我就帶他一起去。總比我沒盯著的時候被他溜掉來得好。」

貓貓看看玉隼與小紅。小紅看起來會乖乖待著，但玉隼就難說了。

（的確有可能自己跑掉。）

「勞煩鏢師了。」

貓貓選擇相信女鏢師，將孩子交給了她。玉隼一副得意洋洋的嘴臉。

「欸，買點心給我嘛。」

「沒那閒工夫。」

被女鏢師直接回絕，玉隼大受打擊，但跟貓貓無關。只是，在馬車裡枯等確實也挺無聊的。

「小紅，妳不用去解手兒嗎？」

「不用。」

「好吧。」

小紅自己一個人在玩彈子兒。

（對了……）

「我問妳，妳舅舅受傷藏身的地方，不是有條密道嗎？那是玉隼跟妳說的嗎？」

貓貓忽然想起了心裡的疑問，開口問道。

「沒有，不是他說的。」

「那麼，是妳家人跟妳說的了？那種通道一般來說，不是都會更為嚴加保密嗎？」

「那是母舅跟我說的。」

「母舅？妳說鴟梟嗎？」

小紅搖搖頭說不是。

「是虎狼母舅告訴我的。」

「虎狼說的？」

「對呀。他說鴟梟舅舅有危險了，叫我去救他。」

「什麼！」

貓貓頓時全身大冒冷汗。

「正好玉隼那時也在，就帶我過去了。」

（這、這怎麼回事？）

虎狼為何不自己去救鴟梟？

為何是小紅這樣一個孩子來找貓貓？

是誰對鴟梟下的手？

（那個混帳。）

貓貓不是很明白虎狼的企圖。

她只知道，虎狼此人與鴟梟遇襲絕對有著重大關聯。

十五話　優先順序

沒有什麼事情比被人騙得團團轉更不愉快。

貓貓發誓等回到西都，一定要徵求許可讓她揍虎狼一頓。

然後貓貓就在不知道能怎麼辦的狀況下，繼續四處漂泊。

（真不知道究竟要走去哪裡。）

貓貓、玉隼、小紅以及女鏢師乘坐帶篷馬車時走時停，在村莊或城鎮等地投宿了幾次。

西域不同於中央，放眼望去盡是草原，讓貓貓越走越搞不清楚現在是在前進還是在原地打轉。不過就她確認過幾次太陽的位置來看，大致上應該是往西邊走。

途中，有時會到寺院拜拜，或是買衣裳。貓貓明白為了扮演涉世未深的出嫁女子，或多或少還是得做一些多餘的舉動。

最重要的是為了讓兩個好奇心旺盛的小孩安靜下來，這麼做也是有必要的。貓貓也滿喜歡到處看看地攤賣的串燒，或是從沒看過的食材。有點可惜的是受到蝗災影響，有在做生意的店家比較少。

「啊——我走不動了——還不快拿轎子來。」

「我餓了，沒有涼點可吃嗎？」

「這麼硬的麵包誰咬得動啊？」

貓貓都不知道對著玉隼的腦門賞過幾拳了。聽說男孩比女孩難帶，如今貓貓深切地體會到此話不假。小紅則是真的很乖巧，很聽貓貓的話。

「是不是可以告訴我們要去哪兒了？」

貓貓在行走的馬車內向女鏢師詢問道。

「我把村落的名稱告訴您，您就知道在哪裡了嗎？」

結果得到讓她無法回嘴的答覆。

「我想您應該也知道，我們正在往西走。總之我們的說法是這樣的：您的娘家在戌西州的第二城邑，丈夫做的買賣深受蝗災所害，覺得再這樣下去不是辦法，於是用手頭僅有的錢雇用鏢師，把妻小送回娘家去請求資助。」

想不到假身分掰得還滿精細的。

「都明白了。」

換言之目的地就是第二城邑，或者是離該地近在咫尺的地方。

（竟然說我涉世未深，沒禮貌。）

貓貓心裡這樣想，但能夠進入戍西州更內陸的地區可不是常有的機會。看到前所未見的食物、飲料以及工藝品讓她兩眼發亮。這裡幾乎沒有魚類菜餚，但常常有人賣蛇。另外還看到賣生吃活蠍的，但鏢師以涉世未深的夫人不該吃那種東西為由阻止了她。本來是很想嚐嚐的。

玉隼與小紅離開了鴟梟身邊，一開始顯得無精打采，但似乎仍未失去幼童的好奇心，還有點精神跟貓貓一起逛地攤。

（比起死小鬼，小紅這孩子未免也太乖了。）

貓貓本以為小孩都會更愛哭鬧，或是耍任性。貓貓不喜歡小孩，毋寧說根本覺得討厭。她常常用拳頭管教不聽話的小孩，但對小紅一點都不想動手，甚至還覺得這孩子似乎總是在看大人的臉色做事。小紅的成長環境不難想像。

「我說妳啊，怎麼好像都只疼小紅一個人？」

玉隼半睜著眼看貓貓。

「你怎麼會以為自己也很惹人疼？還是說，我摸摸你的頭說幾句乖喔乖喔你就滿意了？過來，要不要我摸你摸到頭髮掉光啊？」

「才、才不是那樣。誰說我要妳摸了！」

由於玉隼這麼說，於是貓貓狠狠地給他的胳肢窩搔了一頓癢疼愛他。

一如女鏢師的計畫，貓貓與玉隼、小紅佯稱為母子，似乎沒有讓任何人起疑。貓貓的膚色泛紅，且就像平時畫的雀斑那樣在眼角加了些黑斑。何況小紅有著明亮的髮色，說因為異國丈夫的血統濃厚而跟妻子不像也有說服力。玉隼則是跟小紅長得有幾分相像，說成兄妹也不會覺得哪裡奇怪。

「您好像還滿有精神的。」

女鏢師在飯館說了。這是一間只有約莫九張四人座桌子的小飯館，二樓兼做旅店，也會幫客人照顧馬匹。

「沒什麼好沒精神的，難得有機會可以在內陸地區到處走走。」

反正無論緊不緊張都得走同一條路，貓貓打算在面對問題之前先保持輕鬆心情。貓貓拿麵包沾羊肉湯吃。湯喝得出肉味但鹽放得很少。蔬菜有根菜與少許韭菜，水很珍貴所以飲料以酒類為多。雖然有點貴，但她們還是另外點了水給玉隼與小紅喝。

「喂，我要喝葡萄水。」

「沒有那種東西。」

「我要喝，我要喝！」

玉隼似乎發脾氣發習慣了，事情一不如意就立刻耍性子。每次這樣做只會挨貓貓的拳頭哭哭啼啼，希望他可以早點學乖。

「不過，沒看到幾個人呢。」

「是啊。」

旅店生意冷清。此地原本應該是作為貿易的中轉地而成立。不只是蝗災導致糧食不足，看得出來貿易等主要經濟活動也受到了衝擊。

或許是因為這樣吧，飯館裡客人的氣氛也很糟。

（雖然乍看之下不像是地痞流氓。）

可以看到有客人在店裡的角落慢慢喝酒，似乎從剛才就一直在看貓貓他們這一桌。

（是在挑選下手的對象嗎？）

貓貓他們這桌只有四個婦孺。雖然除了女鏢師之外還有兩位兼任護衛的車夫，但吃飯時間跟貓貓他們錯開。

所以就他們幾個婦孺待在一塊兒，等於是叫人家來對他們下手。

「你們不雇用其他鏢師嗎？」

「下一個城鎮應該能見到值得信賴的護衛。」

換言之，他們似乎無意雇用來路不明的人。

這位鏢師雖是女子，但本領一定很高強。

「車夫大哥不陪我們一起用飯嗎？一次一位也好啊。」

只要有一名男子同桌，情況應該就會大有不同。

「在戍西州，很多人視女子與家族以外的男子同桌為不守婦道。」

換言之，她的意思是那樣做會跟假身分產生矛盾。

「還有，我要去打理前往下一座城鎮所需的一些事情。我會留一名護衛在旅店，但請各位不要離開房間。」

「明白了。」

貓貓有點想在鎮上走走看看，但還是決定乖乖聽女鏢師的話。這裡離中央已是天遙地遠，治安也開始變糟了。

「我想您待著也無聊，就看看書吧。」

（看書啊。）

貓貓此時手邊僅有的，也就是之前被監禁在房間時的那本經書。後來發現的時候它已經在篷車內了，大概是小紅還是誰帶來的吧。

貓貓毫不感興趣，但沒其他事好做的話也只能讀它了。當然，讀到一半玉隼又開始欺負小紅，害得她沒辦法安靜讀書。

女鏢師約莫在一個時辰之後回來。她似乎把所需物品也一併採買了，手裡拿著個大袋子，但神情顯得有些憂愁。

貓貓看書看膩了，正在陪小紅玩。話雖如此，不過就是用貝殼或小石子玩彈子兒，不然便是玩玩翻花繩什麼的，真的只是消遣而已。玉隼可能是被貓貓打痛了頭，無精打采地在房間角落縮成一團。

「看來像是沒什麼好消息？」

「是啊。原本預定跟自己人在下一個城鎮碰頭，但現在似乎偏離了商路，我接收不到消息。」

女鏢師把大袋子放到貓貓面前。

「偏離了商路？」

貓貓一邊追問一邊打開袋子。袋子裡除了肉乾等乾糧、禦寒用的毛皮之外，還有幾種生藥。貓貓兩眼發亮。

「由於兩地之間的路途常有土匪出沒，商人紛紛繞路而行才會演變成現在這樣。此地原本就多有盜匪，如今又加上蝗災導致糧食不足、百業蕭條，很多人失去營生手段才導致這種結果。與其走險路，不如繞過前往下一個城鎮才是上策。」

「啊——」

就算說土匪是真的無法謀生了，把商人們洗劫一空只會斷了以後的財路，但看來他們沒想到那麼多。
「可是下一座城鎮不是有值得信賴的鏢局嗎？」
貓貓把生藥一件件擺好，笑嘻嘻地說了，心思忍不住轉到生藥上面去。
女鏢師搖搖頭。
「我沒說是鏢師，只說了那裡有護衛。」
「啊。」
她的確沒說是鏢師。貓貓一邊嗅聞生藥的氣味，一邊心想說得也是。小紅也學貓貓的動作，不過那生藥的氣味太嗆鼻，她摀住鼻子，把臉扭到一邊去了。
「老實講，都過這麼久了，應該能回西都了吧？」
「目前還說不準。我的職責是確定完全沒有危險了，再送你們回去。不能覺得好像可以了就送你們回去。」
女鏢師講得很明確。貓貓不知道她是出於何種打算才帶著她們四處跑，但這些話聽起來像是真實無欺。
「但我必須在下一個城鎮與同伴取得聯絡，才能知道下一步該怎麼走。因此我打算冒著某種程度的危險前往下一個城鎮，您同意嗎？」
聽到女鏢師接著這麼說，貓貓一面檢查生藥的乾燥程度，一面沉吟。

「您都這麼說了，我也沒那權力拒絕。況且一直在戍西州東繞西轉也只會花光盤纏而已。」

「聽您這樣說我就寬心多了。」

女鏢師從懷裡拿出一個小罐子。小罐子比掌心還小，仔細地上了一層釉藥。

「這是？」

貓貓放下生藥，瞇起眼睛。

「此乃神經毒。它不耐熱，請不要放在太溫暖的地方。」

「取蛇毒的話怎麼不找我幫忙？」

貓貓接下小罐子輕輕搖了搖，聽見了細微的水聲。能收集到這麼多毒汁，真不知道究竟捕了多少隻蛇。蛇毒沒有礦物毒等毒藥來得安定，容易失去毒性，特別是還怕遇熱。書籍上是這麼寫的，與貓貓的親身體驗也吻合。

「姑娘聰明，看出是蛇毒了。其實只要去肉舖就很容易收集到了。」

內陸缺水，魚類難以購得，味道與魚近似的蛇就成了寶貴的滋補來源。

「沒有蠍子嗎？」

「摻了一點進去。」

貓貓心想，這女鏢師是玩真的。毒藥混合了越多成分，就越難解毒。

「這個也給您。」

她把用布包起的針交給貓貓。針固定得很緊而且纏上了布，利於隨身攜帶而不會被刺傷。

「假若發生任何狀況，請以自己的性命為第一考量。」

（意思是叫我不管怎樣都得活下來？）

女鏢師的意思是，在最糟的情況下必須殺人自救。

十六話　騙子

自從聽說貓貓與鴟梟做了接觸以來，壬氏處理公務時心裡一直七上八下。

「月君不妨稍事休息吧？」

高順體貼地說，但壬氏自然沒有那個心思。

「你認為我睡得著嗎？」

「身為執政者，睡不著也得睡。」

高順說得有理，只是壬氏沒成熟到能讓感性追上理性。他反而覺得自己還能繼續辦公已經很了不起了。

「一開始說她幾天就會回來了。我問你，今天是第幾天了？」

「十天了。」

「怎麼會拖這麼久？」

講這些變得像是在拿高順出氣。其實壬氏很清楚原因。

十天前，壬氏與理人國的會談當中提到了第四王子。實際上對方並沒有明說是第四王子，但恐怕是不會錯了。
擁有皇位繼承權的人待在並非友好國的另一國家，是一個嚴重的問題。
這對理人國或是茘國來說，都是一件大麻煩。
明明是對方擅自跑來的，但若是有個萬一又可能會被無端尋釁。如果是玉鶯，豈止嚴詞拒絕，恐怕根本理都不理。但是，那不是壬氏的作風。壬氏個人希望能大事化小，小事化無，身邊的部下們也應該都是同一種心思。
然而──
偏偏有個西都的重要人物，沾上了拐騙第四王子的嫌疑。
豈止如此，鴟梟來到本宅的那天，還正好是壬氏與理人國使節設宴會談的日子。他行事魯莽衝動，就算被當成存心妨礙宴席也怪不得人。
結果，難怪壬氏的部下馬良等人會竭力減少鴟梟與壬氏的交集，甚至打算出事的時候就把他們連同鴟梟一起切割了事。聽起來很殘酷，但這大概便是高順所說的為政之道吧。
可是問題一牽扯到壬氏的知心人，他就急了。
貓貓竟然跟鴟梟產生了關聯。產生關聯的時期也不巧，據說是在鴟梟來到本宅鬧事之後才與他接觸的。而且還幫他醫治了傷口，就算被看成共犯也是莫可奈何。若只是簡略的急救也就罷了，一旦是使用了針線的外科手術，就很難掩飾醫治者的身分。

關於鴟梟這號人物，壬氏幾乎是一無所知。只聽說是個無賴漢，但不確定風評有幾分真實。

只是，假如要切割鴟梟，那麼如何才能守護貓貓的立場？思來想去到了最後，他們決定宣稱貓貓是受了鴟梟威脅才勉強為他療傷。倘若是遭到威脅被強行帶走，就還有酌情考量的餘地。

再來又說到必須離開本宅的理由。

「倘若鴟梟少爺是清白的，便表示有內賊。」

馬良說了。有某個神祕人想對鴟梟下手。而既然還不知道凶犯是誰，為了貓貓的安全著想，他們認為不該把她留在本宅。這就是雀將貓貓帶離本宅的理由。

雀這數日以來也是不見人影。壬氏已命令雀保護貓貓，但願她正為了保護貓貓而四處奔走。

壬氏能做的，就是最優先將第四王子交還給理人國。

他打聽到有個疑似王子的人待在南驛站，然而等到他們抵達時，消息當中提到的下榻旅店已然人去樓空。

後來壬氏試著繼續追蹤，得知除了壬氏之外還有另一勢力在搜尋王子的下落。結果壬氏沒能把第四王子交還給理人國使節，更糟的是鴟梟下手擄走第四王子的嫌疑也變得更大。

這已是六天前的事了。

跟鴟梟一樣，貓貓也還沒回到本宅。壬氏明白這是因為本宅並不安全，他們正在持續趕路前往其他安全的地方。

壬氏不只得處理平日的事務，還得忙著揪出本宅的叛徒以及應付理人國使節。

「我到外頭呼吸一下新鮮空氣。」

「遵命。」

壬氏一走出書房，高順與馬閃便隨後跟來。馬閃後頭還跟著家鴨，但這件事他已經懶得挑剔了。

說到西都的玉袁府，在他的記憶中有著美不勝收的園景。然而現在已經有一半以上變成了農田，園丁們哭著揮動鋤頭耕地。

在僅剩寸土尺地的庭園裡，壬氏看到涼亭那邊有人影。凝目一看，是兩個老傢伙。

「哦，庸醫閣下，你帶來的這是什麼美味啊？」

「呵呵呵，軍師大人真是好眼光。這是我用今年收成的甘藷蒸熟了搗成泥，加入酥與蜂蜜混合烤成的。祕訣就在於要稍微烤出一點焦痕。」

兩人在喝茶聊天。才在奇怪會是誰，怎料竟是怪人軍師羅漢與醫官閣下。那醫官的醫術本領讓人信不過，但莫名其妙地倒是很有品德。

貓貓那個不愛理人的姑娘嘴上愛叨念，其實還是跟醫官閣下很親近，她的父親也不例外。

「喂喂，醫官大人。不是跟你說了甘藷還不能用嗎？」

接著又有一個拿著鋤頭的男子加入。是羅半他哥。醫官閣下的護衛以及羅漢的副手也待在涼亭旁邊。

「對不起嘛，想到什麼烹調法就想試試。如何，羅半他哥兄台，要不要來一個？」

醫官閣下把甘藷點心塞進羅半他哥的嘴裡。

「嗯唔唔，味道是不錯，但我還是覺得只要再儲放一陣子，就不用加什麼砂糖或蜂蜜了啊。啊！我覺得上回那種加了蒸餾酒的比較好吃。」

「是這樣沒錯，但有什麼關係嘛。軍師大人，你嚐了覺得怎麼樣？」

「不錯。不過我希望別放蒸餾酒。」

「哎喲，原來你不會喝酒啊？不像小姑娘可嗜酒了。」

「喂喂，醫官老叔。不會跟我說上次做的點心裡用了貓貓的酒吧？」

「才不是呢，那是我特別拜託食堂分給我的啦。不過我把它藏起來了，以免被小姑娘找出來全部喝掉。」

「也是啦，那個丫頭是有可能喝得一滴不剩。」

羅半他哥顯得深有感觸，好像很能理解。

「就是說呀。我還聽說蒸餾酒適合拿來烤肉，想試試又有點害怕。」

「害怕什麼？」

「是這樣的，聽說蒸餾酒很烈，淋在肉上一烤會轟的一聲噴火呢。」

「那得先把水給準備好了。」

醫官閣下正與羅半他哥聊天的時候，羅漢只是顧著把點心一口接一口往嘴裡塞，然後噎到了。副手急忙趕過來，用力往他背上連拍好幾下。動作看起來相當熟練，大概已經不知道發生過幾次了吧。

「月君，也許再走遠一點會比較好？」

高順提議道。

「也好。」

這數日來，他們一直在設法瞞騙羅漢貓貓不在的事實。之前沒發生蝗災時，羅漢有公務在身，所以還能巧妙引開他的注意力，但這次就有點困難了。

「我說啊，貓貓是不是也該回來了？」

「嗯——我只聽說她和雀姊一塊兒去港市採購藥品了。小姑娘她啊，一講到藥就會變了眼色，大概是這樣才會一直採買不完吧。」

庸醫沒覺得有什麼疑問就回答了。是因為他真的這麼想，才回答得了。

羅漢這個人講得再好聽，也很難像個尋常人一樣過日子。一天當中有一半時辰都在睡覺，基本上就是成天玩樂，公文什麼的連看都不願意看，而且很不識相。

但是，唯有看穿他人心思這項異才，即使說是茘國第一也不為過。他能夠像是看著將棋棋子那樣一眼看出部下的適性。或許是這項異才的衍生應用吧，所有謊言或詭辯在羅漢面前都不管用。

因此，壬氏若是見到羅漢，謊言當場就會被拆穿。所以他一直在設法躲著羅漢。

壬氏準備掉頭回書房。

「呱！」

一聲傻氣的鳴叫響起。還以為是怎麼了，原來是跟在馬閃後頭的家鴨在園子裡發現了青蛙。

「不可以，我們走了。」

馬閃立刻想去抓住牠，但當下遲疑了一瞬間。馬閃臂力過人，想必是怕把家鴨的骨頭給握碎了吧。

家鴨跑去追趕蹦蹦跳的青蛙。涼亭那邊的幾個人，視線望向了連連拍動翅膀的家鴨。

「哎喲，是月君哪。」

醫官閣下無憂無慮、臉頰微微泛紅地看著他。

「是月君……」

羅半他哥略顯尷尬地調離目光。自從上回派他踏上橫跨戍西州之旅以來，就沒跟他好好說過一句話了。

「月君～？」

羅漢講得好像不大高興。他從椅子上站起來，走向壬氏這邊。

壬氏面露在後宮時期練出的客套笑容。高順也維持面無表情（撲克臉），馬閃卻跑去追家鴨了。

「我的老天啊，我這數日以來找您找好久了。您都跑到哪兒去了？」

羅漢酸溜溜地說。

「在書房處理公務。偶爾外出散散步。看來你總是沒挑對過來的時機。」

壬氏沒說謊，但也沒說真話。

壬氏傷透腦筋，不知該如何是好。萬一羅漢現在問他貓貓怎麼了，事情就瞞不過了。這位仁兄只要一講到女兒，甚至還曾經想過要炸掉後宮哩。

「話說回來，月君可曾見到過貓貓？」

羅漢直截了當地問他。不管怎麼回答都不可能騙過羅漢。正在煩惱著該如何是好時，家鴨跑過了羅漢與壬氏之間。

「站、站住，舒凫，還不聽話！」
「馬閃……」
高順用低沉渾厚的聲音，警告追著鴨子跑的馬閃。
馬閃當場收住腳步，但家鴨拍拍翅膀，就這麼撞上了走在遊廊上的一個人。
「哇！突然來了個什麼？」
衣服上留下鴨掌痕跡的人原來是虎狼，手裡還拿著文書。
家鴨停了下來，馬閃輕輕抱起家鴨。
「抱歉，是我看管不力。」
馬閃語氣一本正經地道歉。
「不會，侍衛別客氣。」
「這是要拿去給陸孫的文書嗎？」
壬氏隨口問問。如同陸孫會把公務塞給壬氏，壬氏也會把公務塞給陸孫。雙方之間往來的文書分量確實是相當龐大，但壬氏覺得今天的文書似乎沒這麼多。
「回月君，正是如此。」
虎狼用一如往常的禮貌態度回話，看起來沒有哪裡奇怪。
「我問你，你為何要撒謊？」

羅漢一邊撥動著單片眼鏡一邊說了。

「撒謊？」

壬氏看著羅漢。

「你沒有要去陸孫那邊。所以你其實是要去哪兒？」

「沒有要去哪兒啊。噢，我另外還負責處理各種庶務，所以會先去辦那些雜事。」

虎狼說過想不帶偏見地經手各種差事，所以也有做些下人的雜務。途中繞去其他地方辦事並不奇怪。

然而，羅漢所說的撒謊，聽起來似乎不是這種小事。

「那我問你，你知道我女兒上哪去了嗎？」

「貓貓小姐的話，記得是去港市採買了吧？」

虎狼歪著頭回答了。

羅漢邁著大步走到虎狼面前，右手猛地一揮。啪沙一聲，虎狼拿在手裡的文書飛得滿天。

「羅、羅漢大人，您這是怎麼了？」

最怕見人起糾紛的醫官閣下慌了起來。

「庸醫閣下，可以請你去把剛才說到的蒸餾酒拿過來嗎？」

「咦？喔，好。」

醫官閣下急忙趕回藥房。

「你知道我為什麼這樣做嗎？」

「不知道。為什麼呢？」

虎狼顯得很困惑。不光是虎狼，壬氏等人也都疑惑不解。

「月君，請問貓貓是去港市採購藥品了嗎？」

「……」

壬氏搖搖頭表示不是。他認為現在再瞞騙也沒用了。

「那麼，這個騙子早就知道貓貓在做其他事情了？」

「應該不知道才對……」

貓貓這件事，壬氏只有告訴少數幾個部下，甚至連馬閃都瞞著，為的就是怕謊言被揭穿。

因此，虎狼本來是不該知道的。

為何虎狼會知道這是假話？

「虎狼，你……」

壬氏瞇起眼睛，看著態度謙卑的青年。

「羅漢大人，我把酒拿來嘍。」

正好醫官閣下把酒瓶拿來了。

「勞駕了。」

羅漢從醫官閣下手中接過酒瓶，拔掉了軟木栓。他把臉別到一邊，想必是為了避免被酒精薰醉。然後他把酒瓶倒轉過來，裡面的液體啪答啪答地灑在掉了滿地的文書上。

「啊啊，真是浪費。您這是做什麼？」

大概也只有醫官閣下，敢當面對羅漢有意見了。

「我要這樣做。」

副手不知什麼時候拿了火種來。羅漢接過火種，丟在灑了蒸餾酒的文書上。轟的一聲，火旺盛地燒了起來。

「您怎麼能這麼做？這是要給陸孫大人的文書啊！」

「管你什麼文書！我現在想問的是，你為何會知道你不該知道的內情！」

羅漢的臉被炙熱燃燒的火焰照得發紅。

「這要我如何回答？我只是覺得可疑罷了。首先，貓貓小姐平時那樣受人珍惜，卻為了採購而一外出就是數日，豈不是很奇怪嗎？」

「那我換個問題。你是不是用計陷害了貓貓？」

「……」
虎狼沉默以對。
「你是不是存心考驗她？」
「……」
還是一樣，沉默以對。
壬氏心想，繼續讓羅漢問下去也沒意義。羅漢問題的受詞就只有「貓貓」。
這種時候如果有個準確的問題，那就是——
「虎狼，你是不是嫌鴟梟礙事？」
對於壬氏的問題，虎狼露出了一絲淺笑。
「沒錯。因為鴟梟大哥不配當繼承人。」
「所以讓你起了殺機？」
「如此才能除去後患，讓事情處理起來更順利。」
羅漢什麼也沒說。
「讓大哥活著，被當成家父玉鶯的後任不會有任何好處。」
壬氏一直在找內賊，但他之前並不了解這個叛徒心裡的打算。
「為了能夠將西都治理得更加完善，鴟梟大哥是多餘的零件。只要能拿掉這個零件，我什麼都願意做。」

虎狼微微一笑，慢慢地把鞋子脫了。

「就算要讓我烈火紋身，我也甘之若飴。」

虎狼笑著踏進了炙熱燃燒的文書堆裡。

「你做什麼！」

馬閃立刻動手把虎狼從火堆裡拖出來。虎狼趴在地上堅持不從，抓住地板不放。任由衣服、頭髮與皮膚被火焚燒，虎狼還在笑著。

「怎麼這樣亂來啊！」

羅半他哥去池塘打水，拿來潑在虎狼身上。高順也開始行動，對護衛以及羅漢的副手做出指示。

醫官閣下口吐白沫昏過去了。

羅漢眼神冰冷地看著趴在地上的虎狼。

「是什麼讓你竟至於如此？」

壬氏感到很意外，自己竟能如此冷靜地看著這個難以理解的生物。

「布，拿布給我。」

馬閃用褥子把虎狼裹起來，抬到藥房去。

醫官閣下不可能醫治得了他，得到街上的病坊去請個醫官過來才行。

「高順。」

「在。」

「鴟梟是清白的。以這情況來說，跟他合力尋找第四王子的下落才是上策吧？」

「微臣這就去辦。」

高順即刻動身。但羅漢神情顯得興致缺缺。

「哦，月君打算這麼做啊？可別忘了那個叫什麼鴟梟的也有可能圖謀不軌喔。」

「關於這點，只要羅漢閣下與我同行就能弄清楚了吧？還是說，你要因為對我的不滿而延誤解救女兒的機會？」

「月君也開始變得有兩下子了啊。」

「多虧某人垂教。」

叛徒已經抓出來了。那麼，下一步該怎麼走？壬氏即刻採取行動。

這才是救回貓貓的最佳良策。

十七話　信仰小鎮

貓貓一行人按照原定計畫，出發前往下一個城鎮。

很快地她就明白了土匪橫行的理由。這個地區比起其他地方有著較多綠意，聚樹成林。路途會穿過林子的話，對土匪來說必定很好埋伏。

「雖然乍看之下像是只有草原與沙漠，其實戌西州也是有森林的。」

女鏢師一面讓大家觀賞窗外景觀一面說。不只是為了貓貓，這麼做似乎也是為了讓孩子們不會無聊。讓兩個不到十歲的孩子坐馬車移動是委屈了點。不過，女鏢師疊起了幾塊粗草蓆再鋪上褥子，減輕馬車的顛簸，使孩子隨時可以睡下。多虧於此，貓貓也才沒把屁股給坐痛。

「是因為靠近高地嗎？」

「正是。在高地下的雨或雪會變成湧泉從地下冒出。它成了孕育森林的水源，讓人們可以定居在此。」

「當地人不會砍伐森林嗎？」

貓貓感到不解。子北州正是因為擁有許多上好的木材，使得山林變成了禿山，朝廷甚至日後下令禁止砍伐。

「這兒能用作屋舍營造的木材並不多見。大多都是用來採收樹果，或者是作為防風林之用。」

「那不就跟尋常農村沒什麼兩樣了？」

貓貓實話實說。這段話對小紅來說或許有點難，她做出分不清是歪頭還是點頭的動作。玉隼更是好像對這話題不感興趣，在粗草蓆上躺成了大字形。

「既然能成為商路，我以為除了位置方便之外還有其他原因。」

「姑娘所問的原因是這個。」

女鏢師放下一本書。是用舊了的宗教經典。

「下一個城鎮裡有教堂。」

貓貓心想原來如此，這才恍然大悟。

貓貓不懂那些宗教什麼的。貓貓是個比較就事論事的人，不相信眼睛看不見的事物。她認為神仙什麼的實際上根本不可能存在。

但是，她也不會因為這樣就叫別人別去信神。一個人心靈如果沒有依靠，就會需要個支柱，有時可能會由神佛塑像扮演此一角色。

事實上，宗教在煙花巷也曾幫助過人。有幾名病入膏肓即將不久於人世的娼妓，相信死後可以前往安樂國度而嚥下最後一口氣。貓貓記得她們明明死得飽受折磨，死時的面容卻帶有幾分安詳。

（只要不給人添麻煩就無妨。）

想去拜什麼神仙妖怪的就去拜吧。貓貓是這麼想的，但也有一些人企圖利用這些神明做壞事。而且也有人上當。

神明就跟藥一樣，弄錯用法用量會導致不可收拾的後果。

這就是貓貓對宗教的觀念。

一行人時時刻刻提防土匪來襲，不過一路上都很平安。

「好像就快到了。」

可以看到林子的另一頭有屋頂。那樓房少說也不只三層樓。

「那就是教堂嗎？」

「是的。」

女鏢師對車夫說了些話。馬車隨即停了下來。

「好像……還沒到？」

小紅顯得很不可思議地說了。已經看見城鎮了，但還沒到，馬車就停了下來。

「我先到鎮上看看，請各位在馬車內等候。」
「要不要緊？」
貓貓不放心地問女鏢師。
「我會留兩名護衛守著馬車。」
（我問的不是這個。）
女鏢師是這方面的行家，貓貓一個外行人擔心她的安全或許反而冒犯了。
「若是鎮上安全我就會回來，請各位先等一會兒。」
「……假若您遲遲不歸，我們該怎麼做？」
貓貓的詢問讓小紅睜圓了眼，看著女鏢師。
「請勿輕率地試著營救我，儘管逃走便是了。」
女鏢師極其冷靜，不在乎地說了。
（能逃去哪兒啊？）
貓貓並不擅長武打功夫，除了躲在樹蔭裡憋住呼吸之外也不能怎麼樣。只能請兩位兼任護衛的車夫救他們了。
（鏢師這行當真是划不來。）
雖然錢收得多，但再多錢也沒命來得重。作為護衛有很大一部分是靠信用吃飯，因此一

旦接下委託就必須賣命。

貓貓為了讓自己鎮靜下來，打開女鏢師買給她的那袋生藥。她把其中幾樣用布包成幾小包以便使用，像平常那樣藏進懷裡。裡頭還有她從西都帶上的生藥。

她還帶來了會讓人病酒的乾蕈菇。等回到西都後，可要拿這蕈菇當下酒菜喝一杯。

小紅這數日來，已經明白到貓貓在處理生藥時是完全不會理她的。她露出拿貓貓沒轍的眼神，自己開始用小石子玩起了彈子兒。玉隼跑來妨礙，但沒有之前那麼頑皮，所以不予理會。貓貓可不想對孩子保護過度。

不久，就聽見輕敲馬車的咚咚聲。

「怎麼了？」

貓貓從篷布縫隙探頭出來。

「失禮了。」

來者是其中一位護衛，是個四十歲上下、滿臉鬍碴的男子。神態和氣可親，而且好像有女兒，所以對小紅特別關心。另一位車夫很年輕，與這名男子正好相反，給人沉默寡言的印象。這位車夫會陪玉隼玩鬥劍。

「不是什麼大不了的東西，只是覺得你們應該會喜歡。」

護衛大叔這麼說，隨手丟了幾顆松毬進來。

「松毬！」

小紅兩眼發亮。

「海松子！」

貓貓也兩眼發亮。

「那什麼啊？」

只有玉隼顯得不感興趣。

「就掉在這附近地上嗎？」

貓貓問得比兩個孩子還激動，讓護衛大叔有些退縮。

「是、是啊。旁邊就有一棵大松樹。」

「我可以去撿嗎？」

「呃……只要不離開我身邊的話。」

「太好了！」

貓貓跳下馬車，小紅也跟著貓貓。

兩人卯起來不斷地撿拾松毬。差不多撿了兩刻鐘吧。

松毬的殘骸在貓貓周圍堆成了小山。她對松毬沒興趣，但對裡頭的種仁很有興趣。

松實，在生藥稱為海松子、松子仁等，是一種富含油脂、營養豐富的果實。稍微炒過食用，微甘味美。

（雖然缺點是果實太小了很難挖。）

但只要是生藥，這點勞力對貓貓來說不算什麼。小紅把松毬撿來，貓貓一個勁地剝掉松毬的果鱗。小紅似乎撿得很開心，但才剛撿到一堆就被貓貓拿去拆解，讓她露出些微不滿的表情，只有看到形狀漂亮的大松毬覺得喜歡，才會揣進自己懷裡。

護衛大叔待在貓貓她們身邊，另一位車夫在馬車上吃飯。玉隼似乎在馬車裡睡著了，護衛偶爾會從外頭看看。

貓貓正準備從剝下的果鱗挖出胚乳時，護衛大叔拽了拽她的衣袖。

「抱歉。」

護衛大叔抱著小紅。

「怎麼了？」

「……」

護衛大叔一言不發地看了一眼馬車。有人往馬車這兒走來，是個三十歲上下的男子。

「人家派我過來，叫你們過去。」

「是嗎？知道了。」

另一位年輕護衛下了車夫座。

動作看起來並無異狀，但就在下個瞬間，年輕護衛揮刀砍向來叫人的男子，一刀就割斷了對方的喉嚨。

「！」

貓貓一瞬間不知道發生了什麼事。身旁的大叔已經摀住了小紅的眼睛與嘴巴。

「到林子裡去。」

大叔橫抱著小紅飛奔而出，年輕護衛也到馬車去抱起正在睡覺的玉隼帶過來。玉隼的嘴裡被塞了布，以免他咬到舌頭或是大叫。可能是出於行當性質，做起這些動作很熟練。

（我懂了。）

貓貓想到護衛砍殺現身的信使的理由了。

女鏢師說過：

『若是鎮上安全我就會回來，請各位先等一會兒。』

結果來的不是女鏢師而是信使，意思就是出事了。

貓貓冷汗直流，只能跟著大叔走了。貓貓一行人在林子裡逃命，半路上每次聽見追兵的腳步聲，就得躲起來。若是追兵人數少，便由兩位護衛打倒。

但是，也不知道撐得了多久。

「痛死了。」

年輕的那位護衛手臂受傷了，是在跟追兵搏鬥之際被砍傷的。

貓貓替他塗上隨身攜帶的止血生藥，纏上白布條。儘管神經沒受損，但動作可能會變鈍。

最大的問題是，不知道追兵有多少人馬，也不知道一直逃跑有完沒完。

貓貓一行人逃跑起來很吃虧。雖說有兩位護衛跟著，但同樣也帶著兩個孩子。他們必須抱著孩子逃跑，一次又一次險些被追兵追上。

玉隼淚眼汪汪的沒跟上狀況。只是，塞在嘴裡的布最好還是別拿掉。要是他鬧起來被捉住就糟了。

小紅很安靜，卻嚇得渾身發抖，呼吸也很急促，體力也已經瀕臨極限。

（這下走投無路了。）

就連貓貓一個外行人都這麼想了，兩位護衛應該也心知肚明。

「你們幾個。」

大叔神色凝重地對貓貓說話。

「追兵人數太多了。坦白講，這差事再做下去就不划算了。雖然應該還能再逃個一段時間，但除非逃出林子，否則絕不可能保護得了你們。」

「……」

說得一點也沒錯。

況且就算逃出了林子，他們也已經遠離馬車，沒馬可騎。身上又幾乎沒帶糧食與水，很難返回先前那個城鎮。但又沒辦法回去馬車那邊，最麻煩的是不可能進得了下一座城鎮。

看來狀況是糟透了。

「坦白講，繼續逃跑下去恐怕也沒意義。我不是因為武功高強才成為鏢師的，如妳所見，是膽子小才能活下來。」

這貓貓也能理解。比起勇猛直前但行事魯莽，善於避禍逃難的人更適合擔任護衛。

「也就是說我們要丟下你們了，失鏢了。」

這大叔真是老實過頭了。其實不用特地跟貓貓他們知會一聲，碰上這種狀況直接開溜也不奇怪。比起不經考慮勉強繼續逃跑，這種態度更讓她欣賞。

「……我明白了。」

貓貓嘆一口氣。

「我姑且問一下，就算我說願意支付額外費用，也還是不行嗎？」

「多少錢我都出」這種陳腔濫調閃過腦海。

儘管貓貓懷著一絲希望，心想只要能設法弄來馬匹，護衛或許就能帶著他們逃出生天。

然而——

兩位護衛面面相覷，否定了這個提議。年輕護衛露出他負傷的手臂給貓貓看。

「最可行的是到附近的池塘去捕捉野馬。我們能騎野馬，但你們能騎未經調教又沒被鞍的馬嗎？我們沒自信能載著人擺脫敵手。更何況這小子一個人騎馬就夠費力了。」

「……」

貓貓心想，早知道就學學騎馬了。

留得青山在，不怕沒柴燒。

毋寧說，這兩位護衛已經算是很有良心了。

（沒有把我們出賣給追兵，也沒有洗劫我們然後丟下不管。）

他們始終試著盡到責任，判斷實在不可行之後，還跟貓貓他們作一番解釋。

「……你們年紀還輕，又有女人在，就算被捉住也很有可能保住性命。」

「……」

（很有可能保住性命，是吧？）

不知道會被怎樣對待。落入盜匪手裡不可能有多好的待遇。

但是這兩位護衛若是被捉到，是絕對活不了的。

「我明白了。不過，兩位有沒有辦法只帶一個人走？就一個孩子呢？」

「……什麼意思？」

護衛大叔有點戒心地反問。
貓貓拿出白布條，割下一塊。
「小紅，妳娘叫什麼名字？」
「銀星。」
對了，是叫這個名字。貓貓一面注意到她的名字不像其他兄弟是取自動物，一面用白布條寫了封簡單的信。
「還有，這個借我用用好嗎？」
「嗯。」
貓貓把布條纏在小紅的髮飾上，然後塞進嘴裡還咬著布的玉隼手裡。
「唔唔唔？」
玉隼好像有話要說，但貓貓不理他。
「能否請兩位就帶他一個人回西都就好？」
「就帶這個小弟弟？」
「是。」
貓貓好歹是個姑娘。小紅也是，而且長得很可愛。相較之下，玉隼是個男孩，又是個不會察言觀色的小孩，難保他不會拿父親的名字出來跟追兵誇口。

（說出鴟梟的名字，是吉是凶還不知道。）

貓貓也想過對方聽了也許會要求贖金，但鴟梟這人也有可能四處結怨。更何況被誘拐的人質向來不太可能平安獲釋。

貓貓判斷有玉隼在，會大幅提升他們遭到殺害的可能。

其實她很想先幫助年紀較小的小紅，但也是莫可奈何。

「就一個孩子，還是有困難嗎？」

貓貓在懷裡摸摸找找。身上是有點錢，不過只夠當跑腿錢。既然如此——

（雖然真的、真的很浪費……）

貓貓心如刀割地拿出一個小荷包，裡面裝了幾粒形狀歪瓜裂棗的珍珠。本來是想拿來入藥的，但也沒法子了。

「這、這可是珍珠？」

「是，貨真價實。」

兩位護衛吞了吞口水。

（雖然是真的很浪費。）

聽說光這麼幾粒珍珠，價值就已經夠蓋一幢房子。

貓貓拿掉玉隼嘴裡的布。

「喂，你們什麼意思啊！」

「我們會留在這林子裡。你跟這兩位護衛一起回西都，然後把這拿給小紅她娘就是了。」

貓貓指著小紅的髮飾。

「不是，為什麼就我一個……」

「好了，沒工夫跟你多講。」

貓貓把布塞回玉隼的嘴裡。眾人捆起他的手腳，以免他亂鬧。

護衛大叔扛起掙扎扭動的玉隼，用繩索把他緊緊固定在背上揹著。

「抱歉了。」

兩位護衛就這麼將貓貓她們扔在林子裡。小紅抓著貓貓不放，傷心地望著他們的背影。

她這麼聰明，一定明白她們是被那些護衛丟下了。

「抱歉，我擅作主張。」

「這是最好的法子？」

「但願如此。」

事已至此，再怎麼悶悶不樂也沒用。只能行動了。

貓貓環顧四下。目前還沒有人影，但追兵遲早會到來。既然如此——

貓貓找了一棵大樹，在地面挖洞。然後兩人躲進去，用落葉藏身。

「……要躲起來嗎？」

「現在先躲躲。」

「也許會被發現。」

「是會被發現。」

被發現是遲早的問題。但是——

過了一會兒，就聽見了腳步聲。一陣粗魯踩踏的沙沙聲響。所有人手裡都拿著武器，有人拿劍，也有人拿著農具。

（是會殺人封口，還是捉作人質？）

貓貓不知道事情會如何發展。

只是就算被捉作人質，也不知道會被如何對待。

「妳忍耐一下。」

貓貓小聲對小紅呢喃。她將衣袖揉成一團，塞進了小紅的嘴裡。

人的沙沙腳步聲逐漸逼近。

貓貓瞟了那人一眼。

（不是那個人。）

讓貓貓抱在懷裡的小紅心臟跳動得很劇烈。小紅想必也同樣感覺到了貓貓的心跳聲。分明已是微寒的深秋時節，卻覺得異樣地炎熱，甚至讓她擔心會冒出熱氣，讓人發現她們躲在這裡。

（也不是這個人。）

土匪們走過來又走過去，每次貓貓她們都憋住呼吸。

土匪們搜查得很馬虎。大概是方才還看她們跟護衛一起四處奔逃，沒想到會有兩個人離開護衛窩在這個小洞穴裡吧。

（還不行，再等等。）

貓貓耐著性子等待。最後——

一個手握曲刀的男子走近過來。此人有著濃密的鬍鬚與體毛，頭髮亂糟糟的，身上披著髒外套。年齡大約五十歲吧。脖子上掛著一件東西。

（就是他了。）

貓貓不知道除了這傢伙以外還能不能找到她要的人選。所以，縱然不知道這傢伙為人如何，也只能在他身上賭一把了。

就在男子即將走過他們眼前時，貓貓站了起來。

「妳、妳是……」

「……」
貓貓抿緊了嘴。
男子拿曲刀抵著貓貓的脖子。
（冷靜，冷靜。）
貓貓無暇去理會流出的鮮血，開口道：
『神啊，祢是否正看著我們？』
這是之前聽雀說過的異國經書中的一句。她盡可能講得流暢而不咬到舌頭。
貓貓緊盯著男子不放，可以說是用瞪的。她心臟越跳越快，雙腿幾乎快要發抖，但不能讓對方看到。在唬人的時候，重點在於看起來有多理直氣壯。
「……搞啥啊？」
男子死心般地講了一句，放下了曲刀。
（……我賭贏了嗎？）
她幾乎快要嚇得腿軟，但還得繼續虛張聲勢。
「如果是異教徒就能一刀解決了。」
（真是好險。）
差一點就沒命了。

貓貓看著男子掛在脖子上的首飾，作工很樸素，就只是用皮繩掛著木片而已，上面繪有貓貓閒來無事時翻閱的經書上的那種花紋。

而鎮上教堂所信仰的，跟那本經書正是同一種宗教。

十八話　土匪窩

信仰小鎮之中意外地寂靜。

巨大神廟周圍林立著商家，但此時都關起了門。取而代之地，各處聚集了一些不修邊幅的男子。就那身穿著與其說是村民，不如說怎麼看都是土匪。

貓貓與小紅一起被虔信神明的中年男子押著走。土匪上下打量貓貓她們，但被中年男子一瞪就別開了目光。

看來這座城鎮已經被土匪們占地為王了。做賊的向來不事生產，等到把這座城鎮吃乾抹淨了，大概就會轉移陣地吧。

（就像蝗蟲一樣。）

貓貓勉強壓下滿腹的噁心。

不過貓貓也呼了一口氣，確定自己的判斷是對的。中年男子以談判對象來說還算不壞。

首先，男子是鎮上教堂的信徒。其次，男子在鎮上具有一定程度的穩固地位。

貓貓從首飾的花紋看出他是信徒。至於地位，則是從穿著確認的。中年男子披著髒外套，雖然看起來絕不富裕，但站在土匪的立場就能明白。作為武器的曲刀仔細磨過，髒外套用的也是紮實的毛皮，隨便挨個兩刀也不會被割破。

對土匪這種地痞流氓來說，實力能夠直接帶來權力。貓貓認為男子身上的裝備顯現了他的地位。

拜此所賜，貓貓的脖子因為被刀鋒抵住而弄得血跡斑斑。雖然沒流很多血，立刻就結痂了，但看起來好像比實際上流了更多血似的，害小紅很擔心。

（幸虧這孩子是真的很乖。可是……）

小紅曾經有過心中太過不安就會吃頭髮的毛病。有些病例指出患者在內心負擔過重時會吞食異物，小紅恐怕也是其中之一。

「進去。」

貓貓她們被帶到了位於城鎮中央的教堂。

（是叫什麼教來著？）

貓貓聽雀說過，但發音太難了記不清楚。

一個三十歲上下的男子大搖大擺地睡在教堂禮拜堂的正中央，一隻眼睛受傷瞎了，一副就是凶神惡煞的模樣。一身夷狄似的打扮，無袖衣服外面套著狐狸皮。

原本用來敬拜神明的場所都糟蹋了。男子在地上鋪了好幾層毛皮，弄得滿地都是酒瓶與吃過的肉睡在上頭。旁邊有兩名心驚肉跳的女子，等著隨時伺候男子。
「頭子，人帶到了。」
中年男子說了。
（還挺年輕的？）
本以為年紀會更大。看男子一身虯結的肌肉，也許是憑實力當上大王的。
「就這傢伙？」
「是。」
什麼就這傢伙？貓貓感到不解。
「是喔？隨行的女人不是不要了嗎？」
「……頭子不是答應過我會放過同門嗎？最起碼應該能當個煮飯婆。」
（隨行的女人？放過同門？）
感覺似乎與貓貓的預料有些出入。說得好像他們本來要抓的並非貓貓。
（倘若不是要抓我……）
視線轉向了小紅。
頭子笨重地站起來，用他那熊羆般的龐然巨軀，站到小紅的面前。小紅兩眼噙淚，站到了貓貓的背後。

「是喔？來人。」
「在。」
「懸賞圖呢？」
兩名女子嚇得一抖，怯怯地把羊皮紙拿過去。頭子打開來跟小紅做比對。
「好像有點像，又好像不像？」
（肖像畫？）
圖上畫了一個孩子的相貌與特徵。貓貓對這張肖像畫有點印象。
（這是？）
總覺得跟日前貓貓診治過的異國千金有些神似。
（不，沒這麼離譜吧。）
貓貓看著小紅。小紅的髮色相當明亮，遠遠一看是有可能錯當成異國人。眼睛不是藍色的，不過遠看或許是不會發現。
（可年齡有差啊？）
小紅至多不過七、八歲。再怎麼虛報也不像是十歲的孩子。
相較之下，那個齲齒千金看上去像是十二、三歲——
（但異國人看起來都比較成熟。）

她那時猜想實際年齡大概是十歲左右。

（不。）

據說異國人計算年齡不是虛歲而是實歲。假若以出生後滿一年為一歲，年齡寫為十歲也不奇怪。

（莫非是目擊消息跟同行的玉隼弄混了？）

貓貓偷看一眼肖像畫。畫上寫了幾條注意事項。

（淡金髮色、藍眼睛、十歲……）

小紅的眼睛可不藍，看注意事項應該就知道是抓錯人了，但頭子竟沒看出來。

（莫非是不識字？）

而且，肖像畫還特別記上了一條項目。

（可能男扮女裝。）

這下知道他們為何要捉貓貓她們了。

「啊——看也看不出來。記得說過是男的吧？衣服脫了就知道啦，脫掉！」

見頭子伸手想拉小紅的手，貓貓站到前面去。

「幹啥？」

頭子的口氣聽起來很不高興。

貓貓差點嚇得手腳發軟，硬是吞了吞口水。貓貓的判斷果然是對的，要是玉隼人在這裡的話八成會把事情搞得更複雜。

「怎好勞煩大王動手？這孩子是女娃，我來幫她脫，請大王高抬貴手。」

貓貓讓小紅站到自己面前。是男是女總看得出來吧。

「妳忍耐一下。」

她把快要哭出來的小紅推到前面，掀起她的裙裳。只要看得出來是姑娘就行了。

這時，給頭子陪酒的一名女子過來了。

「獨、獨眼龍大王，由小女子代為確認吧。」

「……嗯，也好。我也懶得看小鬼脫光。」

看來頭子被人稱為獨眼龍。

（還獨眼龍咧。）

貓貓佩服這人真好意思取這麼偉大的名號。記得應該是從前一位武將的渾名。

女子靠近過來，含淚握住了小紅的裙裳。

「對不起。」

「……」

女子自告奮勇，似乎是即使看小紅還小也不想讓她受辱。確定小紅的胯下什麼也沒有之

後，她神色略顯安心地望向獨眼龍。
「是女娃。」
「……女的啊。是誰說下一輛馬車很可疑的？」
「是派去鄰鎮暗中辦事的一個小弟。」
「那就打他個一百下，三天不准吃飯。」
「是。」
中年男子寡言少語地辦事。
「啊——真該死。還以為總算能給鴟梟一點顏色瞧瞧咧。」
獨眼龍簡直跟個孩子似的原地跺腳。他身形龐大，踏到地面都震動了。
（他說鴟梟？）
貓貓整個人抱住小紅護著她。小紅聽到舅舅的名字，顯得心慌意亂。萬一莫名其妙被人家發現她們認識鴟梟就糟了。
（那個混帳，究竟幹了什麼好事？）
就懸賞單看起來，肯定是那個異國齲齒女娃……不對，是齲齒毛孩引發了這場紛爭。那毛孩子看起來嬌生慣養，沒想到似乎是相當重要的人物。
（而我逃走，是為了不讓壬氏遭受其害。）

那個齲齒毛孩牽涉到了某些政治因素。
「這兩人如何發落？」
中年男子向獨眼龍詢問怎麼處置貓貓她們。
「喔，你決定吧，隨便。」
不知道是已經完全失去興趣，抑或是老大不高興起來了，獨眼龍窩到了毛皮床鋪上。看起來就像一隻熊或老虎。
「喂。」
中年男子把那個跟小紅賠罪的女子叫去。
「妳帶她們過去吧，她們是同門。」
「是。」
女子對中年男子恭敬地低頭領命。女子方才對獨眼龍驚惶畏懼，但對中年男子的態度中有著某種敬意。
「隨我來。」
貓貓她們只能跟著女子走了。

十九話　土匪村　前篇

貓貓與小紅被帶往婦孺聚集的集會所。看到牆邊分別放著枕頭或被褥等，就知道這裡的人被迫過著同住共寢的生活。而且集會所的門口還有外貌粗獷的男人看守著。

（是這麼回事啊。）

看來鎮上的居民都被土匪控制了自由。女人與小孩似乎形同人質。

方才那句「對不起」也許是在向平白遭殃的小紅賠罪。但這些居民不也都是受害者嗎？貓貓還是不太了解那句話的意思。

「喔——新來的啊。」

女子將她們帶去見一位穩重有福態的中年女子。中年女子上下打量貓貓與小紅。

「怎麼兩個都瘦巴巴的？能做事嗎？反正一定是老師帶來的吧？」

「是呀，說是跟大家同門。」

帶貓貓她們過來的女子說了。

（她叫剛才那老傢伙老師？）

不是夫子就是教堂人員吧。這就表示那人不是土匪，而是鎮上的居民。

（換言之，這些居民跟那幫土匪沆瀣一氣，不然就是被逼的。）

若是如此，女子方才的賠罪就能理解了。更何況天底下哪有拿著農具打劫的土匪？這是從一開始就明擺著的事。

身材豐腴的中年女子看著貓貓。

「抱歉了姑娘，把妳現在身上穿的全脫了吧。這屋子裡只有女子，快快脫了把衣服換一換便是。」

「……明白了。」

貓貓也不怎麼介懷，便手腳俐落地開始脫衣服。都說這裡只有女子了，況且她每回進去後宮時都要被驗身，早已習慣了。

只有一個問題，就是——

「這是什麼？」

「那是止血藥。」

「這是什麼？」

「那是退燒藥。」

「這是什麼？」

「那是止咳藥。」
看到從貓貓懷裡出現一包又一包的藥草，中年女子一臉的傻眼。
「這是什麼？」
「……那是壯陽藥。」
最後她問到了女鏢師給貓貓的瓶子。
（就某種意味來說是壯陽藥。）
毒蛇泡酒喝很有滋味。
「妳究竟是什麼人？」
「我是藥師。」
事到如今也瞞不住了，貓貓老實回答。妝容也掉了，晚點再來思考捏造的母女身分還能用多久吧。
「藥師是吧？既然如此，這些藥妳就好好留著。反正就算交給那些傢伙他們也不會用，只會被扔掉而已。」
「謝謝大娘。」
中年女子乍看態度冷淡，但人好像還不壞。當然，其中或許包含了信仰同教的自家人意識。

（其實我也不算異教徒，但還是別穿幫為妙。）

貓貓做此判斷。

「妳們的衣服得洗洗，就順便把衣服換了吧。妳們能自個兒洗衣服嗎？」

「能。還有，抱歉我想趁便求一件事，不知我們乘坐的那輛馬車上的東西能不能還給我？」

「這沒辦法。有什麼妳們寶貝的東西嗎？」

「也沒什麼，就是平日讀的經書放在車上。我才教這孩子教到一半。」

小紅一聽，立刻緊抓住貓貓。

（這傢伙真會臨場發揮。）

也許只是貓貓自以為，但她覺得跟小紅似乎可以相處愉快。

「經書嗎？那就情有可原了。我會去跟老師拜託一聲。」

中年女子很乾脆地答應下來。

貓貓鬆了一口氣。

貓貓她們拿到的衣服雖然粗糙，但至少是耐穿的毛織物。方才都還穿在身上的衣服是棉織物，穿著在鎮上走動恐怕會引人側目。

姑且不論請鏢師護送的大戶夫人是如何，如果是被半當成了俘虜對待，這身打扮的確比較合適。

「那就如此了，我還有其他事得做，妳們去跟那邊那幾個姊妹找事情做吧。」

「是。」

貓貓有禮貌地低頭答應。

「聽清楚了，在我們這裡不做事的話小命很快就沒了。妳若是還想活命，就得忘掉以往當夫人的生活，伏低做小努力幹活，知道嗎？」

被中年女子如此叮嚀，貓貓與小紅不住點頭。

「話說回來，妳們倆叫什麼名字？」

「名、名字嗎？」

貓貓一下子急了。這時候直接說出本名妥當嗎？看獨眼龍那態度，似乎對鴟梟懷恨在心。

萬一被他知道小紅是鴟梟的外甥女，那可就慘了。可是，當壬氏他們來找貓貓的下落時，又不能不讓他們察覺。

（嗯——）

煩惱了半天，想出來的是——

「我叫熊熊，我這女娃叫小狼。」

她一時之間只能想出這種名字來。

貓貓悄悄看了一下小紅。她皺著眉頭，眼神就像看到一條毛毛蟲。

「哦，熊熊與小狼啊。名字怎麼起得這麼粗獷？」

方才給那個什麼獨眼龍陪酒的另一名女子，易於親近地說話了。雖然曬黑了看起來比較成熟，其實才十七歲。她已有了個三歲的孩子，讓貓貓確定說自己和小紅是母女不會出差錯。

「是。我家裡為了讓女子能夠戰勝病魔，都會取個強悍的名字。」

貓貓一邊臉不紅氣不喘地胡謅，一邊給蔬菜削皮。她們看貓貓的體格要做粗活有困難，就讓她幫忙燒飯了。

貓貓負責削皮，小紅用水洗菜。此地附近就有水源，比起其他地區更能奢侈地用水。

貓貓此時正在削的是馬鈴薯。

這蔬菜可真是眼熟熟過頭了。

「雖然遭人奴役，但就忍忍吧。還能保住小命便該慶幸了。」

這個姑娘很愛說話，一邊跟貓貓一塊兒削皮一邊跟她聊鎮上的事。

她說蝗災發生後造訪鎮上的旅客少了大半，那些無法謀生的於是去投了土匪，擴大了他們的勢力。又說大約在一個月前來了那個人品低劣的大王，把城鎮給占據了。

鎮上本來有西都派遣過來的士兵，但都被殺了。

（一個月前啊。）

難怪西都還沒接到通傳。情況比想像中更惡劣。

「一些能打的傢伙挺身對抗了那幫土匪，結果都送了命。那傢伙自以為了不起地叫自己什麼獨眼龍，腦袋又蠢，偏偏就是真的很能打。結果因為大家不管怎樣都不可能敵得過他，老師才會去跟他達成協議。」

老師就是那個捉到貓貓、虔信神明的中年男子。

姑娘說後來，鎮上就變成如今這種景況了。

（撐不久的。）

不知那個什麼老師的明不明白這個道理。難道連個打破現況的辦法都沒有，只求能夠活命就好？

貓貓一面心生疑問，一面把削好的馬鈴薯放進桶子裡。

「皮要拿去哪兒扔？」

「皮不扔的。我們會把它炒熟，當成其餘那些異教徒的三餐。」

姑娘用一種心裡不痛快的神情說了。

「但皮可稱不上好吃啊，吃了舌頭會發麻。」

貓貓聽說馬鈴薯的皮與芽有毒之後，有吃過幾次。

「可是那幫土匪堅持要這麼做。至於味道，我們會用這個來掩蓋。」

姑娘給貓貓看一甕甕的辛香料。

「捨不得用馬鈴薯，卻使用這麼多辛香料沒關係嗎？」

不只是岩鹽或胡椒，還有肉桂、肉豆蔻與番紅花等，種類豐富。辛香料換個方式使用就能變成生藥，看得貓貓眼睛都發亮了。

「反正也沒其他用途了。他們襲擊商隊搶到這些好東西，可是沒辦法脫手，所以就隨便我們用了。」

「真是浪費。」

「呵呵，不過很好用喔。即使食材的品質不好，加些辛香料就掩蓋過去了……所以，我們偶爾會把臭掉的蔬菜加到那幫土匪的飯裡。」

姑娘的兩眼直瞪前方。

「不過，幸好熊熊妳們跟大家是同門。假如是異教徒的話就慘了。」

「怎麼說？」

貓貓盡可能佯裝鎮定地問道。

「那個叫獨眼龍的東西原先好像想把鎮上居民滅掉一半。但是老師跟他說會讓居民湊在一起幹活，請他放過大家。然而……」

涙珠從姑娘的眼中滾落。

「獨眼龍說那就大發慈悲，只滅掉一半的一半。而且還說讓老師來挑人……」

那個什麼老師的，就選出了異教徒作為淘汰的對象。

「就、就連小娃娃都沒有放過。那孩子以前常跟我家孩子玩……除了能幹活的人以外都……」

姑娘哽咽著說。

貓貓四處張望。她怕看守的男子會以為她們在偷懶。

「我明白了。抱歉問到妳的傷心事。」

貓貓摸摸姑娘的背，咬緊牙關心想如何才能讓那可恨的獨眼龍受到報應。

貓貓在鎮上待了數日，大致上已經掌握了鎮上的狀況。女子們為了說話發洩鬱悶的心情，跟貓貓這個新來的無話不談。

她們滿口的怨言，說那大王自以為很威風叫什麼獨眼龍，看起來分明活像隻熊，又說他連腦袋裡都裝滿肌肉，而且還有腳臭等，讓貓貓擔心萬一被聽到恐怕要立刻去見閻王。

不過，獨眼龍雖然腦袋笨但直覺很準，率領那一幫土匪全憑武力。

「只要能除掉那傢伙，剩下的就全是一群嘍囉了。只可惜……」

一位大娘一面燒飯，一面跟貓貓說話。貓貓在她旁邊一心一意地削馬鈴薯皮。薯皮也是要給人吃的，所以唯獨芽眼一定要去除乾淨。

關住貓貓的集會所把女人小孩加起來大約三十人。這些人被聚集起來主要是為了燒飯，另外也會分配洗衣打掃等工作。村鎮原本住了約莫一千人，後來在蝗災餘波下有半數遷去了其他地方。遷走的主要是商人，留下來的幾乎都是守著教堂的虔誠信徒、農民，或是無處可去的人。

（看來土匪本來人數沒那麼多。）

頂多也就五十人或是更少吧。但是要襲擊一座民眾幾乎都不會打鬥的村鎮似乎已綽綽有餘。第一個先把自西都派遣過來的士兵們殺光後，剩下的就都是神職人員與農民了。

（農民身體鍛鍊得健壯，本來應該是能打的。）

問題是不懂得如何打鬥。羅半他哥就是個好例子。

看那幫土匪還使喚其餘居民裡的男丁去打家劫盜，獨眼龍的手下恐怕沒多大本事。正可說是烏合之眾。

「對了，他之前提到鴟梟怎樣怎樣的，那說的是誰？」

貓貓本來猶豫著該不該問，但還是問出口了。

「噢，好像是幾年前有個男的弄瞎了那頭熊一隻眼睛。是他自己要去襲擊那大俠護送的商隊才會反遭擊退，卻因此惱羞成怒了。」

（那個臭長男。）

不，其實那長男沒做錯事，然而貓貓現在之所以這樣落難，原因都在那個敗家子身上。如果要再往前追究，或許得怪來求貓貓相助的小紅——

（但她很可愛，就不跟她計較了。）

無可否認貓貓已對她有了感情。

由於以往應付的都是些沒規矩又牛脾氣的小鬼頭，現在來了個乖乖聽話的小娃娃真是可愛得不得了。要是這世上每個小孩都像她那樣，貓貓也會說自己喜歡小孩。

（鈴麗公主是也滿可愛的，不過那畢竟是在當差。）

無意間，這勾起了貓貓在翡翠宮的回憶。不知她身體都還健康嗎？

話又說回來，早知道會落得這般田地，那時候真不該搭理小紅的。而小紅其實也是受了虎狼的唆使。

（我就覺得看那傢伙不順眼，沒想到……）

看來他是存心要陷害鴟梟。

（真是氣人。）

貓貓忍不住拿著馬鈴薯揮來揮去。

想著想著，馬鈴薯的皮也削完了。她把削下來的皮與馬鈴薯放在砧板上。馬鈴薯要蒸熟了當飯吃，皮則是切絲炒來吃。

貓貓拈起馬鈴薯皮，皺起了眉頭。

（不吃點更像樣的東西不行。）

之前說過要淘汰掉四分之一的居民，但實際上並沒有全部殺掉，說是能作為勞動力的都被當成了奴隸。所以吃得實在是粗糙至極。

就只有炒馬鈴薯皮當飯吃，配上淡而無味的湯。對於那些土匪，卻得把珍貴的羊肉或酥給他們吃。

負責燒飯的大娘她們心裡不快，然而不能反抗。只能用炒過肉的鍋子來炒薯皮，幫它添點滋味。

貓貓聽說在這村子裡，本來是不曾歧視異教徒的。是以老師做此決定，引來了不少反感。

「作孽啊，竟然只因為是異教徒就對小孩見死不救。」

「當初真是看走眼了。現在可好了，成了那熊貨的走狗。」

有些人這麼說。不過——

「但我們原本也有可能送命的。」

「那時無論如何就是得挑些人出來，老師也是身不由己啊。」

也有些人這麼說。

「總之，我們也受過異教徒很大的照顧。真要說的話，這馬鈴薯可也是那個異教徒大哥帶來給我們的呢。」

大娘一邊把馬鈴薯放進鍋子裡一邊說了。

（異教徒大哥？）

貓貓腦中浮現出一名男子的身影。

（羅半他哥。）

羅半他哥大概也來過這村子勸農教稼吧。如今馬鈴薯已成了這村鎮的主食，可以說推廣成功了。

「是啊，雖然他只逗留了幾天，但真是個勤勞的人。我要是再年輕個十歲啊，早就說要嫁給他了。」

另一位大娘這麼說道。

「妳就算再年輕個十歲也已經嫁人了吧？配給我那女兒才適合。要是他再多待個幾天啊，我就讓她夜裡去私通了。」

「啊——我隔壁那家也是這麼說的。記得聽說過他看起來像農民，其實是名門世家的少爺。」

「哪有可能啦，揮鋤頭揮得腰桿那麼有力的大爺怎麼可能是名門之出嘛？一定列祖列宗都是農民啦。」

（不，好歹也算是將帥門第啦。）

貓貓默默聽著。

「就是呀。哎呀，那鋤頭揮得可漂亮了。」

（老兄，你的桃花運來了。）

若是讓此時人在西都的羅半他哥聽到這一席話，不知他會作何感想。等事情平靜下來後也許他可以到這村子相親，做人家的上門女婿。

看守管不到灶屋這裡，大夥兒嗓門都挺大的。

「請問一下——」

「什麼事啊？熊熊？」

分明是自己取的假名，卻聽不習慣，早知道就取別的名字了，但想不出來就是想不出來，無可奈何。就連平素毫無怨言的小紅都對她一臉鄙夷。

「在我們來此之前，可曾有一位女鏢師來過？她是我們雇用的護衛。」

貓貓提起了她一直惦記著的女鏢師。

大娘邊試味道邊沉吟了一會兒。

「嗯——我好像沒聽到那種騷動。不過，因為我都待在這兒沒動，外頭很多事情我不會知道就是。」

「我也是不太清楚。只是一旦被發現是異教徒的話，大多都會先關進牢房再決定如何處置。」

「……牢房啊。」

貓貓不覺得行事那般謹慎的女鏢師會輕易被捉住，但整件事確實是事出不測。也許她丟下貓貓他們自己逃走了。

貓貓一面沉吟，一面把馬鈴薯皮切絲。

「我洗好了。」

小紅拿馬鈴薯過來。

「真乖，小小年紀就這麼懂事。」

大娘用膚色黯沉的手掌摸摸小紅的頭。小紅靦腆地微笑了。

「幸好妳們還挺能幹活的。要是不能當煮飯婆，就會叫妳們去做其他工作了。」

「其他工作比這兒辛苦嗎？」

「打掃洗衣是力氣活，下田也很辛苦不是？雖然沒有哪件工作是輕鬆的，但負責燒飯比較不怕挨餓，已經算不錯的了。只有一件事情要多留心。」

「什、什麼事呢？」

大娘整張臉逼近過來。

「我們會照順序去給那熊貨陪酒，一次兩人。到時候，妳可別輕舉妄動。曾經有個姑娘藏了把菜刀想趁他大意時殺了他，結果……」

看到大娘她們陰沉的臉色就知道，一定是失敗了。

（那麼，下毒的話……）

「吃飯喝酒，他都不會第一個碰。總是先讓我們這些女人幫他試毒啦。」

（嘖！）

貓貓把切下的馬鈴薯皮扔進鍋裡。鍋裡剩了些炒過肉的油。

二十話　土匪村　後篇

「熊熊，我問妳。妳說過妳是藥師對吧？」

管理灶屋女人們的中年女子叫住了貓貓。她表情鬱鬱寡歡。

「妳能來一下嗎？」

「好。」

貓貓照她所說，來到城鎮的外圍。一名男子被隨便扔在乾草堆上，看起來奄奄一息。腿彎向不該彎的方向，半張臉挨揍腫脹，嘴巴在流血，看來是牙齒斷了。其他還有許多刀傷。

年紀恐怕不到二十歲，說成少年郎都不為過。

貓貓二話不說立刻動手治療，同時把狀況問清楚。

「這究竟是怎麼回事？」

貓貓把折斷的腿抬到高於心臟的位置。附近有燒飯用的木柴，她借用一點來做成夾板把骨折的腿固定住。幸好斷口整齊，要是在裡頭粉碎了，就得開刀取出碎骨才行。

「是獨眼龍在疼愛晚輩啦。」

「疼愛晚輩？」

所以說穿了，就是指導失當？看到中年女子憂心的眼神，被打傷的少年可能原本就是鎮上居民。

「那傢伙吃撐睡飽了便會隨便抓個人來揍，說這叫練武。這孩子這樣已經算不錯了，之前還曾經死過人。」

大娘目光飄向遠方。

「練武練到出人命，太偏離常軌了。」

「聽說是這孩子還手了。其實也沒傷到獨眼龍多少，但他嚇了一跳嘴裡咬到，一氣之下就把這孩子打成這樣。」

貓貓撐開少年血流如注的嘴。她檢查是否有殘留斷齒，把白布條揉成一團讓他咬在嘴裡。她想壓住傷口止血，但不知少年是否還有意識。

「你咬得住嗎？」

「……」

少年輕輕點了個頭。

再來就是止血藥了，貓貓只得把珍貴的蒲黃全部用掉。

貓貓脫掉少年的衣服看看身上傷勢，幸好沒有哪裡骨折。要是內臟被傷到了，連性命都堪憂。

「憑現在手邊有的就只能治療到這兒了。還得吃些營養滋補的飯菜靜養一段時日。」

「……辦不到。」

中年女子心灰意冷地說。

「不能幹活的傢伙會被帶去跟異教徒關在一起，飯菜只有清湯跟薯皮。而且可能是缺乏營養的緣故，大夥兒常常吃壞肚子。」

貓貓判斷原因很可能出在馬鈴薯的皮與芽上。她在烹煮薯皮時都會把芽挖乾淨，但恐怕還是有毒素留在皮上。

（該說不該說？）

可是就算提醒，也只會落得沒飯吃的下場。

「謝謝妳啊。我會找些男丁來抬這小子，妳可以回去了。」

「好。」

「啊，還有一件事。」

中年女子把貓貓叫過去。還以為有什麼事，原來是要把貓貓與小紅穿過的衣裳還給她們。貓貓沒想到還拿得回來，感到十分意外。

「綻線的地方我幫妳們縫好了。要是被其他人看到了會跟妳們搶，快去藏好。」

「謝謝大娘。」

貓貓一面低頭致謝，一面檢查衣裳。

（之前有哪裡綻線嗎？）

也許是在樹林裡四處逃跑時勾到了？她拿起來一看，發現衣袖有縫過的痕跡。

（！）

不只是把綻線的地方補好，還繡了鳥兒。在衣袖裡層必須細看才能找到的地方，繡上了麻雀的精細圖案。

（這是……）

看起來像是精緻花紋，其實是文字。文字是異國語的單字，貓貓勉強還讀得懂。

「晚飯 陪酒 製造 破綻」。

看到這一串不可能是湊巧的單字，貓貓望向了中年女子的背影。

（對了。）

『妳若是還想活命，就得忘掉以往當夫人的生活。』

那時，貓貓並沒有解釋過她與小紅的母女假身分。這名中年女子卻知情。

（原來是這麼回事啊。）

貓貓這才恍然大悟。

煮飯婆們晚飯後洗完碗盤就沒事了。洗個碗盤不用那麼多人，所以採用輪班制。貓貓與小紅假冒母女，因此經常被安排在一起。兩人在月光下默默洗盤子。

貓貓不是愛主動說話的人。小紅也是，兩人即使待在一起也總是默然無語。但是，今天貓貓主動跟她說了：

「我有件事想請妳幫忙。」

四下沒有旁人，但她還是小聲地回答：

「什麼事？」

聰明的孩子，似乎聽懂了貓貓的意思。

二十一話　陪酒

貓貓在烹煮馬鈴薯。

「妳給菜餚想了什麼新花樣？」

糧食本來就夠少了，那幫土匪卻又愛挑三揀四。因此大夥兒正在思考有什麼辦法避免挨罵時，貓貓舉手了。多虧羅半他哥的幫助，貓貓頗為擅長調理薯芋。

「把蒸熟的馬鈴薯切塊。」

「連皮嗎？」

「連皮。」

大鍋裡倒油炒肉，然後放入切成四等分的馬鈴薯，用酒與醬調味。香辣的辛香料也加個夠。雖然奢侈了點，但還是放了蜂蜜增添光澤。

（哦哦！）

光聞香味就垂涎三尺了，一定很適合下酒。

「這個的話的確有可能讓他們胃口大開。」

大娘拿了一塊馬鈴薯來吃。

「嗯……讓那些傢伙吃這個真是浪費。」

「不可以，大娘。被他們發現會打死妳的。」

「我知道啦。唉，真不知道為什麼總是得拿好東西餵他們。」

貓貓也巴不得自己吃掉，但肉類都被他們嚴加管理。除了獨眼龍與土匪手下之外，其他人都吃不上幾口肉，頂多只有一些邊邊角角在湯水裡漂浮。很多時候甚至得吃那些土匪吃剩的菜。

「那這個我就多做一些了。」

「麻煩妳了。我們去多蒸一些馬鈴薯來。」

「啊，既然這樣……」

小紅提了籃子來，裡面裝滿了小顆馬鈴薯。

「小顆的比較好蒸，多用一些吧。蒸好了可以省去切的麻煩。」

貓貓把馬鈴薯一顆顆丟進蒸籠。燒菜的動作要快，否則會趕不上晚飯時刻。

「我、我說啊。」

貓貓正在多炒一些肉時，一位大娘來找她說話了。

「今天晚飯是妳們去陪酒，妳們行嗎？」

她看著貓貓與小紅。所有煮飯婆遲早都會輪到去陪酒，無關乎年齡。

「那個熊貨，基本上有寡婦與異教徒的女人們就夠了，但偶爾也會碰陪酒女。妳家……官人還在世吧？」

大娘為貓貓擔心，怕她會被玷汙。可能是這些相當於姦淫的行為都被教規視為禁忌吧。

「我會留心的。」

貓貓一面炒肉，一面把大娘的忠告聽進去。她是覺得世上沒那麼多口味特殊的人，但是就接受一下人家的關心也不會怎樣。

土匪們的晚飯端進了教堂裡。早飯都是他們想啥時候吃就吃，但晚飯由於需要兼做回報，似乎都是聚在教堂裡一塊兒吃。

貓貓原本猜想土匪大約有五十人。但實際一看，可能只有大約三十人。沒想到就這麼點人。

貓貓與小紅坐到獨眼龍的身邊。

菜色有貓貓煮的醬燒馬鈴薯羊肉、乳酪與麵包，以及羊肉蔬菜湯。她在湯裡加了山羊奶，讓它濃稠一些。酒喝的是馬奶酒，散發出獨特的氣味。

獨眼龍這桌還多了一道類似生肉餅的菜餚。這是馬肉膾，把肉剁細了與胡椒、香草拌勻而成。

「來，吃。」

隨著獨眼龍一句話，手下們開始吃飯。醬燒馬鈴薯似乎大受歡迎，眾人吃個不停，但也有些傢伙覺得不合胃口，淨吃其他菜餚。

（不准挑食，快給我吃。）

貓貓如此暗想，但為所欲為的土匪們不可能聽見她的心聲。

「妳們也給我吃。」

獨眼龍將馬鈴薯、麵包、乳酪與生馬肉放進貓貓她們的盤子裡，把湯潑灑上去拿給她們。簡直像是在餵家畜飼料。

「謝大王賞賜。」

貓貓連筷子都不准用，用手抓起馬鈴薯吃。生肉被弄得糊爛，但很美味。是貓貓把辛香料徹底拌勻還試過味道，當然美味了。

獨眼龍目不轉睛地看著她吃，看似是在施捨食物，其實同時也有試毒的用意在。他看貓貓吃完了都沒怎樣，接著拍了拍酒器。

貓貓斟一杯馬奶酒，正要喝的時候——

「不是妳。讓這傢伙喝。」

獨眼龍沒把酒杯拿給貓貓，而是小紅。
看見酒杯拿到眼前，小紅有些畏縮。
貓貓看著小紅點了個頭，小紅也點頭回應。
「謝大王賞賜。」
小紅把杯中酒一飲而盡。
「噗呼……」
看來她還挺能喝的。杯中物是馬奶酒，雖然是酒但酒精含量低，聽說在戌西州連吃奶的娃兒都能喝，看來是真的。
「小女子也喝一點以防萬一。」
貓貓也倒一杯酒喝下。
（酒精果然很淡。）
她不禁心想要是再濃一點會更好。
「……」
獨眼龍大概是覺得可以放心吃了，開始喝酒吃菜。貓貓一面不停往他杯中斟酒，一面環顧四周。
場面與其說是晚飯，更近似於酒宴，吃得很慢。有人把酒灑在地上，有人亂丟麵包，簡直無法無天。
（我們東西都得省著吃。這些人……）
貓貓覺得掉在地上的肉還有馬鈴薯很浪費，但實在不適合撿起來吃。這些剩菜剩飯都會變成居民的三餐。
眾人正在喝酒喧鬧之間，有個人起身離席。
「去一下茅廁。」
那人離開了教堂。
貓貓拿起空了的酒瓶。
「小女子去多拿些來。」
貓貓叫來小紅，想去多拿一些酒來。
「站住。」
獨眼龍阻止她。
「沒必要兩個人去。」
「……是。」
貓貓讓小紅拿著酒瓶，自己則替獨眼龍的空盤子夾菜。除了肉以外，其他菜幾乎都沒減少。獨眼龍一直在用嘴巴右側咀嚼，左側似乎患了口瘡。

小紅可能是因為酒瓶太重了，跌了一跤，傳來乒、啷一聲。
「請大王恕罪，我這就去收拾。」
獨眼龍吃完了肉膾，便一個勁地喝酒。
「我也要去茅廁。」
「啊，我也是。」
看到手下陸續離席，獨眼龍揚起一邊眉毛。
（……再等一下，再等一下。）
接著又有一個男人想站起來，忽然摀住了嘴巴。那人臉色很糟，靠著牆壁踉踉蹌蹌地走，然後蹲了下去。
「嘔……嘔噁噁噁……」
那人吐了一地。附近其他人嫌髒想躲，但每個人臉色都很糟。然後，他們看著自己方才還津津有味地大快朵頤的東西。
如果只有一個人還會覺得是醉過頭了，但是一個接一個，身體不適的人越來越多。
貓貓感覺到有人惡狠狠地瞪著她。
「妳敢下毒？」
「也許是食物中毒了，畢竟本來新鮮食材就少。」

貓貓擺出一副堅稱這是不幸事故的表情。
然而，這種藉口不可能管用。獨眼龍氣得七竅生煙。貓貓急忙躲到教堂的櫃子後方。
「這臭娘們！」
獨眼龍正想站起來，身體卻忽然失去支撐而跌坐回去，手在發抖。
「妳對我也敢下毒？」
「我們又不是沒試毒啊。」
關於試毒之後，為何貓貓沒事，土匪們卻痛苦不堪……
（對，我下毒了。）
簡單來說就是食用分量不同。貓貓試毒的分量，還不至於讓人壞肚子。
馬鈴薯的芽與皮有毒，會引發嘔吐與腹瀉症狀。貓貓在西都閒著沒事，嚐過幾次，試過大約要攝取多少才會引發腹痛。當然其他人都對她這種行為十分傻眼，但怪不得她。
馬鈴薯的毒素會帶來熱麻的刺激感。一般來說會注意到，但眼下糧食有限，假如飯菜當中時常混入腐敗食材的話，舌頭便會漸漸麻木無感。更何況從幾天前開始，貓貓就在飯菜裡摻入了馬鈴薯芽。
馬鈴薯最毒的部分就是芽，綠色的皮也具有強烈毒性。馬鈴薯越是不成熟皮就越綠，經過日曬會變得更綠。

這是她請小紅去做的第一件事。

也就是蒐集小顆馬鈴薯，擺在陽光照得到之處。

當然，或許不見得所有人都會吃馬鈴薯。味覺沒變鈍的人都改吃其他菜餚，但貓貓也在其他菜裡下了藥。她加入了大量磨碎的肉豆蔻，分量多到可以拿去賣，所以不怕不夠用。

肉豆蔻雖可作為生藥，但使用過量也會產生毒性。多食會引發噁心、痙攣以及心悸症狀，甚至使人神志失常。

而貓貓在專為獨眼龍準備的特製肉膾裡，也摻進了一大堆。

「妳這賤婦！」

獨眼龍渾身發抖，牙齦外露。手裡握著用來砍人的斧頭。貓貓壓抑著恐懼到處逃竄。腳步搖晃踉蹌的獨眼龍追不上貓貓，想揮動斧頭卻弄掉了好幾次。

方才小紅摔倒時，貓貓假裝去收拾瓶子，卻趁機在斧柄上塗了油。其實只要在握柄纏布就握得住了，但它就只是一塊木頭，所以滑不嘰溜。

「為、為什麼？我又沒……有……吃……那麼多……」

（但你喝得很多。）

從這數日以來的飲食，貓貓已經知道獨眼龍這人偏食，只愛喝酒吃肉。他很有可能不會碰馬鈴薯。再加上體型龐大，肉豆蔻的毒性或許太弱。

所以，貓貓在酒裡也下了毒。

「是、是酒嗎？不對……小鬼也喝了酒，沒有……怎麼樣。」

貓貓與小紅都活蹦亂跳的。

（幸好有效。）

貓貓在酒裡加了女鏢師給她的蛇毒。那麼，說到貓貓她們為何喝了沒事——

（幸虧他正好嘴裡受傷。）

之前聽說獨眼龍由於咬到嘴巴內側，於是毆打村民出氣。

蛇毒可以作為壯陽藥，經口服用只會被胃液消化掉。她事先提醒過小紅，獨眼龍可能會讓她為飲料試毒。之所以端出馬奶酒而不是更烈的酒，就是為了這個緣故。

貓貓事前細心檢查過小紅的嘴裡，已經知道她沒得齲齒或口瘡。這就是她請小紅做的第二件事。

只不過假如嘴裡有受傷，情況就不同了。毒素會從傷口擴散至身上。蛇毒的毒性沒消失，馬奶酒風味又特殊，下了藥也沒被喝出來。

「我絕不會放過妳……」

獨眼龍搖搖晃晃，舉起了手。

「喂……把、把那女的……捉起來。」

即使講話口齒不清，至少還有力氣指示手下捉人。幾個病得比較不重的手下過來要捉貓貓。並非所有人都會照著貓貓的心思服毒，況且體格也會影響藥效。

但是，貓貓也並非沒有料想過較糟的情形。

（我只想打有勝算的仗。）

她必須爭取時間，設法到處逃竄，盡力脫身。

貓貓穿梭於柱子之間，打翻油甕。土匪們踉踉蹌蹌地追著貓貓跑，然後踩到油滑倒。看起來像演喜劇，主角本人卻是在玩命。

四處逃竄之際，她用力敲響了教堂的鐘。這下應該能讓人知道情況緊急。

（快，快點！）

追捕貓貓的人手越來越多，她被一路逼進教堂的角落。

（要被捉住了！）

就在貓貓做困獸之鬥，抓起旁邊的盤子丟向那些人時……

伴隨著激烈的聲響，教堂的門被人用力踹破了。

「是、是誰？」

不知搖搖晃晃的獨眼龍看見了沒有。

（來得也太慢了吧。）

貓貓一邊在心裡咒罵那名男子，一邊看著現身的一群人。

「真是久違了啊，你這熊貨。」

「這、這聲音是……」

獨眼龍站立不穩地靠著柱子。僅存的一隻眼睛看到的人物是──

「聽說你好像到處胡作非為啊？早知道當時就把你兩隻眼珠子都挖出來了。」

男子講話故意氣人。那張臉孔雖然端正，但洋溢著粗野氣質。

「鴟梟，王八蛋！」

鴟梟率領著眾多鏢師。貓貓在他們之中，看到了那位女鏢師的身影。

「好啦，大夥兒，把這兒打掃乾淨！」

鴟梟振臂一揮，鏢師們紛紛響應。

（真的來得太慢了！）

貓貓呼出一口氣，癱坐到了地上。

二十二話　事情始末

土匪們立刻就被滑稽地一網打盡了。

跑去茅廁的土匪們俯首就縛。教堂裡的土匪們雖然做了些抵抗，但也幾乎在不流一滴血的狀況下受縛。

只是，由於土匪們正在上吐下瀉，造成了另一種不同意義的人間煉獄，細節就不詳述了。貓貓打死都不願意去打掃那些地方。

而現在，貓貓正蹙額顰眉地與鴟梟面對面。小紅與女鏢師在他們身旁。小紅得以跟舅舅重逢，臉上綻放著笑容。

他們借用了集會所的一個房間，房間外有護衛看守，不讓人偷聽。

「是否可以請您把事情說清楚了？」

貓貓面對體重恐怕多出自己一倍的男人也毫不退縮。

女鏢師也許是為了讓他們能放心談話，帶著小紅離開了房間。

「好吧，我也很想跟妳解釋清楚，但還是先來互相做個自我介紹吧。妳對我知道多少？

別客氣儘管說。」

聽鴟梟這麼說，貓貓決定據實以答。

「您是玉袁國丈的孫兒，玉鶯老爺的長子。同時您也是玉葉皇后的姪兒，血統純正無奈品行不良，大家在爭奪家主之位一事上都用白眼把您看作是敗家子。您釀造私酒賣錢，又被懷疑與土匪來往。再容我多提一件事，勸您還是再認真教育一下自己的孩子比較好。若是要放任他那樣長大成人，我看您還是再另外生一個算了吧。」

「還真的是一點沒在客氣啊。多虧姑娘相助，玉隼才能平安返家。只是被土匪追著到處跑，似乎把他給嚇壞了就是。」

鴟梟毫無被貓貓所言激怒的反應。

「那換我了。妳是漢太尉之女，表面上是女官前來充任醫佐，實際上卻是月君的心頭好，對吧？」

「我是漢太尉在青樓的一個相好所生，不過是被他錯當成了自己的女兒罷了。至於月君我只能告訴您，我承蒙月君抬愛擔任試毒侍女。」

有錯就必須糾正。

「嗯，好吧，就當作是這樣了。」

鴟梟的語氣讓她有點介意，但必須忽視才能繼續談下去。

「至於講到事情怎麼會發展成這樣，這該從何說起呢？」

鴟梟一面沉吟，一面用手指輕敲幾下桌子。

「別人常說我是一群無賴的老大，好吧，說我經營鏢局妳就懂了吧。正確來說是買下了一家鏢局，由我做主人。」

「那您跟土匪的關係呢？」

「我哪有可能跟土匪稱兄道弟啊？自從我打瞎熊貨的一隻眼睛以來，那傢伙便對我懷恨在心。我開始做起鏢師生意後，那傢伙動不動就來尋釁，有時還冒充我那兒鏢師的名義。結果就有謠言說我勾結土匪，倒楣的是我才對吧。」

雖然對鴟梟說的話不能盡信，但貓貓聽到的大多都是雀帶來的消息。

（雀姊帶來的消息更可疑。）

如果盡信雀所言，兩種說法便矛盾了。真要說起來，雀分明把鴟梟形容成一個沒人管得住的浪蕩子，卻又讓貓貓跟這男人一起逃走，豈不奇怪？

（照雀姊的作風，更大的可能是在話中加進了幾分真實，誘導我的思維。這麼做是為了避免我與鴟梟這個無賴扯上關係嗎？）

既然如此，她必須仔細聽鴟梟的說法，將事實交相比對。

「為何有人想要您的命，而我也必須離開西都？」

貓貓進入正題。

「說來話長。」

「這我明白。」

貓貓心想廢話少說，快講就是了。

「事情的開端是這樣的：月君來到西都之後不久，有人來請我護送一支商隊前往西都。原本是由另一個鏢局走這個鏢，但半路就脫離了他們的地盤，所以由我這兒接手。」

「您接手時知道是異國商隊嗎？」

「算是猜到了幾分。對方大概也是清楚我的身分，才會來請我幫忙吧。心裡一定是盤算著就算被我阿爹玉鶯發現，我這做兒子的也能去安撫幾句。因為在鏢師這一行，誰都知道我阿爹排斥異國人。」

「您身為玉鶯老爺的兒子，是如何看待異國人的？」

貓貓聽聞玉葉后幼時總是被玉鶯的子女欺負。既然如此，這男人自然也是其中之一。

「……以前受到阿爹的影響，是曾經排斥過他們。但是在這種四面與他國接壤的地方排擠異國人是損人不利己。」

（是喔？）

貓貓把馬奶酒當茶喝，裡面當然沒放什麼蛇毒。

「誰知我護送的那些異國人，竟都是不能輕易帶進茘國的人物。」

「您的意思是後來才發現他們是異國要人？」

「起初我還不知道，後來才漸漸覺得有蹊蹺。」

「什麼蹊蹺？」

鴟梟豎起了食指。

「他們似乎是聽到月君在西都逗留才來的。來了之後，追兵也立刻隨之而來。那群人以打劫商人來說太不肯死心，而且很難纏。後來才知道似乎是拿到了懸賞單。本以為是碰上了罪犯逃亡，但整個感覺又不太像。還有，他們自稱來自砂歐，但講話有北方口音。不像兩國交好的砂歐，假如他們是北亞連的人，問題就大了。」

「北亞連……」

貓貓聽到懸賞單這幾個字，想起那熊貨身上的東西。

「原本以為他們的目的是暗殺月君，但看起來不像。他們另有目的。」

「什麼目的？」

聽起來重點似乎在於他們刻意選在壬氏來到西都的時期。

「目的也許是想碰運氣尋求政治庇護，大概是盤算只要月君人在此地，自國的追兵也不好硬闖吧。總覺得好像有個出謀劃策都鋌而走險到讓人難以判斷是蠢材還是天才的參謀跟著他們。」

（那可真麻煩。）

總之這男人似乎銷聲匿跡了一陣子。然而──

「後來發生蝗災，把我們困住了一段時日。州內對異國人的反感弄得局勢緊張，幸好大海阿叔在驛站提供庇護，幫了我一個大忙。其間護送的這個顯貴還患了場病得找大夫，可把我急死了。」

「……」

（異國人、驛站、醫師……）

整件事讓貓貓感到無比耳熟。

「那顯貴可是個孩子？」

「是啊。」

貓貓心想果不其然，托著頭。

「一直在驛站混日子也不是辦法。不過後來阿爹死了，很多事情便有了進展。」

「玉鶯老爺去世造成了什麼改變？」

「一個會認真聽異國人說話，一個不會，是妳的話比較想跟哪個談？也就是說，異國人……我看國名可以直接說出來了，理人國派人來接那個身分高貴的小孩子，因為國內的一些糾紛已平息得差不多了。」

（理人國……）

記得應該是隸屬於北亞連的一個國家。貓貓知道的就這樣了。

「於是由我牽線，讓他們和月君會談。但我才正要去談這件事，狀況便發生了。」

鴟梟拍拍側腹部。就是被毒箭所傷的部位。

「才一踏進本宅，我就被暗算了。我沒多想就把一旁的那些門衛揍倒在地，實在不該那麼做的。總之我也不曉得刺客躲藏在哪裡，因此躲進妳知道的那條通道把箭挖了出來。」

「然後，玉隼與小紅就來了。小紅去找醫師，後來就由我給您療傷？」

整件事都連上了。

「那麼，您知道是誰給小紅他們指出密道的嗎？」

「……」

鴟梟沉默無語，想必是不願接受弟弟虎狼是真凶的事實吧。

「那麼，連我都得跟著逃跑又是為了什麼？」

「當我發現時，我已經被誣陷為誘拐異國要人的匪徒了。妳治療了我的傷，也會被當成同夥。在議論外交事務時，基本上都不能讓對方國家看到自己國內的短處。」

畢竟曾以玉鶯的長男身分受過教育，看來這些道理他還懂。

「從對方在府邸內使用了吹箭這點來想，家中極有可能出了內賊。雀是這麼說的。對啦，妳說得沒錯，一定是虎狼下的手。」

「原來是這樣。」

所以是雀認為有必要把貓貓帶走？貓貓在不知情的情況下已經與異國要人做過接觸，無法矢口否認說不認識對方。更何況既然已經出了內賊，貓貓留在本宅的話也有可能被陷害。

「只要我那時能與異國要人碰頭，設法讓他跟理人國使者相見解開誤會，就能放妳走了。當然，我得先確定引見的對象不是這要人的政敵。其間不只是我們，我得設法讓妳與我的外甥女也銷聲匿跡，還得擺脫追兵。除此之外，我也想設法跟月君取得聯繫。不如說最大的問題，就是這如何與月君取得聯繫。」

（說得簡單，要做的事情也太多了，太多了。）

「不過當然不可能事事順利，要人那邊見苗頭不對就離開了驛站，前往事先說好發生狀況時的會合地點。結果又只能拉著你們到處跑了。」

「……所以其中一個窮追不捨要搶人身鏢的，就是那什麼獨眼龍了？」

「他不配這名號，叫熊貨就夠了。畢竟那傢伙對我記仇，接這差事一定接得很樂意吧。我每次要走鏢時經常來這個城鎮做準備，也許就是這樣他才會在這裡埋伏等我吧……真是對不住這裡的居民了。」

得知土匪們拿這座城鎮當賊窩的原因出在自己身上，會沮喪是當然的。那熊貨已經害死了多條人命。

「您現在人在這裡，就表示已經順利將那要人交還給使者了吧？」

「是啊。月君大約在兩天前派人前來馳援，事情已經圓滿收場了。本來是想早點過來的，但若是一不小心被熊貨察覺，不知道他會對妳們做出什麼事來。抱歉，聽起來或許像在給自己開脫，但我從來沒有想過拿妳或小紅當誘餌。萬萬沒想到那傢伙竟然會把小紅錯認為異國要人。」

「我明白，正常來講是不會認錯的。」

獨眼龍……更正，熊貨之所以錯把小紅當成異國要人，大概是因為那男的目不識丁。肖像畫沒上色，只在一旁列出細微的相貌特徵。姑且不說髮色，既然他連眼睛顏色都能弄錯，就表示那些細項他看都沒看。

（不是不看，是看不懂。）

然後，如果那些土匪幾乎都不識字，就有很多方法可以騙過他們。

貓貓看看衣裳的袖子。她已脫下毛織衣服，換回了洗過的衣裳。衣袖裡繡上了麻雀圖案，花樣十分精細，絕不只是「補好綻線」那麼簡單。更何況衣裳根本就沒有哪裡綻線。她不認為如此精細的刺繡能在短期間內趁著勞動空檔完成。因此貓貓心想，刺繡必然是從一開始就有了，後來才把成行的單字給補上去。

就好像刺上這圖案的人，很清楚貓貓對衣裳什麼的不感興趣。而且那人還料到她會聽出「補好綻線」是暗號。這要十分了解貓貓的為人才辦得到。

刺繡裡加入了只有貓貓看得懂的指示，貓貓也照做了。

可以想見城鎮裡原本就有內應了。就是那位大娘。如果是這樣，她早已知道貓貓與小紅佯稱母女也不奇怪。貓貓就覺得奇怪，純樸的居民當中唯獨她講話的語彙比誰都豐富。

「你們是事前就已經想好某些聯繫方法了嗎？」

「沒有，就直接溜進來告訴內應。好吧，其實就是到預定地點寫下信息，下達指示而已。」

「有這麼一位高手？」

「就是有，可擅長此道了。」

「……您是說那位女鏢師嗎？」

「妳猜對了。」

「……呃，該不會……」

貓貓正想問時，房門打開了。

女鏢師站在門口。她雖有著一張三十歲上下的精悍面孔，但表情莫名地藹然可親。貓貓瞇起眼睛，把女鏢師從頭到腳看了一遍。她個頭高大，嗓音也同樣地嚴肅低沉。

可是，總覺得有哪裡不對勁。

根據這種古怪的感受，貓貓說出了她放在心裡的問題：

「莫非妳是雀姊？」

貓貓戰戰兢兢地試著一問。雖然她以為不可能——

「嘿嘿，被妳發現啦。妳猜對了。」

女鏢師擺出了非常不莊重的姿勢。

原本那種冷靜沉穩的女鏢師氣度，應聲碎裂灑了一地。

「總之請妳別用那身打扮做奇怪的動作，我腦袋都亂了。」

不如說她是怎麼做到那樣判若兩人的？身高差了三寸（九公分）以上，連骨架子都不是同一個人。

平時總是踩著獨特的腳步聲靠近貓貓，如今卻全然是一副武人身手。

況且誰能想像整個人有九成以戲謔構成的雀，竟然能變成一位正氣凜然的女鏢師。

「但話又說回來，我對這身喬裝打扮可是有著極大的自信耶，結果竟然被貓貓姑娘給看穿了啊。嗯……最近令我喪失自信的事情還真多呢。」

「要不是有這個刺繡，我是絕對不會發現的。」

貓貓把衣袖的刺繡露給她看。她反倒覺得麻雀的刺繡像是一種激將法，意思是問她怎麼還沒發現。

雀藉由暗示女鏢師真面目的方式，告訴貓貓她們救兵很快就來了。可以想見雀在鎮上必定有著多位內應，運用暗號互通消息。

「該不會那位大家口中的老師也與雀姊熟識吧？」

「真佩服妳猜得到。」

貓貓長吁一口氣。難怪雀會那般積極地教貓貓背誦經書裡的一句話。幹嘛不從一開始就把原因告知她？

總而言之，現在才來抱怨也無濟於事。

「雀姊應該也有許多事情要向我說明吧。」

「就是呀。該從何說起才好呢？」

說完，雀把紮起的頭髮解開。銳利的眼神，逐漸變回原本那副貓貓熟悉不已、招人喜歡的臉龐。雀用手指搓搓皮膚，白色碎屑一片片地剝落下來。看來不只是用脂粉塗出膚色濃淡，還用特殊黏膠改變了臉型。

「首先可以請妳告訴我，你們倆是什麼關係嗎？」

貓貓輪流看看鴟梟與雀。雀大大地咧嘴一笑。

「起初，雀姊把鴟梟少爺講得像是一個遊手好閒的人。至少聽妳那個語氣，會覺得跟此人最好還是別有所往來為妙。」

「是呀，但我可沒講假話喲。之前不是有些土匪襲擊過我與貓貓姑娘嗎？那些人其實是鴟梟兄以前的部下喔。」

就是她們和羅半他哥一道前往農村時的那次。當時的土匪，被馬閃打了個鼻青臉腫。

「那些地痞流氓原本就在我買下的鏢局裡，我覺得作為護衛實在缺乏信用的傢伙都被我趕走了。一些惱羞成怒的傢伙就在我們的地盤裡幹土匪，或是當了熊貨那傢伙的嘍囉。」

（鏢局是留不住不值得信賴的鏢客沒錯。）

跟貓貓等人解釋了狀況才把她們留在森林裡的大叔他們或許也是。貓貓也覺得他們雖然公事公辦，但已經算有誠信的了。

「那麼，您釀造私酒也是有原因的嗎？」

「沒有，那是……呃……其實那是我自個兒要喝的，一時找不到東西裝……就隨便拿了個大小剛好的空瓶子來裝，結果弄錯了，混進了運輸用的貨物……」

鴟梟吞吞吐吐地找藉口。看來不管真相如何，給別人添了麻煩是事實。

「他就是這樣的一位大人，所以我才會覺得貓貓姑娘還是別接近他為妙嘛。」

女鏢師徹底卸了妝，確實已變回了雀的容顏。

「哦，是這樣啊？」

貓貓覺得他們還有事隱瞞，但目前就先諒解一下吧。

「我不知道鴟梟少爺與雀姊是何關係。但能否跟我解釋清楚，雀姊妳之前都在做些什麼？」

「好。在把貓貓姑娘帶出本宅之後，我可真是夠辛苦的了。我得找出襲擊鴟梟兄的內賊、向月君解釋，還得設法騙過庸醫叔以及其他人。最難對付的就是軍師大人了。妳明白嗎？妳能體會我的這份辛勞嗎～？不過我中途就跟貓貓姑娘會合了，所以軍師大人那兒就交給月君或者是庸醫叔去想法子嘍。」

不知道她是如何瞞過去的，只知道聽起來很辛苦。

「內賊以外的事情我都辦妥了。之後，我帶著貓貓姑娘在外奔波。這是因為西都局勢依然凶險，同時也是為了不讓月君沾上誘拐外國要人的嫌疑，請妳諒解這都是情非得已。」

「可以理解。」

雀之所以精心喬裝易容到連貓貓都認不出來，想必就是為了這個緣故。

「我們得把那重要人物交還給理人國。按照原定計畫，貓貓姑娘妳們應該會在該地的前一座城鎮，也就是這個鎮上暫住幾日，等誘拐嫌疑都洗清了再回西都。」

「然而熊貨卻出現在這裡，是不是？」

「是呀，這真是最大的失算。雖然早有不祥的預感了，但真沒想到他這麼快就徹底掌握了整個鎮。要是再讓我說一句啊，誰會想到他竟把小紅錯認成異國要人，追著你們跑？」

以棋戲來說，外行人的棋步最難預測。那熊貨不是個有計謀之人，他們大概是真的想不到他會如何行動吧。

「這麼一來，我也只得改變原定計畫嘍。我無法繼續護衛貓貓姑娘。因此，一待確認了貓貓姑娘性命無虞，我便從鎮上離開了。」

「……所以妳是確定我與那老師做了接觸，才離開的了？」

「是呀。」

貓貓很想大罵「妳這混帳」，但勉強吞回肚子裡了。雀也有雀的立場。

「我只有確認過城鎮情形，試著與鎮上的幾名內應接觸，因此沒被土匪發現。但在我回去之前馬車就已經被土匪看到了，於是我確定無法脫身，才會變更計畫的～」

「所以妳就讓我充當同門教友，接受庇護？」

「對呀，因為老師從以前就不會對同門出手。同時為了保護同門，更是不擇手段。」

（為了保護同門不擇手段？）

所以就棄異教徒於不顧了？貓貓感到十分無言，但事實上自己也是因此才能撿回一命，所以不便說什麼。

「鴟梟兄他們還沒抵達此鎮。我萬一碰上熊貨就糟了，而且也不能讓他知道理人國的要人就在附近。於是我說我會繞過這座城鎮前往下個地點，以交還要人為最優先。就算我一個人魯莽地跑回去，也沒那麼大的本事能鎮壓那群草寇，又因為諸多原因而不能向月君借兵。不過中途月君揪出了內賊，就與鴟梟兄合力圓滿解決了此事。因此我一把要人交還回去，便帶著鴟梟兄與鏢局人馬過來了。」

「所以妳就透過內應暗示我，說你們就快要來接我們了？」

「是呀，其實無論妳看懂了沒都不妨事，但真不愧是貓貓姑娘。多虧妳給那幫土匪下毒，捉拿起來省力多了。應該說，我還真好奇妳是怎麼下毒的。妳是如何辦到的？」

雀誇讚貓貓，但貓貓不怎麼高興。這本來並非藥師的分內之事。

「幸虧那些土匪很多人味覺都很遲鈍。」

毒馬鈴薯吃了舌頭會發麻。就算用調味作掩飾，應該還是有人吃出來了。幾個症狀較輕微的人，大概是覺得馬鈴薯味道怪怪的就吃得較少吧。

「除了馬鈴薯的皮與芽之外，我還用了肉豆蔻與蛇毒。然後又在馬奶酒裡混入酒精讓它喝起來更容易醉，再添加一些會讓人酒後不適的蕈菇提味。」

『……』

「兩位為何都半睜著眼冷冷看著我？」

「貓貓姑娘，妳這毒下得也太過頭啦。」

「因為一旦手軟，死的就是我啊。」

與其坐以待斃，貓貓寧可先下手為強。

「真佩服妳能蒐集到這麼多毒物。」

「毒物這東西生活中俯拾即是，差別只在於懂不懂得用法。」

事情越扯越遠了，得回到正題上才行。

「……可以讓我確認兩件事嗎？」

「只要是我能回答的。」

「妳說妳把要人交還回去了，請問是交還給了何人？」

貓貓的這個問題讓雀眯起眼睛。

「請放心，不是會讓貓貓姑娘憂心的人物啦。」

雖然講得含糊，但至少要人的人身安全似乎得到保障了。即便是才得個齲齒就要任性的孩子，死得不明不白還是會讓貓貓心裡留下陰影。

「第二件事是什麼？」

「……我想知道是誰襲擊了鴟梟少爺。」

「我看貓貓姑娘應該已經察覺了吧～」

雀講話總是如此犀利，真教人傷腦筋。

貓貓這人就是即使察覺到了也不會說出口。
貓貓心有疑問。
小紅為何會來找貓貓？
她為何會知道密道的位置？
所以，她偷偷問過了小紅。
「她是如何得知鴟梟少爺在那兒的？」
結果，她的回答是——
『那是母舅跟我說的。』
她所說的母舅，自然是指親戚的舅舅了。
『是虎狼母舅告訴我的。』
虎狼。就是玉鶯那態度謙卑的三男。在四兄弟姊妹當中，就他一個年紀特別小。
「……虎狼少爺這麼做究竟有何企圖？」
話題始終在原地打轉，貓貓只得開口問了。
「也沒什麼，就是爭家業啦。」
雀講得語氣輕鬆，鴟梟卻正好相反，神情複雜。
「哎，比起這個，雀姊來到這兒是有幾個理由的。」

雀看著鴟梟。

「您為何留那幫土匪活口呢～？」

講話方式就和平時一樣拉長尾音，但貓貓覺得有種莫名的魄力。

「我不是當官的，要吊死還是砍頭都不是我來決定的吧？」

「太寬容了啦。真要說的話，都怪您只弄瞎他一隻眼睛就把他放走，才會演變成現在這局面呀。還是快快把他砍頭了事吧？趁現在動手還多得是藉口可以找喔。」

雀模仿砍頭的動作。動作在耍寶，卻能講得如此殘忍。

「我已經折斷他的手臂讓他無力反抗了，拉送至官府就夠了吧。」

「是嗎～」

雀偏著頭轉身背對他。

「既然您都這麼說了就沒辦法了～您可要負起責任喲。沒什麼東西比受傷的野獸更可怕的了。」

「我明白。」

「是嗎～？您這樣天真是當不了繼承人的喲。」

「……我明白。」

說完，雀就離開了房間。

二十三話　回程

『也沒什麼，就是爭家業啦。』

這話讓貓貓莫名地耿耿於懷。

她不覺得有雀說的那麼單純，卻也沒理由讓貓貓來管人家閒事。

（現在做什麼好呢？）

貓貓看得見的各種問題得到解決，這會兒要回西都了，但待在馬車上實在閒得發慌。一道乘車的小紅睡著了。雀待在車夫座，因此貓貓除了看著車窗外發呆之外實在沒事好做。

（來整理一下目前所知吧。）

不知派不派得上用場，總之貓貓想起西都那四兄弟的事。

玉鶯的長男，鴟梟。此人受過英才教育但缺乏幹勁，目前在經營鏢局。只要本人有幹勁，貓貓覺得根本沒什麼爭家業的問題，好像一切都能順利解決。雖然本人沒傳聞那麼惡劣，但同時貓貓感覺他有些不夠精明。

長女，記得名字叫做銀星。她是小紅的母親，看似是個潑辣的女子，但生活在戌西州或許令她喘不過氣來。與護衛大叔他們告別時，貓貓托他們捎了封關於小紅的信給她，不曉得送到了沒有。貓貓讓他們白跑了一趟，打賞的珍珠也白白浪費了，也許晚點可以向鴟梟索討賠償金。銀星是四兄弟姊妹當中唯一的女子，對於遺產的分配恐怕不會服氣到哪裡去。

次男，飛龍。可能是拿長男引以為戒了，這名男子為人似乎相當切實負責。貓貓只見過此人幾回，也沒說上一次話，但沒聽到過什麼奇怪的傳聞。

最後是三男，虎狼。貓貓早已對此人有些疑心，這次的事件更是突顯了這傢伙的鬼鬼祟祟。現在回想起來，貓貓感覺玉鶯死後，大多數的麻煩事好像都是這三男帶來給她的。此人表面上像是一心輔佐次男，因此以暗殺長男的理由來說似乎是帶點說服力。

（可雀姊說這是爭家業。）

的確，如果說這是長男與次男在爭家業，那是可以理解。三男屬於次男陣營，想把長男打垮。這樣解釋的確說得通。可是——

（總覺得好像話中有話。）

雀有時候會不說真話。

貓貓一面左思右想，一面在馬車地板上寫名字。

（四兄弟姊妹名字裡都沒有玉字。）

她感覺新來的楊家彷彿有一套獨特的命名規則。

也許是男子以動物為名，女子以顏色為名？這樣很好懂，或許也稱得上是常見的命名方式。

（假若長男是自己捨棄了玉字，那我能理解。否則也不會取鴟梟這種名字。）

鴟梟雖是梟的別名，但也會用來比喻「凶徒」。就某方面來說，她感覺長男像是自願扮演反派。

假如說他的父親玉鶯把自己錯當成了戲曲裡的英雄，兒子就是走上了正好相反的路。這又是一個負面的借鑑了。另一方面，此人故意耍壞卻為人坦率，貓貓感覺他比玉鶯要來得更符合武生形象。

（不會是故意等我被熊貨追著跑，才闖進來的吧？）

他那時的行動簡直就像戲曲裡的決戰場面。

次男名叫飛龍，這是很常見的名字。起這名字是期望兒子一登龍門，扶搖直上。

可是，那三男呢？

虎狼，從名字來說就跟鴟梟一樣沒什麼太好的含意。主要是形容一個人貪婪殘忍。

（會不會是中央與戌西州對這個詞的解釋不同？）

不，在放牧綿羊或山羊等牲口的遊牧民族心目中，狼這個字不可能有太好的涵義。

貓貓從車窗探出頭去，看著在車夫座上哼歌的雀。

「雀姊，雀姊。」

「貓貓姑娘，貓貓姑娘，有何吩咐呀？」

雀始終握著韁繩，沒有左顧右盼。風聲讓她的聲音聽著有些模糊。

「在戌西州，有什麼習俗會給么子取不好的名字嗎？」

「嗯──這我不清楚～應該是沒有取個壞名字避免孩子早夭的習俗吧～」

雀比看起來更為博學多聞。貓貓也有聽說過一點這種習俗。為了讓寶貝孩子不會被老天爺看上帶走，有些地方會故意給孩子取骯髒的名字。據說其中甚至有人被以屎尿命名。

「姑娘問這個做什麼呀？」

「沒什麼，只是覺得虎狼這名字還真像個反派。」

「噢，妳說他呀？好像是因為是么子，又最不適合成為家主，於是夫人就給他起了這名字喔。」

（夫人取的？）

就是小紅的祖母，貓貓去為她看診時見過面。

「夫人起名字的方式還真是奇特。」

「也許是因為在異國待了數年，感受事物的方式稍稍有了改變吧。」

「是有說過這件事。」

說是虎狼在四兄弟姊妹當中年紀差得最多就是因為這個緣故。

「那件事好像讓夫人在各方面有些失常，生下虎狼少爺之後就完全失了魂了～」

「原來是這樣呀。」

無意間，貓貓產生了荒謬的念頭。

（倘若虎狼並非玉鶯之子呢？）

假若是在異國懷上的孩子，會取個負面意義的名字就有原因了。

貓貓想了一下該說不該說，後來覺得反正都說開了，索性問個明白。

「難道說，虎狼少爺並非玉鶯老爺的親生兒子？」

「噗哧！」

不知道哪裡好笑了，雀一聽哈哈大笑，從沒看她笑得如此開懷。雀平素雖然總是笑容可掬，但這還是貓貓頭一次看到雀這樣捧腹大笑。可是轡繩還是穩穩地握著，駕車技術著實一流。

「哈哈哈，失禮了。絕、絕對沒有那種事啦。」

「妳怎能說得如此肯定？」

「他是在夫人回國一年之後出生的，所以不會是在異國暗結珠胎才回來的啦。啊，當然，是在府邸裡偷漢子的話就另當別論了。」

雀大概是覺得太好笑了，時不時想起來還在竊笑。貓貓跟她的笑點好像有點小差距，不明白哪裡好笑了。

（什麼嘛，原來不是啊。）

貓貓關起車窗。還得再跟著馬車顛簸一段時辰才行，她決定還是安分睡個覺好了。

從這裡回到西都得花上幾天時日。人數比去程多出了許多，因此途中不在城鎮逗留，而是野外紮營。隊伍裡似乎有很多人原為遊牧民，營地紮得又快又好，簡易帳篷沒兩下就搭了起來。貓貓發現那裡邊待起來超乎想像地舒適。

由鴟梟吆喝眾人紮營。貓貓與小紅不用說，就連雀也像是來作客似的只旁觀不動手。

「舅舅好厲害。」

看到鴟梟指揮部下有方，小紅兩眼閃閃發亮。喝熱山羊奶的模樣，就跟她這年紀的孩子沒兩樣。

（這次最大的功臣，說不定是小紅。）

發生了這麼多事情，讓貓貓不敢相信世上居然有如此聽話的小孩。很多大人交代了事情都不見得做得好，這孩子卻吩咐什麼都做到了。貓貓開始動歪腦筋，心想回中央時若是把她一塊兒帶走，栽培成藥師說不定很有意思。

「貓貓姑娘貓貓姑娘，妳是不是在打什麼歪主意呀？」

「雀姊雀姊，我可沒有胡思亂想什麼喔。」

貓貓裝糊塗。看來不能像路上的小貓小狗那樣撿回家去。

「不過話說回來，大家做事真是俐落。沒想到野外紮營還能吃到這麼美味的東西。」

他們把用火熱過的乾酪放在烤得微焦的麵包上吃。拉長的乾酪帶點鹹味，配著麵包吃美味無比。湯雖然幾乎沒有放料，但可能是用家畜骨頭熬的高湯，喝了讓人胃口大開。

「雀姊個人希望分量可以再多一些～最近都沒吃上一頓像樣的飯。」

雀假扮成女鏢師時飯量與一般人無異。假如她照平常那樣大吃的話，貓貓大概早就認出她的真面目了。貓貓甚至忍不住瞎猜她平素的那些特殊舉動，會不會是為了喬裝易容不被看穿才刻意為之。

「野外紮營要吃到飽腹恐怕有點難吧？」

「可是，竟然連土匪也有飯吃耶。把他們那份給雀姊吃豈不更好？」

「罪犯肚子也是會餓的，總不好在送到官府之前就先把他們給餓死吧？」

「反正都是要吊死，不如一口氣給他們個痛快比較好啦。」

雀語氣開朗，講話內容卻很狠毒。

（的確是等著被吊死。）

他們占據了一座城鎮，又殺害並奴役居民。豈止如此，他們還謀劃誘拐異國要人，這下是沒得爭辯了。

因此，一些小嘍囉已經在鄰鎮扭送給官府了，聽說很快就會處以絞刑。土匪頭子熊貨與其他幾人由於罪大惡極，現在正要送往西都──

「不知被迫協助土匪劫掠的居民會如何處置？」

「嗯──大概不能堅稱無罪吧。雖然是有酌情減刑的餘地……」

（但那個什麼老師的恐怕很難脫罪吧。）

有那麼多居民保住性命是老師的功勞。但是在過程當中，他以宗教異同為根據篩選了人命。不只如此，他也為了保命而選擇迎合那幫土匪。

「老師會有什麼下場？」

「脫不了罪責，況且就算受罰後再回到鎮上，恐怕也沒他的安身之處了。對異教徒見死不救的他不可能再恢復原本的地位啦。」

「是這樣啊。」

貓貓覺得人世間真是無奈。雖說是迫不得已，但人心並沒有那麼容易釋懷。

「貓貓姑娘不必為此感到內疚。我想老師那人無論落得何種下場，都不會為了保護同門而後悔的。」

雀講得好像很懂似的。從雀的反應來看，以前應該有在戌西州待過。

「更何況這次的事發原因，可以說都怪鴟梟兄辦事不夠漂亮。上回碰上熊貨時就該把他雙眼都弄瞎，而不是只毀掉一隻眼睛。這回也是，何必把熊貨扭送給西都的官府，當場一刀解決就沒事啦。」

「舅舅心腸好。」

小紅偷偷瞪著雀。她似乎認為雀在講舅舅的壞話。

「而且我覺得舅舅最適合做家主。」

「妳好推崇妳舅舅呀。」

貓貓喝了山羊奶。

「是呀，小紅的大舅心腸好又能做領袖，或許是很適合成為家主吧。可是呢，偏偏就是不適合做繼承人。」

「這豈不是矛盾了？」

「沒有矛盾。」

雀依依不捨地舔掉手指上的麵包屑，把山羊奶喝光了。

翌日，馬車走的是不同於來時的另一條路。

「這走的是不同方向吧？」

貓貓向雀問了。這天雀沒坐車夫座，和她一塊兒待在篷車內。小紅和她舅舅一起騎馬。這樣比乘馬車看到的風景更美，似乎讓她覺得很好玩。

「是呀，正在沿著山脈走～」

貓貓覺得穿越草原比較快，卻不知隊伍為何要繞道。

「為何要改變路徑？」

「若是就這樣往前直走，會碰上跟鴟梟兄同年齡的叔父啦。之前我是不是跟妳說過他們倆之間的關係？」

同年齡的叔父，所以是否就是玉袁的六公子或七公子？

「妳是說那件事嗎？好像說他們拿真刀真劍一決勝負？」

貓貓想起之前聽得不太真切的事。

「是呀。鴟梟兄之所以來得比我們還晚，八成就是為了躲他吧。因為就某種意味來說，一家親戚當中就屬那兩人最臭味相投了。」

雀感觸良深地說了。

（真是個找麻煩的死傢伙。）

貓貓再次環顧四周。此地與其說是草原更像是岩漠，兩側是懸崖。

「所以就得走這種路？」

「從距離來說是近道嘛。去程只有一輛馬車所以繞過了，但若是大陣仗的商隊就會走這條路。」

人數少的時候走不得，換言之就是有可能出現土匪。不過現在隊伍帶著護衛，想必沒有人會笨到襲擊他們。

貓貓雖也這麼覺得，但仍難以去除內心的不安。

「我還是喜歡普通的路。」

這是山邊道路。坐馬車顛簸得厲害，弄得她很不舒服。

「就沒別條路可繞了嗎？」

「北邊的迂迴路在這個季節已經下雪了嘛。馬兒走那條路會累得很快，紮營時也會需要大量燃料。」

既然是從整體判斷才選擇這條路就沒法子了。

然而，雀也同樣表情略顯陰沉。

「真希望能快點走過這段路～」

貓貓向外看，看到的是無邊無際的荒涼大地。

為了不讓馬匹累壞，一路上需要頻繁歇腳。馬車當中有一輛負責搬運餵馬的草料與水。馬匹津津有味地吃著木桶裝的乾草。小紅好像也在餵馬，手裡拿著某種白色的東西。

「她在餵馬吃岩鹽啊。」

「是呀，因為馬兒會流很多汗嘛。」

雖然很花錢但大概有其必要吧。聽聞棲息於遙遠北方的巨鹿愛舔人尿。

「嗯——」

雀一臉複雜地張羅吃的。

「怎麼了？」

「也沒什麼，只是覺得有事掛心的時候怎樣就是坐立難安。」

雀靈巧地轉動用來削肉乾的小刀。樂天知命的她竟這樣憂心忡忡的，可見事情非同小可。

貓貓看到她的這副模樣，心裡有種說不出的不安。

「雀姊，在我面前說這些沒關係嗎？」

貓貓問問看做個確認。

雀表情一愣。

「……對耶，真是疏忽了。不過，我現在的責任是保護好貓貓姑娘，所以我一定會護妳周全的，請放心。」

連貓貓都看得出來雀罕見地心裡著急，這豈不是一件大事嗎？

「但我看妳好像很擔心。」

「別看雀姊這樣，其實雀姊是很講求完美的，所以會想把所有隱憂都去除乾淨啦。」

「還有什麼隱憂？熊貨不是已經插翅難飛了嗎？」

「是呀。被五花大綁，兩條手臂也折斷了，想持刀弄棒也不成。只是……」

雀的睫毛微微低垂。

「都做到這種地步了，諒他也不能怎樣了吧？」

「雀姊若是跟那熊貨硬碰硬，是打不倒他的～因為就算把手腳綁起來，熊這種生物只要張嘴一咬就分出勝負了。」

雀張大嘴巴學熊的動作。

「況且最可怕的啊，其實不是老虎那種猛獸，而是像鱉一樣緊咬不放的人～」

（好吧，我懂。）

熊貨似乎因為眼睛被弄瞎而懷恨在心，多次妨礙鴟梟走鏢，這次要不是逮住了他，大概以後還是會繼續騷擾不休吧。

而且經過這次的事，他對貓貓必定也產生了深仇大恨。

「但我看他應該逃不掉了吧。」
「真是如此就好嘍。」
雀放下小刀。
貓貓心想：最好什麼事都別發生。
然而，事情卻被雀的直覺猜中了。

二十四話　受傷的野獸

那夜隊伍沒能穿越岩漠，於是就地紮營。遠處傳來野狼的嚎叫，讓人睡不安穩。貓貓覺得冷，蓋起了一件件外衣又披上毛皮。呼出的氣息混濁泛白，耳朵像是刀割一般地痛。這裡不是草原使得椿子插不進地面，帳篷搭不起來。所以她睡在馬車內。

雀看到貓貓在發抖，下了馬車說要去多拿些毛皮來。

只要能夠睡著，一覺醒來就是早上了。可是，睡魔遲遲不肯降臨。就在總算感覺到睡意時，點點亮光在她的眼瞼上閃爍。她又冷又睏又累，實在懶得撐開眼皮，但還是勉強睜眼。只見馬車的篷布染得通紅。

貓貓慌忙披著毛皮從馬車探出身子。

一輛馬車燒起來了，冒出火柱。馬在嘶鳴，男人們拚命急著滅火。著火的應該是載草料的那輛馬車，火勢甚猛。

大家都只顧著注意起火的馬車。

所以，誰也沒發現有人來到了貓貓面前。

「！」

側腹部受到了重擊。還來不及感覺到痛，貓貓已經從馬車摔落到地面上了。

「……這臭娘們。」

抬頭一看，只剩一隻眼睛的熊貨就在面前。他眼布血絲，嘴巴在淌血。門牙掉了幾顆，手腳則是纏著被扯斷的繩索。看來是用牙齒咬斷了繩子。

說是已被折斷的雙臂癱軟地下垂，右臂硬是綁上了一根金屬棍。與其說是用來支撐手臂，其實等於是武器。

「我要……宰了妳。」

看起來熊貨已經不知道什麼是痛了。

把貓貓打落地面的，應該是沒綁金屬棍的那條手臂。從中可以看出他想慢慢讓貓貓多受折磨，不許她昏死過去的心思。

（他會殺了我。）

貓貓穿得很厚，所以吸收了一些衝擊力道，但還是會痛。必須趕緊站起來逃走才行。

熊貨走近過來。貓貓一邊後退一邊想站起來，但站不住。落地的撞擊力讓身體還在發麻。只要能勉強跑去向其他人求助，應該可以逃過一劫。

可是，不等貓貓逃走，熊貨動手打人的速度比她更快。

貓貓心想至少要護住頭部，遮住臉龐閉上眼睛。
不知道過了多久的工夫，彷彿只有一瞬間，又彷彿已經過了兩刻鐘。
熊貨的手臂始終沒往貓貓身上打過來。
「真對不住，貓貓姑娘。」
她聽見了雀的聲音。
貓貓睜開眼睛。
以起火燃燒的馬車為背景，她看見了熊貨的身影，與跨坐在他身上的雀的身影。熊貨的脖子附近噴出了水花。
「我一沒盯著他就來了。」
雀從熊貨身上跳下來的同時，熊貨也幾乎要不支倒地。
「抱歉我這樣髒兮兮的。有沒有傷到姑娘了？」
「……我沒事。」
貓貓不知道是該覺得放心還是驚訝。雀被噴了滿臉的血。
幸好小紅沒跟她們乘同一輛馬車。她這時應該和舅舅鴟梟待在一起。
「我就說了應該早點收拾掉他的。」
「賀啊，裡說得瑞。」

有人模糊不清地說了。雀即刻轉過身去，擋住舉高揮過來的拳頭。不，其實那人幾乎是把手臂甩了過來。熊貨的手臂已經沒一點完整的骨頭能當成活動支柱了。

折斷的手臂發出更多骨頭被擠壓的碎裂聲。而雀的身體也像是要分散衝擊力道般飛了出去。

熊貨牙齒斷了，嘴巴血流如注，碎裂的雙臂無力地下垂，脖子在噴血。

「……」

這種狀態就算已經斷氣了都不奇怪，但他為什麼還活著？難道他的生命力就跟砍斷了頭還能動的蛇一樣頑強？

然而，雀即刻站到貓貓的面前。左手握著小刀。

她使勁咬緊牙關，衝進了熊貨的懷裡。

「請別再死纏活纏的了。」

雀把小刀捅進熊貨身上。

（動作很熟練……）

簡直就像瞄準肋骨的空隙一樣，小刀陷進中心偏左的位置。

沒有一點遲疑，小刀冷漠無情地被拔了出來。

即使如此，熊貨還是站著。

「偶、偶捱不為死……」
就在熊貨手臂一揮，雀往後跳開時……
咚的一聲，一枝箭刺進了熊貨僅剩的那隻眼睛。
「真是個糾纏不休的東西。」
男子的聲音聽起來有些遺憾。是鴟梟。鴟梟一舉起手，部下們紛紛拉弓射箭。
只聽見熊貨發出震耳欲聾的慘叫聲，話語已然模糊難辨。
只是，當叫聲停止時，曾經自稱為獨眼龍的土匪，就這麼站著氣絕身亡了。
「抱歉，他趁我被火災引開注意時……」
鴟梟過來對貓貓說道，但貓貓擔心的是雀。
「貓貓姑娘，真是萬分抱歉。」
雀對她露出一如平素的笑容。然而讓貓貓擔心的是，她是用左手握著小刀。
「雀姊……」
貓貓伸手去摸雀的肩膀。她的右肩不大對勁。然後，貓貓往下一看。
天色太暗了看不清楚，但是看起來像是變成了一片烏黑。貓貓握住雀的右臂，摸到溼滑的觸感。
「哎呀呀，真對不住。雀姊搞砸啦。」

雀的眼睛變得空洞無神。她究竟是何時受了這麼重的傷？貓貓以為自己只閉眼了一瞬間，難道在那中間他們已經纏鬥了一陣？

腹部也在滲血。貓貓即刻將雀搬上馬車。

熊貨已經夠離譜了，但雀也差不多。

「請快去燒熱水！還有治療器械！」

「知、知道了。」

管他是鴟梟還是誰都照樣使喚。

貓貓脫掉了雀的衣裳。

折斷的手臂幾乎快要斷開，腹部有跌打損傷的痕跡。兩邊都傷得很重，不過現在最要緊的是檢查內臟。

然而同時，雀身上也留下了堪稱她人生經歷的無數舊傷。有的傷痕可與沙場老將媲美，也有的顯然是嚴刑拷打造成的疤痕。

「貓貓姑娘。」

「妳先別說話！」

「聽我說嘛……」

雀用左手摸摸貓貓的臉頰。

「我的右手廢了，對吧？」
「還不確定。」
「不，我知道它廢了。」
貓貓變得無言以對。事實上，手臂等於是斷了一半。
被她說穿了心事，貓貓感到很不甘心。貓貓沒有技術能夠縫合斷裂的四肢。就算現在接起來了，以後要不就是幾乎喪失功能，要不就是壞死脫落。
「如果還有可能救得回來，請妳先救手臂，腹部擺第二。」
「不行，腹部優先。」
內臟比四肢更可能危及性命。腹部才應該優先治療。
「不，萬一右手廢了，我這人就沒價值了。我一旦失去用處就完了嘛。」
「才沒有那種事。」
貓貓拿出帶在身上的藥。止血藥、止咳藥、風寒藥，沒一樣有用的。
「雀姊妳不在了我會很困擾，所以不行。不管發生什麼事妳都得活下來！」
貓貓急切地等鴟梟把治療器械、熱水與火盆拿來。外頭那輛被縱火的馬車還在燃燒。
「呵呵呵，貓貓姑娘……妳喜歡我嗎？」
「對，我喜歡妳。請妳別再說話了。」

既然還能說這麼多話，肺臟應該沒受損。

「真不錯，貓貓姑娘向我示愛了。我得去跟月君炫耀才行……」

雀的神情看起來莫名地天真無邪。

「即使只是一時的也好，有人喜歡自己真的是件好事呢。因為那樣會讓我覺得，我可以留在這兒沒關係。」

「……」

貓貓沒多餘心力回嘴，用手指滑過雀的腹部。她肋骨斷了，有可能刺傷內臟。

「貓貓姑娘也是有很多苦衷的，所以不讓自己感情用事是很重要沒錯。可是……」

雀用染血的左手碰了碰貓貓的臉頰。

「不可以拿這個當藉口唷。」

雀呵呵笑了幾聲。她就這樣闔上了雙眼。

貓貓當場心頭一驚，急忙把脈。還能感覺到撲通撲通的脈搏。

「喂，熱水跟治療器械來了。」

貓貓從鴟梟手裡接過治療器械。她握緊開刀用的小刀，拿出消毒用的酒精。

（我不知道妳想說什麼。）

貓貓咬緊嘴唇。

（但我不會輕易讓妳死。）

貓貓緊握拳頭，開始動手術。

二十五話　醜小雀

兒時的雀貝古拉是個非常幸福的孩子。

父親是貿易商，年紀大了之後才娶妻。好像是見到了貌美如花的母親，一把年紀了竟對她一見鍾情。

母親有著高挑修長的個頭與象牙色的肌膚，是個身材曲線凹凸有致的美女。不單是父親，所有人的目光都會被她奪去。

父親邂逅身為異國人的母親似乎是巧合。那時母親正在搭乘鄰國砂歐的船。船遭逢暴風雨而遇難，母親幸獲父親的商船所救。起初她語言不通，遇到了許多困難。由於父親精通砂歐語，就在各方面照顧母親。他給了母親一份營生，並且教她學會本國語言。

父親本打算立刻將她送回砂歐，但事情並不順利。母親的前夫與孩子也在那遇難的船上，都溺死了。她說她在砂歐沒有親人，就算回去了也無處安身。

父親是個商人，但心地十分純良，做生意憑的是人望。這樣的父親自然不可能拋下孑然無依的母親不顧。再加上年過四十仍不曾娶妻的父親，一把年紀竟起了愛戀之心。

母親身為異國人雖然語言說得不好，但做事勤奮。不用多時，傭人們便開始喚她為夫人。

母親成為父親的夫人之後繼續幫忙做生意。雀以前很喜歡讓爹娘牽著手上教堂。每逢休息日一家三口都會去祈禱，在外面吃過飯再回家。

「本來是打算找個機會，收養親戚的孩子的。」

結婚後的第二年，雀誕生了。雀雖是女娃，但從沒想過自己能有兒女的父親歡天喜地，據說雀出生後整整十天，父親都在店門口發送點心給路過的人。

雀這名字是母親起的。父親說起這名字就像隻玲瓏的小鳥，甚是可愛。雀沒像到身形修長而貌美的母親，長得很像身材矮胖的父親。不怎麼大的眼睛、像是被壓扁的鼻子，個頭也沒多高挑。但是常言道：爹娘不嫌兒醜。父親見到每個親戚都對雀連聲的誇讚。

雀的容貌稱不上好看，但腦袋不差。出生後不到一年就會走路，兩年講話已經能夠滔滔不絕。等到三年就快過去，父親更是笑咪咪地期盼看到女兒將來的成長。

雀的腦袋是當真不差。

因為她還記得自己不滿三歲時母親就消失了蹤影，也記得母親失蹤前的模樣。

有一天，母親突然不見了。父親驚慌失措。店裡夥計又是驚訝，又是困惑，上上下下不明就裡地亂成一團。

父親請畫家畫了好幾幅肖像畫，日日尋覓她的下落。

莫非是被捲入了什麼變故？父親苦覓母親下落，卻在過程當中慢慢發掘出一些怪事。

父親做生意的對象似乎有情報遭人洩漏出去。雖然沒有明確的證據，但從他們與外國的進出口事務，找到了一些不尋常的金流。

父親是靠人望拉攏生意，但做買賣不能只靠人品。雀腦筋動得快，正是遺傳自父親。

父親無法忽略這些細微的異樣之處。他查驗了母親來到家中之後這數年來的大小交易與帳簿的金流。

結果找出了與一個國家的關聯。

茘，一個與砂歐相鄰的國家。位於越過砂歐更遙遠的東方，兩國之間沒有交誼。

母親說過她是砂歐人，但容貌更像是茘人。砂歐境內混血族群眾多，父親從未把這事放在心上。

「妳爹一定，一定會去把妳娘找回來的。」

父親一邊對雀這麼說，一邊把宗教經典拿給她，叫她多學習。雀也沒其他事好做，就讓傭人念經書給她聽。

「妳娘必定有她的苦衷，一定是不得已的。」

聽到父親慈祥地這麼說時，雀有生以來第一次覺得父親真傻。

過了幾年，父親說可能找到母親的下落了。似乎是有人告訴他，在茘地看到一個長得和肖像畫一模一樣的人。

父親大喜過望，乘船去了茘國。

雀後悔當時沒伸手挽留父親。她應該要認定母親已經死了才對。父女倆共享天倫之樂就夠了。

可是，這個夢想沒能實現。

父親就這樣一去不返了。

失去爹娘的孩子會有何下場？假如雀的歲數再大一些，情況或許會有所不同。然而連十歲都不到的小女娃什麼也辦不到。

還不到一個月，父親的財產就被搶奪一空。有錢人一死，總是會不可思議地冒出一堆親戚。只有少數幾名對父親感恩戴義的傭人留下幾枚金幣，成了雀手頭僅有的錢。

父親當時如果神智清楚，應該會為雀選一個品德高尚的保護人才是。從前那個美麗動人的母親，究竟讓父親神智昏亂到了什麼地步？

「妳若是遇到困難就去教堂吧。」

雀捏緊金幣去了教堂。

神職人員還算有品德，同情雀的遭遇想將她送進濟貧院。但是雀知道那裡去不得。僅剩的幾枚金幣一被發現就會遭人搶去。

雀已經做好了今後的打算。

教堂有位老師想到東方傳教。而雀聽說他再過不久就要啟程了。

「請帶我走。」

雀對看起來脾氣古怪的老師說了。

「我不能帶個孩子上路。」

老師是個年約四十的男子。聽聞他從前在一個大教會護衛那兒的老師，體格結實健壯。畢竟他要去的是以異教徒居多的異國，似乎還是要有點功夫本領才行。

雀是個孩子，手無縛雞之力。她只擁有一樣東西。

『神啊，祢是否正看著我們？』

雀記得傭人一遍遍念給她聽的經書內文，她請人家重念過好幾遍。她一字一句正確無比地發聲。

「……」

「請帶我一起去。」

沒有任何價值就無法得到青睞。

對父親來說，雀是自己的女兒，所以有價值。

對店裡夥計來說，雀是雇主的女兒，所以有價值。

所以雀向老師展現了價值，讓他知道自己能幫助他傳教。而且雀還是她娘的女兒，長得比較像東方人。只要學會語言，路途中應該能幫上很多忙。

老師後來遲疑不決了老半天，幸好最後終於讓步了。或許也是因為他知道雀已經無處安身了。

「妳就算死在路上，我也負不了責。」

「我知道。」

雀就這樣與老師一同前往東方。但因為還得沿路傳教，走得很慢。他們花了一年才橫越砂歐，抵達茘地。

但是，進了茘地更是寸步難行。

半路上，老師給了她一本以各地語言寫成的經書。

「聽好了，學習語言很重要。妳必須學會這些語言，一字一句都不能有錯。這有時候能決定妳的生死。」

老師態度粗魯但很會照顧人。只是這位老師似乎天生脾氣火爆，屢次被異教徒追著打搞得他怒火沖天。有時甚至還被關起來，遭受到類似嚴刑拷打的對待。

「該死的異教徒，不讓你們改宗我絕不罷休。」

這是老師的口頭禪。

雀不懂老師是有過什麼經歷才會來到滿是異教徒的茘國，但怎樣都與她無關。

雖說是教會團體，人員對待童傭的方式並不是太好。畢竟盤纏有限，怪不得他們。每到這種時候，雀就會想起自己是什麼人。自己不是富商千金，只不過是個供人使喚的小毛孩子罷了。

所以她為了填飽肚子總是用盡心思。有時她會在鎮上到面容和善的夫人旁邊哭一場，偶爾可以得到施捨。有些小孩被她像小丑一樣逗笑，會分點心給她吃。偶逢佳節慶典大張宴席，她會趁機大吃大喝彌補平時的飢餓，能保存的食物就偷偷存起來。

在因緣巧合下與一隊雲遊藝人一同旅行時，雀學會了變戲法。公然偷看藝人們練習會被圍起來打，所以她都是爬到樹上躲起來偷看。因為她知道在一些有錢人面前變戲法可以得到打賞。

老師抓到她這樣做的時候罵了她幾句，但他似乎也對於讓雀食不果腹感到心有無奈。雀拿到的點心或賞錢都沒被沒收。

進了茘地之後過了一陣子，雀改名為麻雀。老師教過她假裝成茘人，可以增加活命的機會。

「妳說過要去西都對吧。」

「是。」

老師與傳教團似乎準備在茘國當中一處建有大教堂的村子落腳。他說他們打算以這村子為傳教據點。

「需要我陪妳去西都嗎？」

老師跟雀相處了幾年，也開始會稍微關心她了。

「我不要緊的。」

雀這年十二歲了，在茘國已差不多是婚配的年紀，一般來說應該會心有疑慮。但是，雀把頭髮剃得很短。小眼睛與扁鼻子也絕對稱不上好看。於是她就作為婢女跟著一支商隊前往西都了。

抵達西都時又是新的一年，雀十三歲了。她向商隊告辭，決定做個流浪兒在當地定居下來。

小丑這個行當似乎是雀的天職。她白日用滑稽動作表演戲法賺賞錢，夜晚就躲在溝渠裡禦寒睡覺。就這樣過了一段時日之後，她聽說當地有個人長得跟母親的肖像畫十分神似。

「我記得在這附近最大的宅邸裡看到過她。不過，也只看到過一次就是了。」

雀相信了對方所言，前往那大宅。

那是全西都最大的宅邸，髒兮兮的雀絕不可能進得去。所以她待在宅邸門前，等著屋裡的人出來。

她聽見有人說話。

「兄長，等等我。」

一名體格結實的男人踏出宅門。說他是男人，其實年齡大概才剛加元服沒幾年。只不過，男人的服飾比雀要來得乾淨漂亮。看那英氣風發的眉宇，一定備受年輕姑娘的仰慕。

接著踏出宅門的，是一位姑娘。剛才那聲音大概是就是這姑娘在說話。姑娘已是婚配年齡，眼神銳利但貌美如花。衣裳從頭到腳使用的料子，應該是父親往日做買賣時也曾經手過的綢緞。那種獨特的光澤與觸感，雀已經多年沒有觸碰過了。

「好了！快給我過來！兄長好意要做妳的護衛，妳可得心懷感激啊！真是，若不是爺爺吩咐，我才不願做這事呢。」

跟在性子潑辣的姑娘之後，又有一位姑娘走了出來。這位姑娘有著美麗的紅髮與翠玉般的眸子。不同於方才那位姑娘，她有著溫柔的眼神。年紀看起來與雀相差不大，為何兩人之間卻天差地別？

一個是流浪兒，一個是美麗的大戶千金。

「銀，休得碎嘴碎舌。」

她聽見有人說話。

雀已經好幾年沒聽到這個聲音了。不可思議地，早已沉澱在記憶底層的光景逐漸甦醒過來。

「葉娘娘就要進後宮了，妳得弄清楚彼此的身分。」

高挑修長的個頭、象牙色的肌膚、身材曲線凹凸有致的美女就在那裡。

被喚作銀的姑娘變得怏怏不樂，但雀不在乎。她只是不懂，那個從前一直陪伴在她身邊的美麗女子怎麼會在這種地方？

「是，母親大人。」

銀說了。

母親大人。雀反覆思考這幾個字。雀花了好幾年認真習得茘語，很確定那個名詞的意思是「母親」，但不明白一個異國姑娘為何會這樣稱呼她。

她以前聽說母親在遇見父親之前曾經有過丈夫與孩子。可是，母親不是說他們都死於船難了嗎？

「母親——」

又多來了一個人說話。

是個孩子，比雀還小。一個不滿十歲的孩子。

「請帶我一起去。」

「不行，你得和我一起念書。下次我再帶你去買東西吧。」

「我不依——」

孩子抱著母親的腿。雀以前也曾經像那樣跟母親撒嬌過。

雀不知道自己現在看到的是什麼。只有一件事實擺在眼前，那就是母親身邊的每個孩子，看起來都比雀乾淨漂亮多了。

雀的頭髮用剃刀蓬亂剃成了平頭，衣服也是穿了多年的舊衣。她沒錢住旅店，好幾日沒洗浴了，就是個渾身汙垢、髒兮兮的小鬼。

雀忍不住從藏身的圍牆後方探頭出來。她一步又一步，走向母親身邊。

「怎麼有個髒東西？」

被喚作銀的姑娘說了。那雙眼睛擺明了把她當成穢物，就像看到一個沒有價值、不被允許存在的東西。她想起父親昔日被迫鑑定破銅爛鐵時，也是這樣的眼神。

「銀，別去在意那些。」

那男人說了。雀很難判斷他所說的「別去在意那些」當中具有何種含意。

雀只是看著那個美女。

美女像銀一樣瞥了一眼雀，就好像什麼也沒發生過似的帶著孩子回屋裡去了。

雀不知道該如何是好。

雀追著母親的背影一路來到了這裡。以為母親看到她，會覺得有些眼熟。

可是，她完全沒認出雀來。

雀花了這麼多年追尋母親的下落，究竟是為了什麼？

難道雀期望多年未見的母女能夠相擁而泣？不，並非如此。

雀想知道的是，她對母親來說究竟有過何種價值。

雀當天晚上，偷偷溜進了宅邸。

雀無論如何都想問個清楚，知道自己對母親來說究竟是什麼。

也許是拜多年被異教徒追打的經驗所賜，她輕易就溜進了宅邸。她躡足潛蹤，在宅邸裡尋找母親所在的房間。

「老鼠真是臭不可聞啊。」

一個聲音貼近著雀的背後傳來。

她急忙轉過身去，但還來不及動就被人壓住了。

「流浪兒偷東西啊？會被砍斷手臂喔。」

一名男子如此說道。年紀大概三十吧，雀被他壓住，看不見他的長相。
「我不是來偷東西的。」
雀盡可能講得客氣有禮，這是老師教她的。沒想到卻適得其反。
「妳是異國人吧？講話有口音。」
雀的臉孔被他緊緊壓在地面上。
「看妳還年輕，妳是哪國來的？砂歐嗎？不，還是更西方的國家？目的是什麼？」
男子把雀拉到不會被人瞧見的地方。
「我……我是來……找我娘的。」
雀斷斷續續地說了。
「妳娘？妳是說這宅邸裡有個下女是妳這種骯髒小鬼的娘？」
男子出言嘲笑。無論被如何羞辱，雀都不痛不癢，她只是從懷裡拿出又髒又破的肖像畫給那男子。
「……這是？」
男子的聲調變了，顯出了困惑。
扣住雀的力氣減緩了。
「妳是她的女兒嗎？」

雀不知道「她」說的是誰。雀唯一能做的，就是抓準這男人的困惑乘虛而入。只是，想脫身絕非易事。那麼要如何乘虛而入——

「十四年前，家母遇難得家父所救。我是她後來生下的女兒。」

她誠實地說了真話。

「女兒啊。哈哈，原來如此，對。確實有這麼個女兒。」

男子笑了。

「就是那女人覺得無用了，拋下的女兒吧。」

「無用」這個字眼在雀的腦中迴盪。

「無用？」

「對，妳沒有用處了。為了回到這個宅子，她不需要妳這女兒了。妳是她潛伏於異國幾年間的身分保障，這就是妳曾經有過的存在價值。」

「曾經」代表已成過去。也就是說她已經不要雀了？

「她自然不可能帶妳回來。為了完成使命，妳是注定要被拋棄的存在。」

「注定要被拋棄……」

她大受打擊，彷彿腦袋連連遭受重擊。

其實這是早就知道的事。當她拋下父親與雀離家時，雀應該就心知肚明了。

「妳的父親呢？既然是出手闊綽的商人，應該已經迎娶繼室了吧？」

如果真是那種父親該有多好？父親為人良善、慈祥，而且太愚蠢了。

「家父聽聞家母人在茘國，踏上旅程之後客死異鄉。我家也沒了。我變得一無所有，便來尋她了。」

「就帶著這張肖像畫？」

「是。」

「嗯……」

男子若有所思，眼光上下打量雀。

雀暗自心想，她的價值即將在這時確定。假如自己拿不出半點價值來，恐怕會被當成無用之物處理了事。

「我能說母國語、茘語與砂歐語。另外還懂幾種語言。」

她想起老師給她的經書，說出流暢的外國語。

「我還會算數。我曾經一星期只喝水果腹。我不怕痛，而且手很巧。」

雀表演有樣學樣的戲法給他看。

她什麼都願意做。為了活下去，為了發掘出自己的存在價值。

「……真是個蠢東西。這個要來得有天分多了。」

男子輕聲說道。

「好吧，我就先觀察一陣子，看看妳有多大本事。假如妳有那個價值的話……」

男子咧嘴一笑。

「就讓妳做我的傳人。」

就這樣，男子成了雀的師父。

二十六話　夫妻

馬良十六歲時，母親桃美喚他過去。

「接下來我口頭告訴你的事情，你必須全記在心裡。」

母親是「馬字一族」的女頭領。

馬字一族是皇族的侍衛。反過來說，男子有時會為了挺身護主而死。因此家中就留下女子，作為有個萬一時的主腦。

本來應該由一族之長的妻子擔起這個職責。父親高順由於特殊緣由，不會成為族長。但又沒有其他適任人選，於是母親便承擔起了這份職責。

桃美叫他過去，說的是關於另一個賜字家族「巳字一族」的事。馬字一族是對外的皇族侍衛，巳字一族則是暗中守護皇族。

「雖然稱之為巳字一族，但他們的家族組織並不如我們家這般單純。」

巳字一族以諜報見長。只是，出於使命所需，沒有任何族人會公開名姓。

「你只要知道巳字一族有多個傳人，每人各自採用世襲制度就行了。」

「母親所說的世襲制度是？」

「巳字一族之人呢……這麼說吧，比方說他們有十個人好了。這十個人會分別給自己挑選一個傳人。傳人大多是擇自血親，但若是不巧沒有合適的兒孫，也會從外頭收養。這些傳人就會成為巳字一族的下一代。還有，傳人以外的人都沒資格稱為巳字一族，唯有獲選的傳人才能得到師父真傳。豈止如此，他們的親屬甚至連自己是巳字一族的人都不知道。」

「母親，孩兒有個疑問。」

「你問吧。」

「這樣一來，巳字一族豈不是有辦法能夠潛入其他賜字家族了嗎？」

桃美滿意地微笑，表情讓馬良知道他說對了。

「正是。這是最重要的一件事。巳與馬是成對的家族，因此這事只有我與另外幾人知情。」

馬良的胃開始犯絞痛了。專精諜報的家族……的確很適合用來刺探群臣肚子裡的心思。

「孩兒可否再問一個問題？」

「什麼問題？」

「即將做我妻子的人是否也是巳字族人？」

這幾日以來，姊姊麻美都在和他談論相親的事。他感覺母親抓準機會般提起此事是有原因的。

「我不知道。不過你要知道，這婚事是推不掉的。」

聽到母親講得斬釘截鐵，性情懦弱的兒子無法回嘴。

數日後，姊姊介紹而來的女子是個有些難以理解的人物。

「郎君安康，小女子名叫麻雀。別拘束，叫我雀姊就可以嘍！」

來者是個活力充沛的姑娘。跟馬良正好處於兩極。

「她就是雀姊。雖然跟人太沒距離，反正她就是這樣的人了，你盡量適應吧。來，雀姊，這是家弟馬良。有時他會說昏倒就昏倒，有什麼狀況妳叫家丁把他抬到寢室就是了。」

「小女子明白了！」

雀動作俐落地向麻美行禮，然後往馬良逼近過來。馬良急忙躲到房間的角落，不知不覺間卻被她溜到了背後。

「呵呵，跑得這麼快，真是純潔。雀姊不討厭像郎君這樣的人唷。」

她對著馬良的耳朵呼地吹了口氣。

「嗚哇啊啊！」

馬良立刻就真的昏過去了。

他對雀的第一印象就是距離太近，跟這種人絕對不可能處得來。

「午安～雀姊來看郎君嘍。我給你縫了棉襖，你要穿喔～」

「來——我做了饅頭來給郎君了。啊，郎君正在念書呀？要趁熱吃喔——」

「我準備了簾子來，這樣說話就方便了——只要中間隔著這個，郎君就能和我說話了吧～？」

雀時常找理由來看馬良。有時本來還吱吱喳喳的，一看到他在準備科舉就留下饅頭給他吃。一下子靠得很近，一下子又在摸索彼此的距離。

雀這個姑娘雖然喋喋不休，但很能幹。

馬良吃了幾次她的饅頭，發現大小與口味變得越來越合自己的胃口。

她縫給馬良的棉襖合乎季節，而且剛好合身。

簾子坦白講，著實方便好用。

「呵呵呵，雀姊很幫得上忙吧——」

「怎麼這樣自誇？」

不知道過了多久，馬良終於能隔著簾子和她說話了。看不到臉，所以講起話來很輕鬆。

「和我成婚對妳沒有好處吧？坦白告訴妳，這個家會由舍弟繼承。我們如果有了兒子，也許會讓他收作養子，但妳不會因此受惠。孩子大概會由家姊來扶養吧？」

不知有幾年沒和血親以外的人聊這麼久了。

「養子啊～也就是說雀姊不用帶小孩了！那豈不是棒極了嗎！」

「這也能吸引妳？」

馬良大感傻眼。真要說起來，現在是聊到了孩子出生的事情沒錯，但他很懷疑自己究竟能不能生孩子。想像這件事情讓他有點臉紅。

「由麻美大姑來帶的話一定會教得很好的，比起讓我來帶安全又安心多了。雀姊就努力在外打拚幹活吧。」

馬良不覺得她在逞強。她是說真的。

他想起母親說過的話。假若雀是巳字族人，孩子就會被培育為傳人。既然如此，不如交給姊姊教養比較合適。

馬良是個弱小的人，沒有強悍到能反抗他人。所以無論政治聯姻的對象是誰，他都只能接受。

「馬良兄，我有沒有幫上你任何一點忙啊？」

「滿有幫助的。」

馬良已漸漸習慣了與這個怪姑娘相處。

「我把燈吹熄了好嗎？別擔心，我不會壞事的。」

以洞房花燭夜來說，講這話合適嗎？把燈吹熄什麼的聽起來好像很貞潔，但後半的句子怎麼聽都立場顛倒了。

話雖如此，幾乎無法信任他人的馬良不可能為了讓初夜成功而事先找別人練習。而且還從頭到尾都任憑新婦處置，作為一個男人實在太不體面了。

「會不會癢？」

「……怎麼可能不會癢？」

聽到妻子人如其名地發出麻雀啁啾般的笑聲，馬良自覺沒一件事鬥得過她。

「夫君的肌膚真是光滑細緻，為妻好生羨慕唷。」

雀的聲音變得莫名地纏綣難捨。

馬良只能閉上眼睛。

孩子出生之後，雀仍然是雀。

「真的活像隻猴子似的呢。而且我說啊，大家都說什麼長得像馬良夫君，可是真有那麼厲害認得出來？話又說回來，生孩子真是累煞我啦。以痛的程度來說可名列這輩子的第三名～下回換馬良夫君來生吧。」

「不是，我哪有辦法啊？」

如今馬良跟她講話終於也不用隔著簾子了。雀把臉孔皺巴巴的娃兒交到他手上。

「夫君可別對自己的孩子怕生唷。」

「沒禮貌。」

話雖如此，軟綿綿好似無骨的生物著實難抱。馬良害怕起來，想把孩子還給雀，但被拒絕了。

「我不抱了。再繼續抱下去，要是不小心認得我的臉就麻煩了。」

「這是做娘親的該說的話嗎？更何況根本連眼睛都還沒睜開吧？」

「雀姊不養孩子。這不是打從一開始就說好了的嗎～」

過沒幾日，雀就說要去幹活，離家外出了。

到了這段時期，馬良已經確信雀是巳字一族之人。

據說巳字一族常常連同族之間都不知道對方是族人。他們各自服從自己侍奉的皇族，並且有名次先後。名列前茅對巳字族人來說是一種榮耀，對傳人來說也不例外。

雀總有一天會找人繼承衣缽。馬良心想雀之所以疏遠孩子，也許算是她的一種母愛。就當作是這樣吧。

雀總是吱吱喳喳的，只有吃飯或睡覺的時候才會安靜下來。不，睡覺時是不是真的睡著了也很難說。

如今雀渾身包滿白布條，躺在床上。

雀在返回西都的途中，與一個打家劫舍的土匪廝殺了一場。聽說這就是在那時受的傷。

本來應該靜養而不能四處走動，但雀身負的使命不容許她歇息。大概是手術結束後，就這麼渾身傷痕累累地讓馬車顛簸著送回來了。

雀回到本宅時馬良正與眾人議事，等到議論結束了才有人來通知他。他是剛剛才聽說此事。

藥師姑娘就坐在床邊。是貓貓。

『啊。』

該說些什麼才好？馬良與她幾乎沒正式見上過一面。以往大多都是隔著帷幔或簾子說話。

「……雀姊傷勢嚴重，請別讓她太操勞了。」

她這麼說，但自己臉上也滿是擦傷，不成人樣。

想必是拚命醫治雀，一心只想把她救活吧。

「……」

馬良只能低頭致謝。

他明白雀是肩負使命才會傷成這樣。馬良不知道雀是為了什麼賣力。只是，他無能為力。

他沒多想就碰了碰沒受傷的左手，指尖很冰。

「……嗯。」

「！」

雀的眼瞼慢慢睜開了。可能是睡了很久的緣故，眼睛看起來有點腫。

「哎呀，這不是夫君嗎？看你一副快死了的樣子。」

「這話該由妳來說嗎？」

「呵呵呵，犯了點小失敗。真不該到了最後關頭掉以輕心呢。」

聽到雀的聲音讓馬良安心多了。但同時聽到她聲音依然細弱也讓他掛心。

「可以問夫君一個問題嗎？」

「妳問吧。」

「我以後無法再像從前那樣行動了。我今後該如何是好？」

她沒叫自己「雀姊」，說的都是「我」。

「我是不是已經沒有用處了？是不是該和夫君和離了比較好？」
突然說什麼要和離，馬良大感錯愕。
「這要我如何回答？」
「我這右手，恐怕已經廢了喔。」
右手廢了，往後的生活必然受到各種影響。
可是——
「雀，妳不是雙撇子嗎？」
馬良知道雀無論是左手右手，都能靈巧地用筷子。無論是從右手或左手，都能憑空變出旗子、花或鴿子。
「一個比我靈巧了十倍的人，剩下一隻手也就是比我靈巧五倍罷了。」
雀是在馬良揉一顆饅頭的時候，能揉出十顆的人。
「哎喲，呵呵呵。瞧夫君這嘴巴，比雀姊還厲害。雀姊至多也就比夫君強上三倍啦，呵呵呵。」
「別笑了，會動到腹部的傷。」
馬良慌了。
「嘻嘻，這廂失禮了。」

「最重要的是，妳還是一樣多話。還是說妳被打到頭了，把學會的異國語全都給忘光了？」

「沒有，我想大概還是記得吧～」

雀莫名開心地說了。

「那就不用去擔心這些了吧。」

「說得也是。那麼，事事幫得上忙的雀姊可否拜託夫君一件事？」

「何事？」

「我肚子餓了。」

雀的肚子發出好大的咕嚕嚕聲響。

「妳啊……」

不知是從何時開始，跟她說話可以如此無拘無束。

要另外再娶一個妻子，從頭開始拉近距離太麻煩了。

那麼麻煩的事，一個對象就夠了。

二十七話　師徒

「那就這樣了，別勉強自己吃太多啊。」

馬良看著雀用完膳才離開。用膳時他似乎想幫忙，但雀左手用筷子照樣用得很好，讓他待在旁邊好像沒事做。雀有想過就算會害他擔心，也許應該故意用筷子用得笨拙一些，但最後還是以快點吃飯填飽肚子為優先。

吃飽睡，睡飽吃，這是療養的基本功。但有人來訪就得先緩緩了。

雀慢慢睜開眼睛。即使手臂斷了，即使腹部被揍到幾乎開出個洞，她自認為直覺還未見衰退。

一名年約四十的男子站在薄暗之中。是魯侍郎——地位相當於禮部副官的男子。

「什麼風把您吹來的？居然會來探我的病。是來訓斥不中用的徒弟嗎？」

「妳是鬆懈了嗎？講話口音都冒出來了。」

「哎喲，這可真是……失敬失敬～」

雀坐不起來。肋骨好像斷了，被固定得無法挪動半分。用膳時其實也很不方便，但只能將就點。

「我這右手恐怕是廢了。不過左手還能用唷。」

「我不需要半吊子。」

「那麼，我是否已經沒了價值了～？」

雀神情扭曲。只比馬良靈巧三倍還是只能算個半吊子嗎？

「師父要重新挑選傳人嗎～？」

「妳以為現在再來找人栽培要花多久工夫？」

「這個嘛，就連我這樣的曠世逸才都需要五年了～再有才華恐怕也要個十年以上吧，師父要辛苦嘍。」

「我栽培妳本來就沒期望讓妳去廝殺。更何況皇上也賞識妳的通譯長才。」

「那真是不勝感激呢～可是，沒辦法先變些戲法暖場是滿傷腦筋的。也許我該去背些小故事來講～？」

搞不好當真得像貓貓那樣蒐集些笑話才行。

「我不會被處分掉了？」

「就是因為不行我才困擾。」

「真是對不住了～」

「那妳就去給我找個比妳更優秀的傳人來遞補。」

「優秀的嗎～？」

無意間，雀想起了小紅。那孩子太適合走這一行了，但恐怕很難拉她入夥。

「好吧，早晚我就去找一個。」

雀咧嘴笑笑。

正是魯侍郎把雀拉進了「巳字一族」。他表面上是禮部副官。巳字一族本來是不會做到這樣的大官，都是待在不顯眼而易於行動的地位。但是魯侍郎的哥哥驟逝，迫使他不得不繼承宗祧。

雀也跟著魯侍郎去了中央。她在那裡認識了麻美，與馬良做了夫妻。這個婚事由不得當事人作主，其中包含了魯侍郎與馬字一族各自的盤算，以及雙方的協議。

雀心想只要自己還有價值，結這個婚倒沒什麼不妥。馬良人也不壞，雀反而還覺得自己遇上了如意郎君。

一般來說，沒人會情願侍奉自己祖國以外的國家。但雀作為巳字一族的才智與適性在母親之上。只要能提升自己的價值、獲得認同，就能夠以名次的形式享有榮譽。

母親是巳字一族之人。

她是受派前去西域擔任皇上耳目的巳字族人，憑著她的美貌成了玉鶯的妻子。

「但那女人也就如此而已了。」

雀昔日溜進西都第一大宅之際，魯侍郎也就是她的師父說了。

「就只是個讓人疼愛的擺飾罷了。以耳目來說沒領受多大的使命，在巳字一族之中的名次也很低。」

所以，她才會那般急功近名。她以差事為由前往了砂歐。可是，越是只有半套功夫的人越是容易闖禍。就在她闖下大禍險些被砂歐查出身分時，正巧發生了船難。她決定暫且潛伏於他國避避風頭。

那時她生下的就是雀。

雀的母親，以本性而論比較近似於江湖騙子。她是真的作為妻子去愛那個男人。但那只是公務所需，一結束就被她拋棄了。

雀與雀的父親都是。

父親經商對象的情報，大概被她當成了返回茘國所需的伴手禮吧。

當時協助母親脫身的，是魯侍郎的師父。

母親回到西都後，就把雀與她父親的事拋到了腦後。她跟丈夫以及三個孩子骨肉團圓，然後又生了一個孩子。

只是，後來玉鶯滅了「戌字一族」，恐怕得歸咎於母親的能力不足。因為她沒能作為巳字一族從內側像蛇一般逐步纏縛，使其無法輕舉妄動。

母親以巳字一族來說實在只算是半吊子。

這事母親自己最清楚。所以，她才會想挑選一個優秀人才作為傳人。

之前生下的三個孩子在與母親分離的這段期間，已經受了玉鶯的不良影響。因此，她決定再生一個。

虎狼，玉鶯的三男。

成長得一如其名的虎狼，也真的起了念頭想把西都改造得合於己意。

做這件事最容易的方法，就是排擠性格放肆荒唐的長兄，自己則輔佐易於操弄的次兄。

假若放任長兄將來坐上家主之位，局勢會如何發展？這很難預料。但如果讓次兄來，就能期望長治久安。

或者他的目的，也可能是讓玉字一族以外的某人在西都安身。

這些推測浮現腦海。

然而，長兄卻偏偏知道了虎狼的祕密，以及他的盤算。

「不是我要說，鴟梟少爺這人也真有意思呢。沒想到他竟然會主動提出想加入巳字一族。」

他那樣的人怎麼看都不適合從事諜報。

之所以開始自稱鴟梟，或許代表了他立誓加入巳字一族的決心，但雀只覺無聊得可笑。名字這玩意兒只消換個立場，要捏造或捨棄幾次都成。巳字一族本來便是如此。

既然連鴟梟少爺都看穿雀的母親是巳字一族，能力不足的母親只能繼續名列後段了。

「不知雀姊的名次會後退多少～」

「不至於比那女人來得低吧。」

「我想也是～」

雀笑了起來。

母親認定了雀沒有價值。假若這個沒有價值的人總是排在自己的前面，她會作何感想？

這對雀來說已經不重要了。只是，父親死時卻是被蒙在鼓裡。

所以，做這點報復應該不為過。

為了讓母親無法忘掉父親與雀，雀必須永遠做個比她更有價值的存在。

雀就是為了這點微不足道的復仇，才會對茘國效忠。

「師父，雀姊是否還是照舊辦差？」

「照舊吧。」

「那雀姊就放心了。」

「這個任務頗令人費疑猜，妳懂它的意思嗎？」

師父面有憂色。

「是。我所領受的第一使命，便是『讓月君幸福』。」

「不懂什麼意思。」

雀也不懂。如果是叫她去尋人或是收拾掉誰，那還好懂得多。

只是，她覺得自己不惜犧牲右手也要護佑貓貓周全是做對了。

「啊——但願貓貓姑娘有把雀姊的忠告聽進去就好嘍。」

師父一臉不解地看著雀，但她假裝沒看見。

二十八話　安眠

貓貓搖搖晃晃地，準備從雀的寢室返回藥房。

（累、累死我了——）

疲勞已經達到了頂點。自從醫治了鴟梟以來，就一連串倒不完的楣。不但遭人監禁，還莫名其妙地四處逃亡。被土匪捉去做牛做馬之後，回程的途中又遭人襲擊。

雀的手術困難重重。肋骨裂了但幸好沒完全折斷。內臟也沒受損但有嚴重挫傷，貓貓把它牢牢地固定好。只要胴體的傷勢不重就不會危及性命。

唯一的問題在於右臂。

當時的情況只能說慘不忍睹，僅只是勉強還保有個手臂的形狀。手肘以下的骨骼複雜碎裂，肉也被剜去了一半。

貓貓認為雀是個武功高強的護衛，無奈形勢不利於她。那熊貨憤怒到考慮不了疼痛以及其他一切，著實就像毒蛇似的難纏又頑強。雀等於是在對付一頭受傷的野獸。

貓貓把骨頭照原形接了回去。斷裂的筋絡也接合起來，再把皮膚縫好。整個手術可以說都是近乎實驗性質的嘗試錯誤，粗糙拙劣。

而且根本沒施麻醉，只能讓雀咬住手絹。貓貓請人按住她的手腳以免她亂動，但不知道雀怎麼這麼能忍痛，幾乎全沒扭動過一下。

本來是應該讓她安靜養傷的，但也不能長期在野外紮營，眾人索性決定火速趕回西都。他們是先前才剛趕回來的。

就貓貓的診斷，雀的右臂今後恐怕是要成殘廢了。至少可以說手肘以下的部位會幾乎喪失感覺。貓貓能做的就只有今後持續觀察，避免接合的手臂腐壞脫落。

（不知道筋絡連不連得回去？）

她自認為已經盡可能縫回去了。她相信只要成功連回去，雀的手臂就能恢復感覺，但她終究只是參照養父羅門以前做過的處置有樣學樣罷了。醫官們的解剖實習並沒有教過這些。能做的都做了。貓貓就算繼續待在雀身邊，也幫不上更多的忙。她把後續事宜託給了作丈夫的馬良，有什麼狀況應該會來叫她。

（啊——睏死了，要命。）

結果弄得貓貓整晚沒睡。雖然睏得要命，但想到有人比她更難受就不能休息。

如果因為這樣而忍不住去做事，便本末倒置了。

（睡覺！說什麼都要睡覺！）

貓貓準備回去藥房。心裡明明這麼想，不知為何雙腳卻往反方向走。

真不知道是為什麼。

（都是雀姊不好。）

都怪她講話活像在交代遺言似的。

貓貓本來是想保留體力的，分明這才是現在最要緊的事。

然而貓貓卻往壬氏的書房走去。

平時她只有在雀或是誰來傳喚的時候才會來到這個房間。敲這扇門莫名地需要勇氣。

她大吸一口氣，吐出來，敲了敲門。

「……」

沒人應門。

貓貓偏頭心想是不是都沒人在，同時有種撲了個空的悵然心情。就在她轉身準備回藥房去時……

有人粗魯地打開了房門。貓貓嚇了一跳，回首一望，壬氏就在眼前。

只見他一臉的憔悴不堪。莫非又是過於相信自己的體力，徹夜辦公了？不知這是有幾日沒睡了。看在一些人眼裡也許像是容色憂愁，但貓貓看了只覺得是過勞。

眼睛有點腫，膚色黯沉，頭髮失去光澤，嘴唇乾燥。

「您這究竟是熬了幾日的夜啊？」

「這句話，我原封不動還給妳。」

壬氏像是很有話要說，往貓貓伸出手來。那隻手一抓住貓貓的手，就把站在門外的貓貓拉進了書房，力氣大到險些沒直接把貓貓摔到地板上，不過壬氏先一步緊緊抱住了她。

（啊！）

兩人一起倒到了地板上。貓貓趴在壬氏的身上。雖然地上鋪著長毛地毯，但貓貓心想他這樣摔在地板上都不會疼嗎？

「……別再這樣擅作主張了。」

「總管恕罪。」

「做事情要考慮清楚。」

「……考慮過了，結果還是只能如此。」

感覺得出來是嘆氣的溫熱氣息落在貓貓頭上。

貓貓動彈不得。她想抬頭，然而壬氏的下巴似乎壓住了貓貓的頭。

「我是為了護妳周全才帶妳來的，怎麼做什麼都適得其反？」

「世事本就常常不如人意。就算待在中央，弄了半天說不定也會有類似的麻煩找上門呀。」

「這說得也有道理。」

怎麼會搞到兩個人一起躺臥在地板上閒話家常？

（得把門關上才行。）

要是被人看見就糟了。

（得快點站起來才行。）

他要這樣抱著貓貓到什麼時候？

坦白講，壬氏究竟以為貓貓有幾天沒洗浴了？連衣服都沒好好換過。抱著一個滿身汗水汗垢的髒兮兮女人都不嫌臭嗎？

（非但不嫌，還在聞味道。）

「壬總管。」

「何事？」

「可以請您放開我了嗎？」

「妳大可自己掙脫。」

貓貓抓住壬氏的手。那手很重，但沒有要壓住她的樣子。

可是——

（好睏。）

貓貓漸覺意識朦朧恍惚。

也許是緊張解除了，貓貓產生一種莫名的安心感。是長毛地毯躺起來很舒服，又或者是緊挨著的體溫恰到好處？

「……您說得是。」

想掙脫卻掙脫不掉。

貓貓的呼吸逐漸變得平順。壬氏的呼吸也與她重疊。

（我該做些什麼？）

眼瞼就快要落下了。可是，她總覺得彷彿有些話非說不可。

『貓貓姑娘也是有很多苦衷的，所以不讓自己感情用事是很重要沒錯。』

（這不是感情用事……）

貓貓看著眼前這美男子的容顏。眼睛是閉著的，修長的睫毛給一雙鳳眼鑲邊。鼻梁端正，嘴唇厚薄適中。右頰有著一道縱走的傷痕。

長相秀氣，體格卻很結實，側腹部留下了可恨的烙痕。

貓貓無法理解。他竟為了達成目的，想從接近九五之尊的地位退下來。如果他的目的就是得到貓貓，她覺得這人一定是瘋了。

滾燙得簡直有如燒紅的鐵。

拿這樣的熱氣用在貓貓身上，只會讓她為難。貓貓能回報給他的，不過就是溫水程度的溫度罷了。

她慢慢往壬氏的臉頰伸出手去，把與溫水無異的體溫貼上去。壬氏的臉頰比她的手還要涼一些。壬氏眼瞼緊閉，像隻被撫摸的小貓那樣用臉頰去磨蹭掌心。也許是終於安心了，他似乎已經沉沉睡去。

（我沒什麼能回報給你的。）

貓貓把臉湊向壬氏，壬氏睡夢中的氣息與貓貓的氣息重疊。壬氏的嘴唇比臉頰更為冰涼。

過了不久，貓貓的氣息變成了睡眠時的呼吸，這麼多日來終於能睡個好覺了。

二十九話　折衷辦法

睽違了數日的一覺好眠，大大地有助於恢復壬氏的精氣神。

他悄悄看了一下床上。渾身沾滿塵埃與血汙的貓貓蜷縮成一團正在睡覺。大概是真的累壞了，即使壬氏抱她上床也沒把她弄醒。

壬氏懊悔自己不該比她先睡著，貓貓這段時日的遭遇必定比他艱苦多了。他責怪自己沒早點把她抱到床上，讓她窩在柔軟的被褥裡。

幾天以來第一次的睡眠著實令人難以抗拒，而且舒適得就像在泡溫水澡。

貓貓的臉頰上有挨揍的痕跡，身上有擦傷，脖子上有刀傷。衣服血跡斑斑，似乎是因為醫治了身受重傷的雀。

「簡直是不成人形。」

關於這數日以來發生過什麼事，就算壬氏開口問了，貓貓大概也只會像呈報公務一樣詳述事實吧。當中沒有半點期望得到關心或陪伴、刺得人發痛的強烈愛恨。沒有過去後宮那些女子對他表現出的灼人情意。

她究竟是不想成為壬氏的負擔，還是認為再怎麼訴諸情感也無濟於事？
假若是前者，壬氏會變得很想把這個活像惡貓的生物好好管教一番。
壬氏如今不再服用假扮宦官的藥，已經充分恢復了男性雄風。她究竟明不明白一旦沒了名為理智的鎖鏈，他就只會變成一頭野獸？
「小殿下。」
侍女水蓮出聲喚他，手裡拿著更換的衣物。
「時刻到了，請用膳。」
「我知道。」
「小殿下要沐浴嗎？」
「……免了，沒那閒工夫。」
「滿身血汗不太衛生就是。但今天就不念您了。」
水蓮嘴上叨念，壬氏卻覺得她比平時更要來得笑容可掬。
「要不先把熱水準備著吧？」
水蓮的眼睛望著床鋪。就算壬氏不用，還是應該讓貓貓洗個熱水澡。
「替換的衣服也準備著。」
這個舉一反三的侍女，即使壬氏省略了「誰的」也一定能明白。

「遵旨。」

水蓮恭敬地低頭。

壬氏伸了一個大懶腰，然後再度站到床前。

他小心不要弄醒睡得香甜的貓貓，把臉湊近過去。

「做這點補充不至於拿來怪罪我吧？」

他講得像是在說服自己，嘴唇輕吻了一下貓貓的額頭。

更衣用膳已畢，壬氏前往位於本宅的大廳。這間大廳在廂房之中，似乎常有機會用來宴客，不過今日包含護衛在內只讓最重要的寥寥幾人入內。這是為了避免隔牆有耳。隨侍壬氏左右的是高順與桃美。今天桃美不是作為侍女，而是以副手身分跟隨壬氏。讓夫妻倆左右各站一邊弄得壬氏不大自在，但有這兩人跟在旁邊比誰都更令人放心。

大廳裡已有幾人先到。他們各自在長桌旁的椅子就座。

其中一人是個硬漢，長得與多次耍弄壬氏的玉鶯十分神似，只是沒蓄鬍鬚。雖然面無表情但眉頭緊鎖。此人便是玉鶯的長男鴟梟。壬氏幾乎沒跟這個男人講過話，不過在商議遺產繼承事宜時已經觀察了他良久。這人看似與父親玉鶯如出一轍，實則截然不同。

坐在鴟梟對面的，是個彷彿才剛到元服年紀的青年，也就是近日都在壬氏底下學習政務的虎狼。容貌與長男鴟梟沒有半點相像之處。此人態度謙卑，體格彷彿尚在成長階段，但此時一身模樣異乎尋常，全身各處纏著白布條。這是他自己跳入火堆導致的後果。儘管由於立刻潑水救火而沒導致太嚴重的燒傷，但看了還是教人心痛。

然後還有一人。

本來排在長男與三男後面應該輪到次男，但這次不是。那邊坐著一個包紮著三角巾，笑容可掬的女子。是雀。

她臉上有擦傷，胴體似乎也做了某些處置，衣裳穿得僵硬而凹凸不平。肩上披著棉襖避免著涼。這是馬良常穿的棉襖，不過他此時不在場。

「月君，久疏問候了～」

聽到一如平素的聲音，壬氏一瞬間懷疑她是否真是個傷患，但看貓貓濺了一身的血就能知道她傷得多重，而且應該正嚴重缺血。雖然態度詼諧戲謔，只能說實在耐力過人。

「請月君寬恕，還請就讓我維持這個姿勢。」

雀頻頻偷瞧桃美。她看的不是壬氏而是婆婆的臉色。桃美應該也不至於對身受重傷的媳婦那麼嚴厲才是。

「無妨。」

壬氏代替她婆婆回答了。

鴟梟與虎狼已經站了起來，向壬氏恭敬地低頭行禮。

「多次勞駕月君前來，在下請月君恕罪。」

鴟梟當先開口了。上回商議遺產繼承事宜時可沒看他態度這麼恭敬。

大概是鴟梟心裡有他的想法吧。

相較之下，三男虎狼只是笑臉迎人。

「月君紅光滿面，可喜可賀。感謝月君對我這樣的罪人給予寬待。」

關於這次的事件，正是虎狼把事情弄得更為棘手。壬氏無法忍受他這副若無其事的嘴臉，但更怕他會為了自己的信念笑著切腹自盡。

「沒人說過要寬宥你這次的罪責。」

壬氏語調冷靜地說了。虎狼聽到這句話依然面帶笑容，鴟梟的表情卻反倒幫著他緊張。

現在眾人在這大廳要談的，正是關於虎狼的事。他們這次聚集，為的是要把虎狼的打算與所作所為問個水落石出。

而本來應該在場的次男飛龍並未到場。這是因為有件事他們不想讓飛龍知道。

壬氏以手勢要眾人坐下。鴟梟與虎狼確定壬氏已在椅子上坐下，他們才坐。

雀始終坐在椅子上，手裡拿著飲料。乳白色的飲料冒著熱氣，八成不是山羊奶就是加了山羊奶的湯。畢竟她正缺血，無可厚非。

壬氏決定別去在意，直接開始談正事。

「虎狼，你為何要謀害自己的親哥哥鴟梟？」

閒話不用多說。壬氏開口就把事情問個清楚。

虎狼面不改色，笑臉如常。

「我是以我的方式為戌西州著想。」

「這就是你謀害親哥哥的理由嗎？」

壬氏淡定地追問。

鴟梟注視著虎狼。做哥哥的心情想必相當複雜。

「你和鴟梟向來不是處得很好嗎？也不是因為繼承遺產時嫌你哥哥礙事吧？」

「回月君，大哥確實是說過不要遺產，隨我們幾個去分。」

「對，我什麼都不要，阿爹的遺產你們自己去分就好。我也沒打算治理西都，虎狼你跟飛龍兩個人自己去商量就好。更何況我的名字是鴟梟，沒打算再用玉字了。」

鴟梟這番話，對於世上多數次男與三男來說想必是求之不得的提議。然而對於治理戌西州的家族來說卻沒這麼簡單。

「所以大哥是要我與飛龍二哥兩個人來治理？您說這話還真是蠻不講理啊。大哥以為只要自己不繼承遺產與家業，就天下太平了嗎？」

「為什麼不？飛龍為人踏實可靠，又比我聰明。他會有辦法統領西都的，只要你去輔佐他就行。就算一時之間代替不了阿爹，過個幾年應該就會上手了。」

「過個幾年？不就屬這幾年最需要勞神費心嗎？」

虎狼傻眼地叫道。平時那個態度謙卑的青年不知跑哪去了。

「飛龍二哥是很踏實可靠沒錯。假若到中央正常做個官員，二哥會比鴟梟大哥更能步步高升。可若是擔任西都的領袖、代表又是如何？」

虎狼問的彷彿不是鴟梟而是壬氏。

「蝗災之後的重建、治安的惡化、糧食不足，加上今後還得考慮到來自外國的威脅。大哥以為飛龍二哥有那能力率領群眾嗎？」

「請求祖父或姑姑叔叔幫助不就成了？」

「爺爺年事已高，我想他不會再從中央回來了。至於叔父或姑母他們，又能幫得了我們多少？爺爺之所以把西都託給父親，怎麼說也是因為父親無論看待他人的眼光如何，好歹還是有統領群眾的力量啊。」

壬氏只能點頭贊同虎狼的這番話。無論是基於何種打算，玉鶯確實是有著那份力量。他那近乎於騙徒的煽動本事，就某種意味來說壬氏也該跟他學著點。

「爺爺在世的時候或許還能度過難關。而且如果蝗災尚未發生，眾人或許也會安分守己。問題是如今父親已故，叔父姑母今後對本家有任何意見都是不會客氣的。而飛龍二哥或者我，都沒有力量能壓制在戌西州各行各業擁有勢力的叔父與姑母。所以，飛龍二哥一直都在等鵾梟大哥回家。因為只有鵾梟大哥夠強勢，有事可以跟幼達叔父用拳頭解決。」

幼達這個表字，代表的意義是么子。玉袁的兒女當中最小的是玉葉后，不過壬氏聽說過兄弟當中最小的是經營畜牧的七男。又聽說他以前曾經與鵾梟大打出手，甚至弄到拿刀子要砍人。

「我們幾個兄弟與姊姊之中，能把西都治理得尚且安定的恐怕也只有鵾梟大哥了。就是因為明白這一點，飛龍二哥與我從前一心都只想著輔佐大哥。」

「你這是自相矛盾吧？聽你從剛才就一直對鵾梟讚譽有加，但我是在問你為何想要他的命。」

「沒有矛盾呀。」

雀開口了，手裡握著像是柔軟炸麵包的東西。

「鵾梟兄若是那樣繼續活著，遲早會有人擁戴鵾梟兄坐這個位子，對吧？他就是怕那種人出來礙事啦。」

「正是如此。」

虎狼肯定雀的回答。

「可是，沒了鴟梟以後又會如何？不是剛剛才說飛龍與虎狼都缺乏力量嗎？」
對於壬氏的疑問，雀與虎狼微微一笑。笑起來的模樣有點相像。
「是呀。然而就是給虎狼小哥找到了。比起無心從政的大哥，他更希望此人能留在西都。」
「是，正是如此。」
虎狼盯著壬氏看。壬氏有種不祥的預感。
「玉鶯老爺的三個男兒之中，最適合治理此地的是鴟梟兄。但對虎狼小哥來說只要能尋得其他人才，其實不用執著於新楊家也無妨的，因為虎狼小哥的目的是『讓西都蓬勃發展』嘛。只需來個以朝廷來說就任西域太守合情合理，又具備實力的人物──」
雀也看著壬氏。
「只要鴟梟大哥消失，事情一定會發展得很順利。在月君的帶領下，飛龍二哥與我必能作為輔弼之臣竭智盡力。」
說完，虎狼從椅子上站起來，跪地磕頭。
「臣明白這是強人所難，但還是請月君答應。懇請月君務必留在西都，引導戌西州的百姓。只要月君答應，臣願獻出自己的項上人頭。」
虎狼一再地以額擦地，眼睛閃出令人敬謝不敏的光彩。看看他那一身的燒傷，就知道說的不是假話。
壬氏上半身不由得往後仰，他看了看在背後待命的高順與桃美。
「……微臣曾聽說『巳字一族』會教育傳人將服從主命視作無上的喜悅。」
高順小聲說了。
「說什麼無上的喜悅……」
「只要月君現在願意答應留在西都，臣樂於一刀割下自己的腦袋。」
「你割了對我也沒好處啊。」
他以為是誰要來收拾打掃？
「夠了！你不用這樣作踐自己。」
鴟梟也在跪地的虎狼身旁下跪，然後跟虎狼一樣以頭叩地。
「求月君開恩。家弟做這些都是一心為了戌西州，求月君讓他留下腦袋。」
壬氏從來就沒說過要砍虎狼的腦袋，是虎狼巴不得壬氏來砍他的頭。
「鴟梟大哥，弟弟死不足惜。只要這樣能讓西都太平安樂，不就皆大歡喜了嗎？」
虎狼的眼中毫無任何迷惘，反而好像還不明白鴟梟為何要袒護他。
雀坐著旁觀這個場面，瞇起眼睛。
「說什麼都沒用啦，他是打從出生以來就被教成這樣了。首先啊，從最根本的想法就是天差地遠～叫一隻貓兒別去捉老鼠，牠就不去了嗎？」

「妳胡說八道！妳倒是告訴我，他怎麼會為了這種事情，連命都不要了？」

鴟梟瞪著雀。然而，雀只是悠閒地喝著山羊奶。

「這種事情？您如果還在講這種話，就真的當不了繼承人嘍。您可憐弟弟，想代替弟弟完成他的使命是您的自由。可是，鴟梟兄，您真是半點作為繼承人的才能也沒有。不管您如何拋棄玉字給自己另取個齷齪的名號，或是故意要壞四處結交江湖人士，都不合您的性子啦。您人在哪裡都會礙事，不如還是安分地在群眾面前拋頭露面，做個傀儡也就是了。這才是保護令弟最妥當的方法～」

雀一口氣說完，便開始喝第二杯山羊奶了。

相較於愣在當場的鴟梟，虎狼依然兩眼發亮地望著壬氏。

「虎狼小哥，你也該放棄了。我明白你是奉命行事，但萬一跟雀姊受到的命令相牴觸，雀姊就非得無所不用其極地把你擊潰了唷？因為你的存在，對月君來說只會礙事嘛。」

「雀師姐才是，都受了這麼重的傷還能變出什麼把戲？您得一輩子抱著殘疾，名次也會大幅下滑吧。」

「但還是比虎狼小哥你高呀。雀姊我手巧，光靠左手大多數的事情就做得來了。不過呀，雀姊心腸好，即使是對虎狼小哥你這種毛頭小子也願意提個折衷的辦法。不用一定要月君來治理，只要有個人物出面作代表就行了吧？」

雀對著壬氏微微一笑。

「鴟梟兄也是有天分的，您擁有您父親玉鶯一生冀望卻不可得的才能。就請您成為龍頭而不是雞口吧。」

雀維持彎起嘴角的笑臉，看著鴟梟。

「您一定能作為頂天立地的懸絲傀儡，帶頭引領西都的。」

壬氏悄悄看了一眼桃美。桃美也許是對媳婦的使命有所了解，什麼話也沒說。只是她似乎比較在意那一桌子的麵包屑，或許是無意深入干涉巳字一族的想法吧。

壬氏後悔方才沒在房間裡多做點補充再來。

三十話　成長

呼嘯的風吹在身上已經不只是冷，而是痛了。

時光飛逝，回到西都之後每天都過著平淡無奇的生活。

一回神才發現進入了新的一年，貓貓二十一歲了。

貓貓在西都的生活如常，就是在藥房跟庸醫一起做做藥，在溫室種種生藥，再來就是偶爾去給壬氏看看診。

要說有哪裡出現了些許不同……

「父親！陪我玩——」

「好了，你爹這會正要去辦公呢。晚點再說吧，玉隼。」

鴟梟如今待在西都的本宅。

一旦穿起華服而不是做鏢師打扮，看起來跟玉鶯還真像。都像成這樣了，以往跟隨玉鶯的民眾或許也會繼續支持鴟梟。世上有很多事情，都是外表比內在容易判斷。

（不曉得心境怎會有如此轉變？）

貓貓只是個開藥舖的，不懂那麼多。一定是跟壬氏他們之間談妥了很多事情吧。

藥房裡搬進來了一大張臥榻。聽說貓貓不在的期間，怪人軍師三天兩頭地跑來藥房。那時搬進來的東西就這麼擱著了。

（真不知是怎麼說服他的。）

貓貓不在的時候，想必一直是庸醫在陪他吧。庸醫廣結善緣的能力，搞不好其實是茘國第一。說到天底下其他能哄得了怪人軍師的人，貓貓就只想得到阿爹羅門一個了。

「啊——不好意思——能不能幫我拿那邊那根棍子啊？背上有點兒癢——」

雀橫躺在臥榻上說。之前固定住的胴體已經獲得解放，右手的綳帶也拆了。只是，手肘只能彎到以往的一半角度，手也只有小指能些微擺動。

手臂沒壞死還能動動指尖，貓貓算是做得不錯了。

雀那時的傷勢著實嚴重萬分。她有很長一段時日無法當差，總是來到藥房接受復健。只是——

（根本住下來了！）

「好好好，這給妳就是了吧？既然背上會癢，要不要塗點止癢軟膏？」

庸醫拿了根合用的棍子給雀。

「啊～那就給我來一些吧～還有，是不是差不多到了吃點心的時間呀？」

「說得也是喔。今天吃甘藷蒸熟了拌入蜂蜜烤成的點心。我還加了點山羊奶試著讓它口感細滑些，不知道成不成功。」

庸醫的烹飪技術沒必要地進步神速，而這也成了雀在藥房久留不走的原因之一。然而製藥技術卻沒半點長進，實為一大亟待解決之事。

「庸醫叔，你廚藝真是越發了得啦！這個必定會在茘國的薯芋烹飪界掀起一場革命！」

雀狼吞虎嚥地掃光盤子裡的甘藷點心。只用左手一樣照吃不誤。

「雀姊，請不要全部吃光。我要去把大夥兒叫來。」

「好哩——」

貓貓信不過滿嘴點心回話的雀，於是另拿一個盤子取出一些點心放著。庸醫在沏茶，香氣馥郁，必定是從中央送來的茶葉。他們已經拿蒲公英根炒來喝了很久，好久沒喝到真正的好茶了。

「生活逐漸安定下來了呢。」

藥房裡的藥也慢慢充裕了。雖然還有缺糧等需要操心的問題，但似乎也漸漸看見了解決的眉目。

「啊！對了，再過不久就能回中央嘍。」

「咦？」

「我忘了講了～瞧我糊塗的，虧我夫君特別要我跟貓貓姑娘你們說一聲～」

雀用左拳輕敲了一下額頭。同時還閉著一隻眼睛吐舌頭，但看了讓人莫名火大。

「壬總管也會回去嗎？」

「當然。再繼續待下去總有些不方便，況且交接事宜也差不多都做好了。從形式上來說似乎會以鴟梟兄為中心，跟身邊的人徹底鞏固關係～」

「辦得到嗎？」

坦白講，貓貓心有不安。鴟梟確實總是搶盡鋒頭，行事作風經常像個武生。比起次男或三男自然是更有領袖魅力，但他已經當了太多年的浪蕩子。擁有鏢師自家的消息傳遞與武力或許可以稱為強項，但還是有太多不足之處。

「不會落得龍頭蛇尾吧？」

鴟梟長得像玉鶯，剛開始或許能廣受民眾愛戴。然而一旦這層鍍金剝落，誰也無法預料民眾會如何翻臉不認人。

「就算只是條瘦巴巴的小蛇，還是得請他硬起來才行～因為咱們是真的需要鴟梟兄成為西都的武生。」

（武生是吧。）

現在回想起來，玉鶯之所以在幾個兒子當中獨獨讓鴟梟學習治國之道，或許是因為從鴟梟身上看到了自己視為理想的武生形象。看到兒子天生就是自己嚮往並努力成為的人物，或許玉鶯就只屬意由他來繼承父業吧。

「鴟梟兄其實腦袋不笨啦。他本來就受過成為西都之長所需的教育，況且經營鏢局就某種意義來說也是在練習如何調兵遣將嘛。」

「但我還是覺得他有些迷糊，或者應該說心太軟？」

他的天性與鴟梟這個名字正好相反。不管再怎麼刻意耍壞，總還是有點過於心軟。

「就是說呀。這就只能先跟身邊的人打好關係了～」

「身邊的人也不值得信賴吧？」

被貓貓這麼問，雀笑咪咪地啜茶。

「次男飛龍兄似乎樂於支持哥哥，況且還有陸孫大哥在呀。另外還有一件事妳可能會覺得意外，其實鴟梟兄很得他那些叔叔歡心的。」

「他那些叔叔？他不是跟同年齡的叔父起過爭執嗎？」

「他們是越吵感情越好啦。他那個幼達叔叔野心可不小，假如是次男或三男來繼承家業的話，大概會二話不說就跑來推翻家主吧。」

這些男人們之間的關係聽了都嫌囉嗦。

「還有，魯侍郎好像也會再留下一陣子，暫時協助處理善後唷。」

「記得好像是禮部的大人？管祭祀的官員留下來能做什麼？」

「魯侍郎經常受命調動於各部門之間，說得好聽點是百官事務無不涉獵，難聽點就是樣樣通樣樣鬆。什麼事都難不倒他，我想他一定能和那些人巧妙周旋的。」

「簡直就是羅半他哥那種人才呢。」

但不管怎樣，貓貓心想這下總算能鬆一口氣了。

「可以回中央了啊……」

貓貓甚至曾經想過，搞不好就要這樣在西域過完下半輩子了。貓貓安心地大呼一口氣。

「李白大哥大概已經聽說了吧～羅半他哥應該不知道喔。畢竟有很多準備要做，請姑娘去和他說一聲吧。」

「我會的。」

羅半他哥這時正在那塊犁平本宅庭園弄出的田地裡，種下他在蝗災當中九死一生帶回的麥粒。

貓貓離開藥房去找羅半他哥。

羅半他哥在田裡像螃蟹一樣橫行。看來是正在踩麥子。

「羅半他……」

正想出聲喚他時，貓貓注意到視野邊緣有小孩子的身影。

還以為是誰呢，原來是玉隼與小紅。

（又在欺負她了？）

本以為那場旅途多少讓玉隼學乖了些，結果並沒有。

（他以為我幹嘛要救他啊！）

如今貓貓已經變得相當護著小紅了。因此她本來想過去，往那驕頑愛欺負人的小鬼頭上捶個一拳……

但情況看起來有些奇怪。

玉隼不知道在大吹大擂些什麼，但小紅只是半睜著眼，一副受不了他的表情。貓貓覺得這表情好像很眼熟。

「喂，妳有沒有在聽啊？」

玉隼抓住小紅的衣襟。誰知——

只聽見清脆的「啪！」一聲。

還以為是怎麼了，原來是小紅一巴掌招呼在玉隼的臉頰上。玉隼可能是嚇了一跳，沒站穩而跌坐到了地上。

「妳、妳這……這是……做什麼？妳不怕我嗎？我只要一句話，想把妳趕出西都也行喔！」

玉隼驚慌失措，摸著挨打的臉頰。

「我不怕。」

小紅面不改色，低頭看著玉隼。

「妳有沒有搞清楚啊！我父親就要成為西都太守了喔！」

「鴟梟舅舅當上太守又怎樣？你拿這點小事去告狀，舅舅也不會把我趕走的。這玉隼你自己最清楚吧？」

「父親以後會把位子傳給我，到時候我就把妳轟出去！」

「呵呵。」

原本面無表情的小紅笑了起來。

「妳笑什麼！」

「沒有啊，只是覺得要是像你這種貨色都當得了太守，那我也能去中央力爭上游，得到更高的地位。像你這種只會躲在父親背後的豎子能有什麼本事？不過就是個流著鼻涕落荒而逃的毛孩子罷了！」

小紅若無其事地從玉隼面前離開。

「嗚……嗚嗚嗚嗚……」

玉隼被一個比自己還小的小女孩弄哭，流著鼻涕坐在地上又打又踢。

（好像有人在看我。）

貓貓悄悄回頭看去，只見羅半他哥正盯著她。

「妳都教了那孩子什麼東西啊？」

羅半他哥用懷疑的眼神看著她。

「沒有，我什麼都……」

「最好是什麼都沒教。瞧她那表情，跟妳簡直一個樣子！人家原本分明是個更柔弱可愛的女娃兒啊！」

「這是誤會啊！」

無論貓貓如何辯解，羅半他哥就是不信。害得貓貓忘了跟他講一件非常重要的事。

終話

海風清爽怡人。

貓貓吹著海風走在船舶的甲板上。

他們如今已離開戌西州，開始了悠閒自在的航海之旅。這艘船跟來時搭乘的那艘很像，但形狀有著微妙不同。這次同樣也是三艘大船，而且似乎又有商船跟隨著同行了。

這幾個月來西都是徹底地改頭換貌了。甚至有一段時期，還有謠言繪聲繪影地指稱皇弟暗殺玉鶯企圖侵占西都。然而玉鶯的長男鴟梟開始理政之後，旁人的觀感便漸漸產生了轉變。

傳聞總說鴟梟是個浪蕩子，但百姓對他的觀感其實不差。尤其是那副像極了父親的容貌，恐怕是他最得民心的部分吧。

而他人緣莫名地好，或許也是因為相較於玉鶯的武生風範有點像是在演戲，鴟梟做一樣的事卻自然合宜。

雖然關於糧食危機還有問題尚待解決，但身為皇弟的壬氏也不能一直留在中央以外的地方，如今終於要回去了。被留下的魯侍郎會很辛苦，但也只能請他多多費心了。

（畢竟老實講，壬氏還是待在中央比較利於行事嘛。）

那些百般推託不願出錢賑災的人，被皇弟來到眼前開口怕也是無法推拒。這本不是皇族該做的事，但貓貓覺得照壬氏那性子很有可能親力親為。

（花了幾乎一年才回去啊。）

不知中央有了多大變化？大家是否別來無恙？

（忘了買伴手禮了，就請大家死了這條心吧。）

她實在抽不出空來。唯一到手的，大概也就龍涎香了。幸好手邊還有這份禮物可以應付最難纏的老鴇。否則無論她如何辯解都注定要挨頓毒打。

她很想好好放鬆一下，無奈回程的船上湊齊了一群令她無法放鬆的人員。

「雀姊，雀姊。」

「來了來了，什麼事呀，貓貓姑娘？」

雀正在吃葡萄乾，像是在與西都惜別。她只用左手就能靈巧地從樹枝上摘下果乾放進嘴裡。

「那個老傢伙怎麼會在這兒？」

貓貓半睜著眼看著蹲在船首的老傢伙，也就是怪人軍師。

「當然是跟貓貓姑娘一樣要回中央呀。順便一提，他方才還活蹦亂跳的，但船一出海就變成那副模樣，又來不及跑茅廁，就把胃裡的東西亮晶晶地噴灑在海風裡了。」

「不用詳細說明我也聽得懂。」

嘔吐物亮晶晶地散播著唾液沫子，貓貓越看越覺得一旁的副手有夠可憐。還有個侍童拿著木桶。記得那個少年名叫俊杰，在西都照顧過貓貓的起居。

「羅漢大人原本是要乘另一艘船的，但他鬧脾氣說這回非得和貓貓姑娘同乘一艘不可，鬧到都快把火藥拿出來了，實在是拗不過他啦。不過妳儘管放心，他在船旅期間都會安分待著的啦。」

「我倒想知道他能從哪兒拿出火藥來。」

貓貓大感傻眼。讓他在船上引爆炸藥可不是鬧著玩的。

「沒想到俊杰也跟來了。」

小小年紀就為了家人出外掙錢，真是個孝子。

「是呀。返回京城的名冊上竟也有俊杰小哥的名字，他本人比誰都要驚訝。就先暫時讓他跟著羅漢大人吧，感覺羅漢大人跟小孩子比較處得來。」

這就是令貓貓無法放鬆的人員之一，不再多提。

至於令貓貓無法放鬆的人員之二……

「行囊都整理好了，請問接下來有何吩咐？」

一名態度謙卑的青年出現了，兩手拿著行囊。露在外頭的手可以看到像是燒傷的紅色斑點。

貓貓半睜著眼瞪他。

「啊——那就請你去打掃艙房的門口好了。先前羅漢大人還沒上來甲板就吐了一地，都弄髒了。是貓貓姑娘與我的艙房，別弄錯了。」

「明白了。等到都打掃好了，我可以到月君那裡去嗎？」

這個彬彬有禮地鞠躬的青年名叫虎狼。

「說這什麼話？還多得是事情等著你做呢。把艙房門口打掃好了，就換甲板嘍。」

雀指向大吐特吐的怪人軍師。

「這人怎麼會在這兒？」

貓貓用明顯嫌惡的口氣說了。

「竟然叫我『這人』，小姐可真是尖酸刻薄。請隨意喚我一聲虎狼就是了。」

青年態度如常，笑容滿面。

貓貓之所以被迫在戌西州四處逃亡，是因為替身中毒箭的鴟梟做了治療。但是，是小紅帶貓貓去找鴟梟的。而小紅則是受了虎狼的慫恿。

正是虎狼為了繼承人之爭用計陷害鴟梟。貓貓也無故遭殃，所以本來很想揍這男人一拳，但不知為何他搞出了一身燒傷，害貓貓想揍也揍不成。

「貓貓姑娘，貓貓姑娘。」

「雀姊，就算是我碰到這種狀況也無法保持鎮定了。」

「請姑娘還是看開點吧。」

雀微微一笑，故意舉起行動不便的右手給她看。這次身受重傷、遭遇最淒慘的是雀。她都這麼說了，貓貓也不好再說什麼。

「就如您所看到的，我在西都已是無處容身。更何況我該完成的使命也已經不同了。」

「我明白您現在無處可去了。那使命又是什麼意思？」

貓貓一臉敗興地問虎狼。

虎狼略微羞紅了臉，目光低垂。

「就是為了值得侍奉的主子，獻上自己的一切。」

「我不懂你的意思。」

貓貓渾身發毛，開始覺得很不舒服。這張臉跟羅半那個算盤眼鏡偶爾看壬氏時的表情很像。

「貓貓小姐想必對我厭惡至極吧。但請您相信我，我來此是為了完成使命。為了月君，我隨時願意奉獻自己的生命。我能保住性命就是為了獻身於那位大人。」

（搞出一個奇怪的信徒來了。）

貓貓傻眼地看著雀。

「能不能拿這傢伙去換小紅？」

「我也想過，但人家怎麼說也還沒長大，沒談成。銀星夫人不准。」

原來已經去商量過了。

「小紅！兩位真是好眼力。其實我也早就覺得那孩子很機靈了。」

「那你為什麼要害這個機靈的孩子遭殃？」

「因為聽到有人說她比我更適合走這一行，我當然會覺得好奇想逗逗她嘍。結果沒想到她居然把貓貓小姐給帶來了，我本來是無意將您牽連進來的。是真的，我說的都是真話，請相信我。」

虎狼的態度變得莫名地輕浮。看起來像是腦袋少掉了一根螺絲。

「啊——原來是這樣啊。」

不知為何雀好像很能理解。

貓貓不懂她在感同身受什麼，但還有一件事得問清楚。

「那麼虎狼少爺，我待在西都的期間，您該不會是一直都在考驗我吧？」

酒坊的食物中毒問題與異國貴人的患病問題都是虎狼帶來問她的。

「怎麼說我考驗您呢？多難聽啊。我是認為貓貓小姐能解決這些難題，才帶您過去啊。」

「酒坊那次食物中毒也是嗎？」

貓貓要問個明白。

虎狼只是笑，沒回話。

「說到酒坊，後來事情好像鬧大了喔。」

雀改變了話題。貓貓很想繼續逼問虎狼，但她聽出雀的意思是要她別再多問。

「試喝是沒問題，但是似乎被人發現他們把極品好酒喝到見了底。再怎麼說也喝得太多了，好像連準備出售的貨都喝掉了，所以有時候還會摻雜沖淡的劣酒售出呢。」

「劣酒……」

好像在哪裡聽到過。

「是呀。聽說那時正好發生過私酒騷動，所以僥倖掩飾過去了，但後來又因為食物中毒事件而露餡了。」

雀與虎狼好像心照不宣似的笑容可掬。兩人分明長得一點都不像，笑起來卻是一個樣子。

「是不能說做得不對啦，但你做事總是不夠細心呢。這方面我得好好調教調教才行。」

「我要成為雀姊的部下了嗎？」

「對。我會盡情使喚你的，貓貓姑娘也可以盡量隨便對待他沒關係唷。」

「請多多指教。」

分明等於是被趕出了家門，虎狼卻不知在開朗什麼。

貓貓長嘆一口氣，轉身離開他們。

一個是把胃裡的東西揮灑成一片彩虹的怪人軍師，一個是不知會幹出什麼好事的虎狼。

貓貓不想再看到這兩個人，於是想了一下有沒有其他好去處。

想地方想了半天，最後看到了桅杆上頭的瞭望台。

「不好意思，我可以爬到那上面去嗎？」

她向附近一位船員做確認。

「爬上去做什麼？對小姑娘來說太危險了。」

「也沒要做什麼。」

「沒要做什麼？中央來的人士是不是都愛登高望遠啊？」

船員一臉傻眼地看她，但沒辦法。本來想說既然危險就算了，結果船員拿了條繩子來給貓貓。

「喏，這是救生索。妳用它把身體綁緊了，免得危險。」
「謝、謝謝船員大哥。」
對方答應得太乾脆，反而讓貓貓愣住了。她用繩子把肚子綁緊了再扭動著身子往上爬，攀上位於桅杆中間高度的瞭望台。
「……」
才剛要踏進去，就發現有人先到了。
「貓貓，妳怎麼會來這兒？」
「這句話我原封不動還給您，壬總管。」
壬氏就坐在瞭望台上。
「孤嘛……哎，嫌煩就到這裡來躲躲了。」
「您是說馬侍衛……我看不是，是在躲虎狼少爺嗎？」
壬氏臉色一沉。看來被她說中了。
「……妳才是來這兒做什麼？」
「我看天氣好想待在外頭，可是怪人軍師吐得到處都是，我想另外找個好地方，就到這兒來了。」
兩人的理由大同小異。

「哎，坐吧。」
「還滿擠的。」
「忍忍吧。」
貓貓坐在與他肩膀相接的位置。地方小，沒辦法。
那位船員之所以准貓貓爬上瞭望台，也許就是因為已經有人來了。
「總算能回去了。」
「到家之前都還算是遠行。」
「別烏鴉嘴了，難得孤現在心情正舒暢呢。」
壬氏眺望天空。眼前一片藍天白雲的和平美景，彷彿事事都能一帆風順。
「回到中央之後還有很多事要做喔。」
「是啊。中央那邊應該累積了不少公務，更何況從遠地援助戌西州，想必也不是件易事。」
然而壬氏的表情，說明了他非做不可的決心。端正的側臉，留下了一道傷疤。那傷痕已永遠不會消失了，但貓貓想起壬氏不知為何就是很中意這道疤。
（讓我想起「子字一族」的事了。）
壬氏每當攬鏡自照，或是觸碰傷疤時，想必也會憶起子字一族的那些事。

貓貓知道壬氏這人的責任感有多重。其實輪不到貓貓來提醒他公務的事，真不知道自己為何講話這麼不貼心？

「壬總管回到京城後，有什麼想做的事嗎？」

由於也找不到其他話題，她試著問了一下。

「……想做的事？」

壬氏猶豫了。他絞盡腦汁，發出呻吟。

（不是，你想得這麼認真我也很困擾的。）

貓貓問歸問，並沒有什麼深遠的用意。

「有需要如此猶豫嗎？」

換作是貓貓的話，她想採藥草，想做藥，想試試新藥的效用等，想做的事好像多得是。

「沒什麼，只是想也知道一定淨是些孤不想做的事在等著孤，光是思考如何因應都來不及了。」

「啊——那時還提過有位候補的嬪妃要來呢。」

記得好像是玉鶯的養女。如今玉鶯已故，貓貓有點可憐起那被送去的姑娘，但莫可奈何。

「那邊有玉葉后多方幫助。那姑娘大概已經拜倒在她的石榴裙下了吧。」

「拜倒在石榴裙下……」

「妳不知道嗎？玉葉后的那套花言巧語可高明了。當年後宮內的勢力關係圖簡直是隨她任意改寫。」

貓貓回想起待在後宮的時期。這倒提醒她了，玉葉后好像是時常與中級、下級嬪妃飲茶，將她們拉攏進自己的派系。

「看來玉葉后的地位還是一如從前。」

貓貓有寫信給過中央，但是要修書給貴為皇后之人就實在有所顧忌了。她對玉葉后的近況一無所知。

「聽聞東宮與公主都安好無恙。」

「那真是太好了。」

比起東宮，貓貓和公主比較熟稔。好奇心旺盛的公主應該已經長大不少了吧。

「等回去之後，要不要去看看她？」

「總管准我去嗎？玉葉后不只一次地要我去她那兒當差呢。」

「還是別去了。」

壬氏答得很快。

「想做的事啊……對了，是有一件。」

「是什麼？」
壬氏用右手觸碰貓貓的左手。
掌心與掌心相合，凸顯出兩隻手的大小差別。
「這就是總管想做的事？」
「其他還有。」
「是嗎？」
「但是孤不能。」
壬氏的視線，悄悄朝向了在甲板上吐得滿地的某人。
「孤只能強忍著，忍得有點難受。」
貓貓如今也已經很明白壬氏的感情，更重要的是她知道壬氏不用再假冒宦官了。
所以，像這樣在壬氏身旁緊挨著，令貓貓有種說不出的尷尬。
但同時也並不覺得多不愉快。
『貓貓姑娘也是有很多苦衷的，所以不讓自己感情用事是很重要沒錯。可是……』
『不可以拿這個當藉口唷。』
她一待在壬氏面前，就會反覆想起雀說過的話。
貓貓對壬氏的心情，大概不是那種乾柴烈火般的熱情。貓貓無法回應壬氏對自己付出的情意，可是同時，她也慢慢感覺到很難找著第二個人能讓她心情如此安定。

貓貓已漸漸掌握了自己的這份感情是什麼。

而她也開始覺得，自己應該認真看待這份心情。

只是傷腦筋的是，沒想到會是那個愛說笑的侍女來點醒她。

（好吧，現在該怎麼做？）

貓貓的左手依然和壬氏的右手相觸。沒進一步發生什麼是很好，但她不知何時才該把手拿開。

「貓貓。」

「什麼事？」

她一抬頭看壬氏的臉，那張臉就降了下來。

嘴唇輕觸般地落在她的唇上，那一吻就跟蜻蜓點水似的，使她一瞬間沒弄懂發生了什麼事。

「……」

「您在害羞個什麼勁？」

不過就是輕輕一吻，看到壬氏羞紅了臉，貓貓忍不住說了。

「不是，孤本來是想極力自制的。」

「自制？之前又不是沒用更狠的對付過您。」
貓貓忍不住說出來了。
「對付孤……」
壬氏似乎想起了某段回憶，整個人頓時變得頹靡不振。
以前有一回壬氏強吻貓貓，她當下沒多想就還以顏色了。壬氏大概是憶起了那事吧。
「是，這次我不會還手的，請放心。」
「不，孤不是這個意思……」
「您希望我還手嗎？」
壬氏抿緊嘴唇看著貓貓。
「妳不討厭孤那樣做？」
「……」
貓貓悄悄別開目光。
（大概不討厭吧。）
否則，她也不會主動還擊。可是她無法把雀說過的話照單全收，說出真心話。
「妳說啊。」
「是是是。」

「不許隨口應付！」

「請您別這樣大呼小叫的，若是被怪人軍師發現了怎麼辦？他可是會一邊吐得到處都是一邊爬上這邊來喔。」

「嗚，那就……」

壬氏安靜下來。

貓貓也沒說話，默默往下眺望。只是，兩人的手依然繫著。

（比起去程，有好多新面孔乘船啊。）

除了怪人軍師，還有羅半他哥帶來的農民夥伴。貓貓感到內疚，覺得真是對不起他們。

然後她察覺到一件事。

「對了，怎麼好像都沒看到羅半他哥？」

「羅半他哥？不是指定了讓農事人員都搭乘這艘船嗎？」

貓貓想起來了。

她有跟羅半他哥說過要回中央了嗎？

（看到小紅變了那麼多，我忘了和他說了。）

不，這不對勁。就算貓貓忘了也總有別人會告訴他吧。

「可是，羅半他哥前幾天有說過，要去看農村的田地耶。」

「那也該回來了吧。更何況所有乘船人員應該都用名冊點過名了。」
「就是說啊。再怎麼說也不可能把他拋下了吧。為了安全起見，還是檢查一下名冊吧。」
「也好。說到這個，羅半他哥叫什麼名字？」
「……」
貓貓發現不只是自己的手，就連壬氏的手也開始微微冒汗。
貓貓與壬氏望向已經相隔了一段距離的陸地。船不可能再掉頭回港，只能聽見黑尾鷗的細微鳴叫。
蔚藍的天空彷彿隱約浮現羅半他哥的面容。
後來眾人發現羅半他哥沒搭上船的同時，也得知了羅半他哥的本名。然而人在遙遠西域的羅半他哥，卻連自己被拋下了都還不知道。

《藥師少女的獨語 13》待續

家譜圖 楊家 玉字一族

玉袁

＝ 妻妾（共十一人）

- 長男 **玉鶯** 領主代理 四十五歲上下

  ＝ 妻室

  - 長男 **鴟梟** 二十五歲

    ＝ 妻室

    - 長男 **玉隼** 八、九歲

  - 長女 **銀星** 二十四歲

    ＝ 丈夫

    - 長女 **小紅** 七、八歲

- 長女 紡織 四十歲出頭
- 次男 陸運 年齡不詳
- 次女 輔佐玉袁 年齡不詳
- 三男 **大海** 海運 三十五歲上下

三女 釀酒 三十五歲上下

四女 不明 年齡不詳

五女 不明 年齡不詳

四男 不明 年齡不詳

五男 冶鐵 年齡不詳

六男 陶瓷 年齡不詳

七男 畜牧 二十五歲

六女 **玉葉** 皇后 二十二歲

皇帝

次男 **飛龍** 二十三歲

三男 **虎狼** 十八歲

長女 **鈴麗** 四歲

長男 東宮 名字不詳 二歲

藥師獨語

illustration : しのとうこ

義妹生活 1~5 待續

Kadokawa Fantastic Novels

作者：三河ごーすと　插畫：Hiten

萬聖節的燈火具有魔力。
展開不能讓任何人知曉的祕密生活——

既像兄妹又像戀人的悠太與沙季，有了一段無從命名的關係。彼此在適度依賴彼此的同時，嘗試著成為對方的理想伴侶。原先對異性不抱期待的兩人，在共度相同時光的情況之下，逐漸產生「變化」的徵兆。而周圍的人也慢慢注意到他們的「變化」……？

各 **NT$200~220/HK$67~73**

豬肝記得煮熟再吃 1~6 待續

Kadokawa Fantastic Novels

作者：逆井卓馬　插畫：遠坂あさぎ

潔絲化身名偵探？豬與少女接下新委託，
這次也噗噗地來解決事件吧——

終於打倒最凶殘的魔法使，迎接快樂結局！……現實當然沒有這麼順利。與深世界的融合現象引發了一場混亂，課題堆積如山。眾人尋找解放耶穌瑪的關鍵——「最初的項圈」，詭異的連續殺人事件卻阻擋在眼前……

各 **NT$200~250/HK$67~83**

繼母的拖油瓶是我的前女友 1~9 待續

Kadokawa Fantastic Novels

作者：紙城境介　插畫：たかやKi

該選擇與結女再次兩情相悅的未來，
還是幫助伊佐奈發揚才華的夢想？

水斗為伊佐奈的才華深深著迷，熱衷於她的職涯規劃。兩人為了轉換心情去聽遊戲創作者演講，主講人卻是結女的父親！儘管自知對結女的感情日益增長，然而事態將可能演變成家庭問題，水斗在戀情與現實間搖擺不定，結女卻開始積極進攻——

各 **NT$220~270/HK$73~90**

轉生後的我成了英雄爸爸和精靈媽媽的女兒 1~8 待續

Kadokawa Fantastic Novels

作者：松浦　插畫：keepout

為了保護重要的人，
必須全力抓住自己期望的未來！

　　我是覺醒為下一代女神的精靈艾倫。爸爸跟變成魔物風暴核心的艾米爾對峙，結果命在旦夕！而賈迪爾為了保護我，也受到瀕死的重傷！幕後主使是鄰國海格納的國王杜蘭。竟敢對我重要的人們下手，非讓你好好付出代價不可！

各 **NT$200~240/HK$67~80**

國家圖書館出版品預行編目資料

薬師少女的獨語/日向夏作；可倫譯. -- 初版. -- 臺北市：臺灣角川股份有限公司, 2023.06-
冊；　公分. -- (Kadokawa fantastic novels)

譯自：薬屋のひとりごと
ISBN 978-626-352-596-2(第12冊：平裝)

861.57　　112005499

Kadokawa
Fantastic
Novels

藥師少女的獨語 12

（原著名：薬屋のひとりごと 12）

2023年6月14日　初版第1刷發行
2024年3月15日　初版第4刷發行

作　者：日向夏
插　畫：しのとうこ
譯　者：可倫

發 行 人：台灣角川股份有限公司
總　監：呂慧君
總 編 輯：蔡佩芬
主　編：林秀儒
編　輯：邱璨萱
設計指導：陳晞叡
美術設計：吳佳昫
印　務：李明修（主任）、張加恩（主任）、張凱棋

發 行 所：台灣角川股份有限公司
地　址：104台北市中山區松江路223號3樓
電　話：（02）2515-3000
傳　真：（02）2515-0033
網　址：www.kadokawa.com.tw
劃撥帳戶：台灣角川股份有限公司
劃撥帳號：19487412
法律顧問：有澤法律事務所
製　版：巨茂科技印刷有限公司
ISBN：978-626-352-596-2